USA TODAY BESTSELLING AUTHOR
DALE MAYER

Des os dans les Bégonias

Jolis Jardins Maudits 2

Des os dans les bégonias : Jolis Jardins Maudits, tome 2
Beverly Dale Mayer
Valley Publishing Ltd.
Traduit de l'anglais par Flora Bruneau et Valentin Translation.

ISBN-13 : 978-1-773366-20-3
Format Print

Résumé du livre

Du luxe à la misère… Le chaos continue… Les meurtres se succèdent… Non mais, franchement ?

La nouvelle vie de Doreen Montgomery à Kelowna devait être un nouveau départ après la rupture difficile qui a mis un terme à quatorze années de mariage, une chance de se retrouver et de remettre sa vie sur les rails. Au lieu de quoi, elle a passé sa première semaine dans sa ville natale à déterrer des cadavres, à traquer les indices et à taper sur les nerfs du brigadier Mack Moreau.

Maintenant que cette affaire a été résolue et que le meurtrier est traduit devant la justice, Doreen compte enfin se reposer cette semaine. Lorsque Mack lui demande de rafraîchir le jardin de sa mère, elle accepte la mission. Ce sera un second souffle dans sa nouvelle vie à Kelowna ainsi que dans sa relation naissante avec Mack.

L'ennui, c'est qu'en déterrant les racines récalcitrantes des bégonias de Madame Moreau pour les planter ailleurs, Doreen découvre de nouveaux ossements… et un autre mystère à résoudre. Tandis que les indices s'accumulent, Mack lui fait clairement comprendre qu'il n'a ni envie ni besoin de son aide, mais Doreen ne peut résister à l'attrait d'une nouvelle enquête. Alors qu'ils enchaînent les impasses et les fausses pistes, Nan, la grand-mère de Doreen, s'en amuse et lance des paris. Lequel des deux résoudra le crime en premier ?

Tout cela sous l'œil d'un assassin…

Inscrivez-vous ici pour être informés de toutes les nouveautés de Dale !

https://geni.us/DaleNews

Chapitre 1

DOREEN MONTGOMERY SE tenait dans l'embrasure de la porte ouverte de sa cuisine. *Sa cuisine.* C'était agréable de s'installer enfin dans cette maison, passé le chaos des derniers jours, la « normalité » faisant après tout son entrée dans sa vie… Eh bien, tant que la « normalité » incluait ses trois adorables et uniques animaux de compagnie… C'était bizarre mais, pour elle, l'expression « s'installer dans cette maison » voulait dire se servir une tasse de café ou de thé quand elle le souhaitait, se coucher quand elle était prête et se reposer dans le jardin juste parce qu'elle en avait envie. Et bon sang, elle en avait vraiment envie. Mieux encore, certains jours, elle pouvait faire quelques pas sous son porche sans être accostée par quelqu'un voulant plus de détails sur les meurtres récemment résolus.

D'une manière ou d'une autre, elle était devenue une célébrité dans la petite ville de Kelowna. Mais elle ne voulait vraiment pas de ce rôle. Au moins, cela détournait l'attention des habitants de son statut de trentenaire désargentée, presque divorcée, vivant dans la maison de sa grand-mère.

Pourtant, Doreen était déterminée à gérer sa nouvelle vie comme elle l'entendait, sans cuisiniers, jardiniers, femmes de chambre ou chauffeurs. Elle pouvait se débrouiller dans la plupart des cas, sauf un. Doreen ne savait pas cuisiner. C'était pourquoi elle devait faire face à la chose la plus terrifiante que contenait sa cuisine. Elle s'avança pour remplir la bouilloire de Nan et la plaça sur la *cuisinière*, l'appareil avec lequel elle entretenait une relation de haine totale. Elle tourna le cadran pour allumer le gaz, mais, bien sûr, il n'y eut pas de flamme bleue. Cependant, elle put immédiatement sentir une odeur de gaz emplir ses narines.

Elle coupa le gaz et lança un regard noir à l'engin.

— Tu n'es pas une cuisinière. Tu es un démon. Je ne comprends pas comment tu marches, ce qui te fait marcher et pourquoi quelqu'un voudrait de toi dans sa maison, annonça-t-elle à la cantonade. Les seuls qui l'écoutaient étaient Mugs, son basset de race – tout heureux d'être étalé par terre hors de son chemin – et Thaddeus, l'énorme et magnifique perroquet bleu gris de Nan, avec ses longues plumes de queue rouges, sautillant actuellement sur la table de la cuisine, espérant grappiller des restes de nourriture.

— Je t'ai déjà nourri ce matin, Thaddeus.

Doreen secoua la tête. Elle n'aurait jamais dû le laisser manger ici. Désormais, il serait impossible de l'éloigner de sa table de petit déjeuner.

Goliath profita de ce moment de calme pour apparaître, traversant la cuisine en courant, passant entre les jambes de Doreen, et à nouveau dans le salon.

— Goliath ! cria Doreen en se redressant. Arrête de faire ça, ou tu finiras par me faire mal et à toi aussi.

Goliath était le gigantesque Maine coon doré, de la taille d'un lynx, qui accompagnait la maison. Goliath étant

Goliath, c'était un élément perturbateur, qui choisissait les moments les plus inopportuns pour faire son apparition, tout en dormant le reste du temps. Initialement, Doreen avait pensé que Goliath courait à travers la maison à la poursuite d'une souris – que Dieu nous en préserve ! –, mais elle n'avait jamais vu aucune preuve de la présence d'une souris à l'intérieur. Elle avait réalisé que c'était le comportement « normal » de Goliath.

Soupirant, Doreen jeta un nouveau regard noir à sa cuisinière. *Est-ce trop demander, de l'eau chaude pour mon thé ?* Certains parvenaient à produire des mets incroyables en utilisant ces machins.

Doreen n'était pas de ceux-là.

Sa cuisinière était un démon noir. Pourtant, elle était déterminée à ne pas la laisser prendre le dessus sur elle. De nouveau, elle tendit la main pour allumer le gaz, puis se figea. Elle ne pouvait pas faire ça. Et si quelque chose clochait avec la conduite de gaz ? Et si quelque chose était vraiment cassé ? Au moins, cela lui donnait une excuse pour mettre fin à ses tentatives idiotes de cuisiner. Elle sourit à cette pensée.

Consciente que c'était une échappatoire, néanmoins soulagée, elle prit la bouilloire électrique qu'elle avait trouvée au fond du garde-manger de Nan quand elle était arrivée, la remplit d'eau et la brancha. Puis elle appuya sur le bouton sur le côté et attendit que l'eau bouille. *C'est la meilleure manière de faire du thé, de toute façon.* Elle se réconforta à cette pensée alors que son regard retournait vers la cuisinière.

— Saleté.

Juste derrière elle s'éleva une voix.

— Saleté. Saleté.

Il faudrait fournir aux propriétaires de perroquets qui parlent un mode d'emploi et s'assurer de leur circonspection.

Elle se retourna et agita son doigt sous le bec de Thaddeus.

— Ne répète pas ça.

— Saleté. Saleté. Saleté.

Elle fixa le perroquet gris d'Afrique, les mains posées sur les hanches, inquiète que Thaddeus se mette à jurer ainsi dans les moments les plus gênants. Comme avec toutes les autres horribles phrases qu'il avait appris à dire depuis qu'elle était arrivée.

C'était une autre *première*. Doreen était libre de jurer, maintenant. Libre de dire tout ce qu'elle voulait. Se débarrasser des chaînes de son mariage lui avait aussi libéré la langue. Ce qui n'était peut-être pas une si bonne chose. Elle avait une image de marque à défendre. Elle ne savait pas encore exactement quelle était cette image, mais elle était ici quelque part, et elle était censée la conserver. La réputation de Nan avait été un peu ternie par les récents meurtres. Mais Doreen avait blanchi le nom de Nan, et c'était tout ce qui comptait.

Un sentiment de paix envahissait Doreen maintenant, comme si elle avait en quelque sorte réussi un examen important, probablement l'un des nombreux à venir, alors qu'elle entamait cette transition majeure dans sa vie.

Mugs arriva en se dandinant et se frotta contre sa cuisse en aboyant.

— Je ne t'ai pas oublié, espèce d'idiot.

Doreen se pencha pour lui caresser rapidement les oreilles. Quand il aboya à nouveau, s'asseyant maintenant à ses pieds et lui lançant ce regard triste, elle lui rappela :

— Je t'ai déjà nourri, toi aussi.

Alors que la bouilloire chauffait, elle ouvrit la porte arrière de la cuisine et avança sous la longue véranda qui courait à l'arrière de la maison. L'entaille sombre à côté de la deuxième série de marches au fond, là où l'un des corps avait été déterré, était toujours une insulte au jardin qui aurait dû se trouver ici. Et, bien sûr, le reste du jardin était encore pire. Elle voulait s'y promener, planifier et concevoir ce qu'elle pourrait faire de cet espace, mais, comme elle n'avait pas d'argent, il était difficile d'imaginer des options viables en ce moment. Au moins, elle n'était pas pressée par le temps.

Cela lui rappela l'époque (alors qu'elle n'était encore qu'un trophée au bras d'un homme riche) où elle pouvait demander aux jardiniers de faire ce qu'elle voulait, quel qu'en soit le coût.

Alors qu'elle étudiait son immense jardin à l'arrière, des idées fusèrent dans son esprit. Elle sourit avec ravissement, puis retourna à l'intérieur, attrapa son bloc de papier et un crayon, et elle était sur le point de ressortir quand elle réalisa que la bouilloire était toujours allumée.

Cela ne l'avait jamais dérangée auparavant, mais maintenant elle ne pouvait plus quitter la maison tant qu'un appareil était en marche. L'idée de voir cette maison – *sa maison* – réduite en cendres était trop perturbante. Il n'y avait que très peu de temps qu'elle possédait enfin quelque chose *à elle* et ne pouvait pas supporter de le perdre.

Préparer son propre thé au cours des deux derniers jours avait été une expérience révélatrice. Elle avait l'habitude de commander des *latte* fantaisistes avec de beaux motifs en mousse sans se rendre compte qu'ils provenaient d'une machine à cinq mille dollars et d'un barista qualifié. Ce qu'elle aurait pu faire avec cinq mille dollars à présent… Elle grimaçait chaque fois qu'elle pensait au prix apparemment insignifiant d'un de ces *latte* raffinés qu'elle consommait quotidiennement lorsqu'elle était mariée. Une simple tasse de thé maison était un plaisir modeste maintenant, et ces cafés raffinés un caprice. Quelque chose qu'elle ne pouvait plus se permettre.

Elle attendit que l'eau bouille, puis laissa tomber un sachet de thé dans une grande tasse ébréchée que Nan avait laissée derrière elle et versa l'eau bouillante dessus. En examinant le frigo, elle fut soulagée de trouver un fond de lait dans une brique ouverte.

Elle s'en saisit, renifla l'intérieur et sourit. Il était encore bon. Elle en versa un peu dans son thé, replaça la brique dans le frigo, pris sa tasse et dit à Mugs :

— Tu es prêt à sortir ?

Mugs aboya joyeusement au mot pavlovien.

La porte était déjà ouverte, mais elle appuya une des chaises de la véranda contre pour qu'elle reste ainsi. Mugs s'élança en avant, ses énormes bajoues flasques remuant et tremblotant à chaque pas. Thaddeus s'envola au-dessus de sa tête – bien que Doreen ne sache pas comment l'oiseau pouvait voler. À son arrivée, il ne volait pas beaucoup. Aujourd'hui, il faisait des semi-montées en flèche entrecoupées de semi-chutes libres. Mais il le faisait avec beaucoup d'élégance. Ou du moins, cela aurait été élégant si les mots qui sortaient de son bec n'avaient pas été « Saleté. Saleté. »

Pourquoi se sentait-il obligé de se répéter ? Elle l'avait déjà entendu la première fois… malheureusement.

Goliath la dépassa à nouveau en courant, la queue en l'air.

Apparemment, c'était une sortie en famille.

Elle gloussa. C'était une belle journée, et tout semblait… parfait.

Elle se dirigea vers le fond de la propriété, son escorte la suivant. Les formalités administratives étaient encore en cours pour transférer légalement la propriété de la maison, grâce à sa grand-mère, au nom de Doreen. Nan avait choisi d'emménager dans une maison de retraite voisine et lui avait laissé sa maison. Doreen avait été absolument abasourdie et émue par la générosité de Nan à un moment où sa petite-fille avait désespérément besoin d'un chez-soi et d'un oreiller sur lequel poser sa tête la nuit.

Thaddeus s'envola et atterrit sur son épaule. Doreen caressa la tête du bel oiseau.

— Gentil oiseau.

Mais Thaddeus ne répéta pas cela. Allez comprendre.

Elle fit le tour de l'arrière-cour, se délectant du jardin, sachant qu'il était à elle pour toujours. Même s'il était envahi par les mauvaises herbes, le jardin avait tellement de potentiel. Avisant plusieurs petits arbres dans le fouillis, Doreen se rapprocha et hoqueta.

— Des arbres fruitiers, s'écria-t-elle avec joie.

Se penchant pour éviter les branches indisciplinées, elle étudia les feuilles et identifia un prunier d'Italie, peut-être un abricotier aussi, mais elle n'était pas sûre du dernier— peut-être un cerisier.

Les arbres fruitiers étaient un ajout délicieux à son jardin. Cet endroit serait merveilleux avec un effort minimal — tout prenait vie dans son esprit alors qu'elle envisageait les améliorations qu'elle pouvait lui apporter.

Doreen entendit des grognements étouffés et s'arrêta pour voir ce que Mugs était en train de déterrer. Heureusement, ce n'était que de la terre, cette fois.

Le jardinage était le seul et unique talent de Doreen. Mais concevoir le plan d'un jardin que *quelqu'un d'autre* se chargerait d'exécuter n'avait rien à voir avec le réaliser soi-même. Elle ne se rappelait pas la dernière fois qu'elle avait tenu une pelle à la main. Elle ne savait pas du tout quelle force physique serait nécessaire pour nettoyer ce jardin. De plus, elle s'était engagée à faire du jardinage pour la mère de Mack, contre monnaie sonnante et trébuchante, espérons-le. Le simple souvenir du détective local qui l'avait aidée à traverser le cauchemar de la découverte de plusieurs corps dans son jardin la semaine dernière la fit rire.

C'était un homme très intéressant…

Et qui pensait probablement qu'elle était cinglée. En même temps, ça avait été une semaine folle, la première passée à vivre dans l'un des plus vieux quartiers de la Mission à Kelowna, alors elle ne pouvait guère lui en vouloir.

Mack l'avait aidée à traverser cette période difficile. Sa présence avait été une aubaine lorsque les corps avaient commencé à affluer chez elle. Non pas que les cadavres soient de son fait, mais c'était elle qui les avait découverts. Ou peut-être qu'elle aurait dû en vouloir à Goliath. Ou à Mugs. Ils l'avaient tous les deux aidée… ou pas. Puis il y avait Thaddeus…

Elle fronça les sourcils en regardant sa « progéniture », en particulier le chien qui reniflait minutieusement les broussailles.

— Mugs, ne t'avise pas de trouver encore des corps ! le prévint-elle. Nous avons eu plus qu'assez de cadavres dans notre monde.

Mugs aboya gravement et reprit son chemin en se dandinant, l'herbe se fendant largement pour laisser passer sa bedaine. Elle sourit. Il était avec elle depuis cinq ans déjà. Elle avait hérité de Goliath et Thaddeus par Nan, comme des meubles de sa maison. Goliath était caractériel. Il allait et venait à sa guise et exigeait toujours qu'elle s'occupe de lui quand il était là. Un peu comme son futur ex-mari. Seulement, Goliath était castré, pas comme son futur ex-mari.

Elle gloussa à cette pensée.

— C'est ce que j'aurais dû faire. J'aurais dû le faire castrer. Il n'aurait pas ramené à la maison une autre femme objet et il ne m'aurait pas mise à la porte.

Quoi qu'il en soit, elle était mieux sans lui. Maintenant, tout ce qu'elle avait à faire était de trouver comment gagner de l'argent. Au moins assez pour payer l'électricité de la maison et la nourriture dans le frigo. Cela s'avérait être un défi plus grand qu'elle ne l'avait réalisé.

Mais ce n'était pas le problème du jour. Elle se dirigea vers la clôture délabrée, construite à partir de matériaux disparates, chacun trouvant sa propre façon de s'effondrer à moitié. Cela pourrait rebuter certaines personnes, mais cela n'empêcherait certainement pas quiconque voulant entrer de rester à l'extérieur.

Elle aurait aimé pouvoir s'offrir une toute nouvelle clôture autour de la propriété, comme bon point de départ. Le gros œuvre d'abord, puis les fioritures. Là, elle ne savait pas trop comment procéder pour le gros œuvre, surtout avec un budget restreint.

Elle se dirigea vers la porte branlante et maintenant brisée – Mugs derrière elle, Thaddeus toujours perché sur son épaule, Goliath quelque part –, détacha le fil du poteau et l'ouvrit.

Elle s'avança sur le chemin, prenant la direction du joli ruisseau qui passait derrière sa propriété. Elle ne voulait pas du tout clôturer. Il était impossible de sauver quoi que ce soit ici de toute façon.

À environ quarante mètres du ruisseau se trouvait la vue la plus magnifique depuis son jardin, bien plus intéressante qu'une clôture délabrée. Elle regarda de plus près le ruisseau, ne sachant pas si elle devait l'appeler « ruisseau » ou « rivière ». À l'heure actuelle, c'était plus un cours d'eau gazouillant. Mais elle se dit que, plus tard ce printemps, il pourrait devenir un peu plus violent. Néanmoins, la berge du ruisseau avait une pente tout à fait convenable, les inondations ne devraient donc pas être un problème. Elle repéra un endroit où elle pourrait aménager un petit patio dallé pour se reposer et profiter de l'eau.

Thaddeus s'envola de son épaule pour atterrir près de l'eau, se pavanant, cherchant plein d'espoir des poissons et des insectes.

Il n'y avait pas de sentier délimité de ce côté du ruisseau, et les autres propriétés environnantes étaient également clôturées au niveau du ruisseau. C'était vraiment dommage. Le ruisseau offrait une vue magnifique et paisible.

Elle retourna vers le côté le plus éloigné de sa clôture, posa son bloc de papier et sa tasse de thé sur un rocher, puis saisit un poteau et le secoua pour voir à quel point il était solide. Instantanément, la clôture émit un faible gémissement et s'effondra. Doreen fit un bond en arrière en s'écriant :

— Oh, non !

Mais quoi qu'elle ait fait, c'en était trop pour le vieux bois. Plusieurs des panneaux de la palissade s'affaissèrent sur le côté, créant un désordre plus important qu'elle ne l'avait prévu. Mugs se rapprocha, mais elle le chassa.

— Non, Mugs. Éloigne-toi. Tu pourrais te blesser sur un clou.

Alors qu'elle regagnait son jardin, enjoignant Mugs à la suivre, et fixait le ruisseau bouillonnant, elle se mit à rire.

— Ce n'est peut-être pas ce que j'avais prévu de faire, Mugs, mais le résultat final est magnifique. La vue est vraiment dégagée.

Elle prit le silence de Mugs pour de l'approbation.

De l'autre côté du ruisseau se trouvaient de très beaux saules pleureurs, et sa propriété possédait d'autres arbres parsemés le long des restes de sa clôture brisée. Un petit pont, auquel elle pouvait accéder, se trouvait juste à l'autre bout de la propriété. En réalité, c'était une vue superbe.

Enthousiasmée par ce qu'elle avait accidentellement commencé, elle retourna vers le reste de sa clôture et la secoua. Et, sans surprise, les trois quarts du reste de la palissade au bord du ruisseau s'éparpillèrent au sol, presque reconnaissants de ne pas être obligés de maintenir leur faux-semblant d'utilité plus longtemps.

Avec un grand sourire, elle se dirigea vers la dernière section debout, un grillage avec des tiges de fer profondément enfoncées dans le sol. Elle poussa et tira sur la première tige de fer, espérant qu'elle aussi soit branlante. La première céda, mais pas la deuxième. Elle réussit à en soulever une et vit la majorité du grillage s'écraser de manière désordonnée autour du poteau suivant, toujours debout. Ce dont elle avait vraiment besoin, c'était d'un bricoleur pour finir d'arracher la clôture et de la retirer, mais elle n'en avait pas sous la main. Cela lui rappela des souvenirs indésirables des événements de la semaine dernière. Le seul homme à tout faire qu'elle connaissait en ville avait été assassiné.

D'un hochement de tête, elle revint au problème en question. Elle n'était pas sûre de la quantité de débris de jardin qu'elle pouvait transporter dans sa petite Honda. Un camion serait utile pour faire un voyage à la déchetterie. Elle se demanda ce qu'elle pourrait faire pour que quelqu'un de grand et fort vienne lui donner un coup de main.

Sur cette pensée, Mack s'imposa à son esprit. Encore. Le détective mesurait bien plus d'un mètre quatre-vingts — ses épaules étaient presque aussi larges qu'il était grand. C'était une montagne. Mais, jusqu'à présent, il avait été très doux et gentil avec elle. Même si elle l'exaspérait plus que tout.

Mais tout ça pour la bonne cause.

Chapitre 2

MALHEUREUSEMENT, DOREEN N'ETAIT pas sûre que Mack y croyait. Il ne l'avait pas non plus crue au début à propos des cadavres. Il avait fallu une affaire classée et plusieurs autres affaires en cours avant que cela n'arrive. Donc, dans l'ensemble, Mack devrait la remercier. Il devrait peut-être même lui verser une compensation pour son aide. Elle s'égaya un instant, imaginant un gros chèque en provenance de la police montée du Canada, puis secoua la tête.

— Ça n'arrivera pas.

Elle haussa les épaules. C'était sa vie actuellement. Et, pour ce que cela valait, elle était bien plus heureuse maintenant que lorsqu'elle était une poupée Barbie qui ne se souciait jamais de l'argent.

Elle fixa l'égratignure sur sa paume, le sang coulant déjà. Elle aurait dû porter des gants de jardinage. Inutile de regarder ses ongles abîmés. D'ailleurs, elle ne pouvait pas les voir à cause de la saleté.

— Doreen ?

Elle se retourna et cria :

— Je suis derrière !

Elle se tourna vers le grillage abattu et soupira. Elle allait se déchirer les mains. Et peut-être aussi le dos. Elle se dirigea vers sa tasse de thé, la ramassa et but une gorgée.

Lorsqu'elle entendit des pas, elle se retourna pour voir Mack s'avancer vers elle, Goliath dans les bras, grattant sa tête velue et parlant à Mugs qui était accouru le saluer. Elle posa sa tasse et lui adressa un sourire éclatant. Mack lui faisait toujours cet effet…

Mack sourit, posant le chat sur l'herbe, et offrant à Mugs un sourire et un rapide gratouillis des oreilles.

— Je vous laisse tranquille pendant une semaine et voilà le travail. Vous détruisez cet endroit.

Elle éclata de rire.

— Eh bien, il fallait bien que quelqu'un le fasse, dit-elle avec un sourire.

Thaddeus décida de les rejoindre à cet instant, atterrissant dans l'arrière-cour.

— Salut, toi, salua Mack, attendant que l'oiseau se dirige vers lui pour lui offrir une petite caresse sur la tête.

Les trois animaux se regroupèrent autour d'eux pour observer le grand homme.

— Qu'est-ce qui vous amène ici ? demanda Doreen.

Il montra la façade avant de la maison.

— Est-ce que cette foule vous dérange ?

Elle haussa les épaules.

— La notoriété est définitivement particulière. Je ne peux pas dire que je m'y suis habituée. Mais le stress s'atténue légèrement.

— Eh bien, vous êtes habituée à la notoriété, mais pas nécessairement à ce niveau.

Elle grimaça au souvenir de son riche mari désormais lointain et du nombre de fois où, en tant qu'épouse, elle avait été photographiée à un moment ou à un autre. Elle acquiesça.

— C'est vrai. Cela ne veut pas nécessairement dire que j'aime le sensationnalisme.

Il pointa la clôture du doigt.

— Vous vouliez l'enlever ?

Elle le dévisagea.

— Est-ce qu'on dirait que je l'ai fait par accident ?

Il rit.

— Avec vous, tout est possible.

Il s'approcha et testa le poteau d'angle.

— Il ne va pas tenir longtemps non plus.

Il examina la clôture brisée, longue et sinueuse, jusqu'au côté qui longeait la propriété voisine, le reste de la grande clôture fantaisiste collée tout contre elle.

— Est-ce que vous allez la retirer de ce côté aussi ?

— Y a-t-il la moindre raison que je ne puisse pas utiliser la clôture du voisin ?

Il haussa les épaules.

— C'est ce que je ferais.

Avec un grand sourire, elle demanda :

— Pourriez-vous retirer les derniers poteaux ?

Elle se frottait presque les mains de joie à l'idée de se débarrasser de cette énorme horreur. Détruire une telle longueur de clôture avait dégagé cette magnifique vue naturelle sur le ruisseau et elle avait hâte de se débarrasser du reste.

Apparemment autant d'effort qu'il lui en aurait fallu pour soulever une tasse de café, il déterra sans soucis l'énorme poteau de fer du sol.

Elle n'était pas même arrivée à le faire bouger d'un iota.

— C'est le bazar ici, déclara Mack. Pour l'instant, le seul

bon endroit pour mettre cette vieille clôture, c'est au milieu du jardin. Elle entraînera ces machins feuillus avec.

— Ces « machins feuillus » dont vous parlez se trouvent être des buissons vivaces que j'aimerais garder.

Il lui lança un regard noir mais se retourna pour saisir le poteau à deux mains, le tira haut au-dessus de sa tête et traîna ce qu'il pouvait vers le centre de son jardin où il fit un gros tas sur la pelouse.

— Vous aurez besoin d'une bonne pince coupante pour le détailler en morceaux maniables.

— Ce dont j'ai besoin, c'est d'un camion pour me rendre à la déchetterie, annonça-t-elle. Je ne peux pas mettre grand-chose dans ma voiture.

— Après avoir terminé le projet de jardin de maman, nous irons probablement à la déchetterie. En fonction de la quantité de déchets que nous devrons jeter chez elle et de la quantité de compost que nous devrons peut-être ajouter, on pourra sans doute débarrasser une partie de vos débris de jardin en même temps.

Elle eut un sourire éclatant.

— Ça serait adorable.

Puis elle fronça les sourcils.

— Je ne pense pas avoir d'outils pour découper ce grillage.

— Il faut voir. Nan avait tout un tas d'outils dans le placard de l'entrée.

Doreen le regarda avec surprise, puis se souvint du placard de l'entrée rempli d'un étrange assortiment d'objets.

— Vous avez peut-être raison. Je vais vérifier.

Elle se dirigea vers la maison avant de se retourner soudainement et de crier :

— Attention ! Ne touchez pas ces plantes !

Il lui jeta un coup d'œil agacé mais continua à lutter avec les poteaux.

Elle le laissa là, tirant sur d'autres poteaux, essayant de soulever la clôture sans endommager les plantes, et se dirigea vers le placard. Une fois là-bas, elle se demanda à quoi ressemblait exactement une pince coupante. Elle trouva un marteau – elle en avait besoin pour arracher les clous des planches de bois sur la clôture déjà tombée.

Elle attrapa ce qui ressemblait à deux paires de quelque chose – peut-être ce dont elle avait besoin – et, le marteau en main, s'élança dehors. Lorsqu'elle atteignit Mack, elle les leva en l'air en criant :

— Ta-da.

Il jeta un coup d'œil et le sourire de Doreen disparut. Il se mit à rire.

— Qu'est-ce qui ne va pas ?

Il désigna une paire de pinces et s'expliqua :

— C'est un coupe-griffes sophistiqué pour chien.

Elle fixa un instant l'outil, puis Mugs, qui lui lança un regard qui signifiait « T'as pas intérêt ».

Elle secoua la tête.

— Je n'ai jamais vu ça.

— Cela ne coupera certainement pas les fils de fer. Par contre, ça, dit-il, en saisissant l'autre paire qui ressemblait à des cisailles étranges, ça devrait marcher.

Il les testa sur le poteau central qu'il avait déterré. Instantanément, le fil se brisa sous ses doigts. Il se dirigea vers la tige principale, y coupa le fil et reprit :

— Maintenant, faites ça sur chacun de ces poteaux et séparez le fil de fer pour pouvoir le rouler en boule.

Elle hocha la tête avec empressement.

— Je peux le faire.

Pendant qu'elle était allée chercher des outils, il avait retiré le reste des poteaux principaux. Certaines plantes étaient probablement abîmées, mais elle passerait l'après-midi à découper cette monstruosité de clôture pour pouvoir la manipuler plus facilement. Elle sourit.

— Vous voyez à quel point c'est mieux, déjà.

Il se tourna et étudia son immense jardin jusqu'au ruisseau, puis hocha la tête.

— Vous avez raison. Le simple fait de se débarrasser de cette horreur a dégagé la vue magnifiquement. Mais ne voulez pas remettre de clôture à l'arrière ?

Elle secoua la tête.

— Non, je veux voir le ruisseau. C'est beau.

Elle le conduisit jusqu'à l'endroit où elle s'était tenue un peu plus tôt.

— Je pense mettre un patio ici.

— Ne parlez pas de vos projets à la municipalité, l'avertit-il. C'est une zone riveraine. Vous n'êtes pas autorisée à faire quoi que ce soit sans une montagne de permis.

Elle haussa les sourcils.

— Des permis ? C'est mon terrain. Pourquoi ne pourrais-je pas poser des dalles ?

Il haussa les épaules.

— Tout ce que je peux vous dire, c'est que vous aurez probablement besoin d'un permis pour faire ça.

Elle fronça les sourcils, mécontente. La dernière chose qu'elle voulait, c'était que quelqu'un entrave son plaisir de jardiner.

— Je mettrais du gravier, alors. Je ne sais pas. Ce n'est pas une priorité absolue. Il y a cette jolie berge, un petit chemin et le pont. Même s'il est vieux, il est solide.

Sauf là où son pied avait traversé l'une des planches la

semaine dernière.

Le pont pouvait théoriquement être utilisé par n'importe qui, mais elle n'avait jamais vu personne sur ce chemin au bord du ruisseau, car il était assez envahi par la végétation et peu populaire. Mais, pour Mugs, c'était un excellent moyen de faire de l'exercice. Il en avait besoin.

À ce moment-là, Thaddeus sauta sur le bloc de papier posé sur le rocher, l'envoyant valser ainsi que le crayon contre sa tasse de thé. La tasse tomba avec fracas sur les cailloux en dessous, et Thaddeus s'écarta des dégâts. Mais, évidemment, de sa voix aiguë et perçante, il s'écria :

— Saleté. Saleté.

— Oh, Thaddeus pourquoi dis-tu ça ?

Elle s'approcha, ramassa les morceaux de porcelaine brisée et le bloc de papier maintenant dégoulinant de thé. C'était sa faute. Elle n'aurait pas dû le poser ici. Mais elle n'avait pas de table ni de chaises d'extérieur à cet endroit qu'elle aurait pu utiliser.

— Je vois que vous lui apprenez d'autres jurons.

Mack garda une voix agréable.

Elle lui lança un regard suspicieux.

— Ce n'est pas intentionnel.

Il gloussa.

— Je suis sûr que ce satané oiseau répétera tout ce que vous ne voulez pas qu'il dise.

Thaddeus jeta à Mack un regard perçant, pencha la tête sur le côté et dit :

— Satané oiseau. Satané oiseau. Satané oiseau.

Elle gémit.

— Faites attention à ce que vous dites quand il est là.

Mack écarta les doigts.

— Moi ? Ce n'est pas moi qui lui ai appris la première

phrase.

— Et maintenant, vous lui en avez appris une autre, répondit-elle sèchement. Bientôt, sans qu'on le réalise, il connaîtra tous les gros mots et ira choquer les voisins.

— Je pense que vous avez déjà choqué les voisins, déclara Mack avec un sourire. Exhumer des cadavres, capturer un meurtrier et résoudre une affaire classée depuis longtemps… tout cela a dû définitivement choquer les voisins.

Elle rougit en entendant l'admiration dans son ton.

— Eh bien, j'ai fait de mon mieux. Et puis, vous aviez besoin de mon aide.

— Je n'avais pas *besoin* de votre aide, fulmina-t-il. Je suis détective depuis longtemps, je résolvais des crimes bien avant que vous n'arriviez ici.

— Oui, mais vous n'aviez pas résolu celui-ci, n'est-ce pas ?

Elle ne pouvait s'empêcher de le taquiner.

— Allons, comment pouvais-je savoir que vous aviez un cadavre enterré sur votre propriété ?

Elle haussa les épaules.

— En tout cas, *nous* l'avons résolue, déclara-t-elle, ajoutant, magnanime : Tous les deux.

Il hésita, pencha la tête dans sa direction.

— D'accord, je vous l'accorde. Nous l'avons fait ensemble.

Elle eut un sourire éclatant.

— Maintenant que Thaddeus a renversé mon thé et cassé ma tasse, voulez-vous entrer et prendre une tasse de thé ?

Il secoua la tête.

— La prochaine fois. Je me suis arrêté pour vous demander si vous pouviez venir chez ma mère. Elle s'inquiète à propos de ses bégonias. Je ne sais pas si vous pouvez faire quelque chose. Mais, tant qu'on y est, on pourrait discuter de ce qu'il faut faire et voir quand commencer.

Doreen revêtit son expression de jardinière en chef.

— Bien sûr, je sais comment traiter les bégonias malades. Je dois toujours replanter les miens. Ils ont été déterrés quand votre service est venu enlever le cadavre. Le premier.

Il acquiesça.

— Et depuis que j'ai mentionné que des bégonias avaient été arrachés ici, ma mère s'inquiète des siens.

— Quand voulez-vous y aller ?

Il hésita.

— Je ne veux pas qu'elle s'inquiète, ça vous dérangerait de venir avec moi maintenant, juste pour jeter un coup d'œil ? On verra ce qu'on peut faire d'eux.

Enthousiaste, Doreen répondit :

— Parfait. Allons-y.

Ils avancèrent jusqu'à l'allée principale. Ignorant l'attroupement qui regardait sa maison depuis le trottoir, sans dire un mot à personne, Doreen sauta dans le pick-up, Mugs essayant de la suivre.

—Ça vous dérange, si Mugs nous accompagne ?

Seulement, il n'y avait pas que Mugs, car Goliath se précipitait déjà vers eux et Thaddeus cria depuis le porche avant de s'élancer dans leur direction.

— Tout le monde ? Vraiment ?

Mack soupira et laissa à Doreen le temps de récupérer sa ménagerie. Lorsqu'ils furent tous installés dans le véhicule, il sortit en marche arrière de son allée et conduisit les cinq minutes nécessaires jusqu'à la maison de sa mère. Ils auraient pu y aller en marchant, mais ils auraient alors été accostés par tous les curieux.

Alors qu'ils descendaient de son véhicule, il dit :

— Elle doit encore faire la sieste. Je l'ai laissée alors qu'elle se couchait et je suis venu directement chez vous.

Ils firent le tour de la maison et il indiqua un grand massif qui n'allait pas très bien.

Doreen soupira.

— Si ce sont des bégonias, ils ont définitivement connu des jours meilleurs.

Elle contourna la grande parcelle de presque deux mètres, puis se mit à quatre pattes, plongeant les doigts dans la terre, vérifiant et examinant le sol.

— Je ne sais pas exactement ce qui ne va pas. Vous auriez une pelle sous la main ?

Il lui apporta une petite bêche. Elle creusa près des racines du premier massif, retirant une partie de la terre pour voir le système racinaire. Après avoir retiré plusieurs pelletées, elle s'arrêta, enleva une partie de la terre sur les tubercules et regarda de plus près.

— Ils sont vraiment malades. Sont-ils suffisamment arrosés ?

— L'arrosage est automatique. Donc ils devraient recevoir suffisamment d'eau.

Elle hocha la tête et recula un peu sa bêche pour pouvoir retirer plus de terre. Il y avait de la perlite tout autour de la base de la plante, mais la terre noire était correcte. Bien qu'il y ait aussi beaucoup d'argile, elle semblait absorber suffisamment d'eau. Alors qu'elle retirait une autre pelletée, elle se figea.

Mack se pencha à côté d'elle.

— Que se passe-t-il ?

Elle ramassa quelque chose de blanc et le laissa tomber dans sa main. Elle se tourna pour regarder Mack.

— Est-ce que c'est ce que je pense ?

Il fronça les sourcils, secoua la tête, mais sa bouche s'ouvrit, puis il se figea.

— J'espère vraiment que non.

— Ce serait approprié, dit-elle d'un ton lugubre.

— Comment ? aboya-t-il, le regard fixé sur ce qu'il avait dans la main.

Elle ricana.

— Un os dans les bégonias, ça vous tente ?

Chapitre 3

MACK LUI LANÇA un regard furieux.

— Ce n'est pas drôle.

Doreen plaqua les mains sur sa bouche pour retenir son éclat de rire et regarda Mack.

— Alors dites-moi qu'il n'est pas humain.

Son expression maussade indiquait ce qu'il ressentait.

— Je ne peux pas dire ça.

Elle s'approcha.

— Cela pourrait être un os de raton laveur. Il pourrait s'agir d'un os d'écureuil. Il n'y a aucun moyen de dire qu'il est humain pour le moment.

Il fouilla dans sa poche, en sortit un petit sac et y fourra l'os.

— Il y a un moyen de savoir. Je vais l'emmener au labo. Mais ils auront besoin de quelques jours.

— Bien, dit-elle brièvement. Il me faut un peu plus d'une semaine entre deux cadavres, s'il vous plaît.

À cela, il lui lança un regard en coin et sourit. Le sourire se transforma rapidement en un rire contagieux.

Elle le fixa, sentant son propre sens de l'humour revenir.

— La seule chose amusante que je voie à ce sujet, c'est

que, cette fois, c'est la propriété de votre mère.

Instantanément, le rire de Mack s'interrompit. Il la dévisagea.

— Ce n'est *pas* drôle.

Elle sourit doucement.

— Non, mais c'est vrai, répondit-elle en se levant et en regardant autour d'elle. Et votre mère a un joli jardin. S'il y a des os dans les bégonias, eh bien, ce n'est peut-être pas sa faute non plus.

Elle lui jeta un coup d'œil.

— Depuis combien de temps habite-t-elle ici ?

Il fronça les sourcils.

— Je suis né et j'ai grandi ici. Et elle habite ici sûrement depuis qu'elle a épousé mon père.

Il tourna son regard vers la maison.

— Je ne sais pas exactement combien de temps. Une cinquantaine d'années ?

— Il serait peut-être temps de le découvrir.

Sans plus lui prêter d'attention, elle avança le long des bégonias, puis inspecta tout le jardin.

— Tout est sain sauf les bégonias. Nous pouvons donc les replanter à un autre endroit, retourner cette parcelle, l'enrichir avec de la tourbe, de l'engrais et de la perlite – peut-être de la nouvelle terre, si votre mère se rappelle de dernière fois où elle a stimulé cette zone. Et ensuite planter une autre plante vivace.

Heureux de changer de sujet, il se tourna vers le reste du jardin.

— Où mettriez-vous les bégonias ?

— Les bégonias aiment le soleil. Elle tourna lentement sur elle-même, étudiant le jardin qui longeait le périmètre de l'arrière-cour : Il y a beaucoup de soleil vers cette clôture, là-bas.

Elle s'approcha et étudia les gros massifs de marguerites à l'endroit qu'elle avait en tête.

— Les marguerites poussent même dans des conditions défavorables. Nous pourrions échanger leurs places. Mettre les marguerites là où se trouvent les bégonias.

Elle réfléchit à l'idée en jetant un coup d'œil aux autres massifs.

— Vous avez également beaucoup de place ici.

Elle se dirigea vers une parcelle vide à côté d'un massif d'azalées et de ce qui ressemblait à un gros rhododendron.

— Vous pouvez toujours diviser les marguerites et en mettre une partie ici et disperser le reste dans le jardin. Cela rajoutera une belle touche de couleur blanche durant l'été.

— J'en parlerai à ma mère.

Doreen hocha la tête.

— Faites donc. Et lorsque vous aurez décidé ce que vous voulez faire, vous m'appellerez. Nous rentrerons à pied… sauf Goliath, je suppose, qui fera ce qu'il veut.

Elle fit un signe du doigt à Mack et se dirigea vers la porte de la cour.

— Venez, Mugs et Thaddeus. Nous avons fait assez de dégâts ici.

Thaddeus s'avança vers elle en criant :

— Maudit os. Maudit os.

Elle soupira.

— Ce n'est pas tout à fait ce que nous avons dit, Thaddeus.

Thaddeus pencha la tête sur le côté alors qu'il sautillait en avant.

Elle lui tint le portail ouvert et, avant qu'il ne le franchisse, une traînée dorée le dépassa à toute allure. Cela fit presque chuter le pauvre Thaddeus.

— Goliath, un peu de tenue, s'il te plaît.

Goliath s'arrêta, se retourna, lança un regard malveillant à Doreen et reprit son chemin lentement à grandes enjambées.

Elle se pencha et attrapa Thaddeus.

— Que dirais-tu d'un tour, mon grand ?

Elle posa Thaddeus sur son épaule.

Il plia le cou et caressa sa joue avec sa tête.

— Merci. Merci.

Elle rit.

— C'était approprié. Qui t'a appris à parler d'ailleurs ?

— Melle Nan. Melle Nan.

Instantanément, Doreen eut le mal du pays.

— Eh bien, on peut prendre le chemin le plus long et nous arrêter pour lui rendre visite, si tu veux. Ou peut-être aller en ville après une tasse de thé ?

Thaddeus hocha la tête à sa deuxième suggestion, elle choisit donc de rentrer chez elle.

Alors qu'elle passait devant la clôture, elle jeta un coup d'œil derrière elle pour voir Mack, toujours debout dans le jardin de sa mère, les mains sur les hanches, qui la regardait partir avec son trio vers le chemin du ruisseau. Elle lui fit à nouveau un signe de la main. Il lui répondit, mais elle aperçut une expression étrange sur son visage. Que ce soit parce qu'il l'avait entendue parler à son oiseau ou à cause des bégonias et de tout ce qu'ils avaient trouvé, elle l'ignorait.

Il devait sûrement être habitué à elle maintenant, alors elle opta pour l'os qu'elle avait trouvé dans le lit de bégonias comme la cause de ce bouleversement. Cela retiendrait certainement son attention pendant un certain temps. Peut-être plus qu'un certain temps, en fait. Alors qu'elle se dirigeait vers son jardin et contournait la clôture partiellement démantelée, ses animaux se dispersèrent et elle s'arrêta pour contempler son œuvre.

— C'est encore pire qu'avant. Qu'est-ce qu'on va bien pouvoir en faire ?

— Bonjour, s'écria une voix joyeuse et claire du côté de sa maison.

Doreen se tourna et fronça les sourcils devant l'inconnue qui venait vers elle.

— Puis-je vous aider ? demanda-t-elle poliment. Elle était presque plus déterminée à installer une nouvelle clôture sur l'avant de sa maison, y compris l'allée, qu'elle ne se souciait de démonter celle-ci. Depuis que les médias avaient découvert les meurtres, ils étaient partout sur sa propriété.

La femme tendit la main, mais elle était un peu trop parfaitement coiffée pour que Doreen se détende. Elle avait beaucoup vu de femmes comme elle au fil des ans. Celle-ci était entrée dans son jardin sans invitation, ce qui faisait d'elle quelqu'un à qui Doreen ne voulait vraiment pas parler.

Pourtant, ses manières revenaient toujours à l'attaque. Son futur ex-mari lui avait rabâché cela tous les jours. Peu importait qu'elle apprécie quelqu'un ou non. « Souris et utilise ces manières à ton avantage. » Elle se plaqua un sourire mondain éclatant sur le visage et serra la main de la femme.

— Je m'appelle Sibyl. Je travaille au journal de Kelowna. Vous avez donné toutes sortes d'interviews aux grands journaux télévisés et à la presse, mais pas encore pour nous.

Doreen montra les dents.

— Et je ne le ferai pas. Maintenant que vous vous êtes identifiée, je vous prie de quitter ma propriété.

Le sourire quitta le visage de la femme.

— Oh, ma chère. Je ne voulais pas vous contrarier.

— Il y a une raison pour que j'évite la foule devant. *Je ne veux plus parler de cette histoire à personne.*

Doreen croisa les bras sur sa poitrine et tapota ses doigts contre son avant-bras.

— Alors s'il vous plaît, faites demi-tour et partez.

— Eh bien, peut-être que je vais juste vous poser une question sur notre charmant inspecteur de police, Mack Moreau, qui repasse encore souvent ici.

Le ton de la femme devint insinuant et mielleux.

Doreen inclina la tête sur le côté et sortit son téléphone.

— Et il sera là dans deux secondes chrono pour vous arrêter pour violation de propriété.

La femme trébucha en arrière et leva les mains.

— Oh Seigneur. Quelle fougue !

Le truc, c'est que Doreen ne plaisantait pas. Autant elle voulait s'intégrer dans cette communauté et faire de cet endroit son chez-elle, autant elle refusait d'être traquée par des journalistes. Elle porta le téléphone à son oreille et dit :

— Mack, j'ai une dame ici…

Elle répéta le nom de la femme et le journal pour lequel elle avait indiqué travailler.

— Elle fait des insinuations sur vos visites chez moi et ne veut pas quitter ma propriété. S'il vous plaît, venez la chercher.

Mugs s'approcha de la journaliste et renifla sa chaussure.

La femme sursauta et manqua de peu un jet d'urine de Mugs là où elle se tenait quelques instants auparavant.

— Non, non, non. Ne lui dites pas ça.

Doreen renifla en fixant Sibyl.

— Pourquoi ne le ferais-je pas ?

Et voilà, elle avait recommencé. Elle n'arrêtait pas de jurer depuis qu'elle avait emménagé ici. Ce n'était pas correct. Et pourtant, une autre partie d'elle adorait ça. La liberté de jurer sans que personne ne la réprimande publiquement pour cela ?… Inestimable.

— Eh bien, je ne voulais pas vous contrarier, dit la femme en reculant précipitamment.

— Vraiment ? dit Doreen. J'ai eu l'impression que non seulement vous essayiez de vous imposer dans ma vie et de me soutirer des informations, mais que vous dénigriez également Mack, sans parler de ma personne. Et cela s'appelle de la calomnie.

À cela, elle rit intérieurement. Elle avait entendu son presque ex-mari dire quelque chose de semblable lors d'une fête, une fois. Elle n'aurait jamais pensé qu'un de ces souvenirs de fête serait utile, mais apparemment si.

La femme s'éloigna rapidement, lui fit un signe de la main gentiment et dit :

— Et si je revenais un autre jour, quand vous vous sentirez mieux ?

— Et si vous reveniez dans plusieurs décennies, quand je ne vivrai plus ici ? Et je me sens très bien, merci, aboya Doreen.

La femme se retourna et se précipita vers l'avant de la maison, trébuchant presque alors que Goliath se jetait sur son chemin.

L'avait-il fait exprès ? *Je l'espère.*

À ce moment-là, elle entendit la voix de Mack dans son oreille.

— Ouah, je crois que je ne vous ai jamais entendue parler comme ça avant.

À sa plus grande mortification, elle avait réellement appelé Mack. Elle avait composé la moitié du numéro, du moins c'était ce qu'elle pensait. Au lieu de cela, elle avait appuyé sur le bouton d'appel, et Mack avait écouté sa conversation alors qu'elle criait contre la journaliste.

— Mack, je ne sais pas ce qui m'arrive, dit-elle, perplexe. C'est le cirque ici.

Sa voix s'adoucit.

— Allez-y doucement. Vous avez de bonnes raisons d'être en colère. Faites-moi savoir si elle revient, et j'irai m'entretenir avec elle.

— Eh bien, si elle revient, je vais probablement lâcher l'un des animaux à ses trousses. Mugs ne l'a pas appréciée. Mais je ne pense même pas qu'elle ait remarqué quand il a délibérément levé la patte.

— Il n'a pas fait pipi sur elle, n'est-ce pas ? La voix de Mack laissait percer une horreur fascinée.

— Non, c'est dommage.

Elle secoua la tête.

— Ce sont mes paroles qui l'ont fait reculer. Elle ne réalise pas à quel point elle a eu de la chance.

Mack rit.

— Vous et vos animaux ! Ça va mieux maintenant ?

— J'allais bien avant. Je ne voulais pas composer votre numéro. J'utilisais davantage le téléphone comme accessoire pour lui faire peur. Mais je vous ai appelé accidentellement. Je suis désolée que vous ayez dû entendre tout ça. Je ne suis pas aussi incapable de prendre soin de moi qu'il n'y paraît.

— Vous vous débrouillez très bien. Ayez un peu confiance en vous et en certains d'entre nous, et tout ira bien.

Et sur ce, il raccrocha.

Elle sourit et redressa les épaules. Mack avait raison. Elle allait *beaucoup* mieux. Bon sang, elle l'avait aidé à résoudre plusieurs affaires de meurtre. Et c'était énorme. Peut-être que, si elle pouvait le refaire, elle obtiendrait le respect des gens d'ici, et pas seulement une fascination morbide. Cela l'énervait que la femme ait eu l'audace et les nerfs de rentrer dans son jardin. Doreen se demandait quels étaient ses droits en tant que propriétaire.

Elle contourna la maison et regarda devant, dans la cour. La femme était toujours là avec son cameraman. Et ils prenaient des photos de la façade de sa maison. D'après Mack, elle ne pouvait pas faire grand-chose à ce sujet. Mais il était hors de question qu'elle les laisse entrer sur sa propriété.

Elle entra dans la cuisine et repéra un grand carton ondulé près de la buanderie. Elle le ramassa, saisit un marqueur permanent et écrivit « ENTRÉE INTERDITE » sur le devant, puis, en dessous, elle ajouta « SOUS PEINE DE POURSUITES JUDICIAIRES ». Elle attrapa ensuite l'un des poteaux que Mack avait retirés. « Une poutre en I », comme il avait appelé ça.

Elle traça son chemin dans le jardin juste sur le devant la propriété, ignorant les caméras qui cliquetaient et flashaient devant son visage. Plusieurs personnes l'interpellèrent. Elle les ignora toutes. Thaddeus la rejoignit alors qu'elle plantait le carton sur le poteau, en haut et en bas, pour que le panneau reste en place, puis enfonça le poteau métallique à la verticale dans la terre moelleuse du jardin. Ensuite, elle le retourna pour que les gens puissent voir sa pancarte. Sans prononcer un mot, elle tourna les talons et se dirigea vers son porche.

Ceux qui se tenaient là eurent un hoquet de stupeur et s'écrièrent :

— Eh bien, ça alors !

Son dos se raidit mais elle continua d'avancer, Thaddeus la dépassant en voletant pour la retrouver à la porte. Mugs n'était pas avec elle, il était resté dans le garage. Bon chien. Il n'aimait pas plus qu'elle les foules indiscrètes. De Goliath, il n'y avait aucun signe.

Elle s'approcha de la porte d'entrée et marmonna :

— Bon débarras.

Alors qu'elle entrait à l'intérieur, Thaddeus se retourna et cria à la foule :

— Bon débarras. Bon débarras.

Elle couina, s'élança à l'intérieur avec Thaddeus sur les talons et claqua la porte d'entrée.

Chapitre 4

De retour à l'intérieur, elle se dirigea vers sa cuisine et sa fidèle bouilloire électrique.

Son futur ex-mari se dirigeait toujours vers la bouteille lorsqu'il se trouvait dans une situation stressante. Quand elle vivait avec lui, elle allait toujours dans sa chambre pour s'évader. Le thé n'avait jamais fait partie de l'équation. Mais maintenant, c'était le réconfort dont elle avait besoin. Et étant donné ce qu'elle avait vécu, c'était plus que nécessaire. Et puis, ça aurait pu être bien pire. Ce n'était pas comme si elle versait de l'alcool dans son thé. Bien que, si elle en avait eu chez elle, elle l'aurait sûrement fait, aujourd'hui. Mais avec aussi peu de moyens, elle ne pouvait se permettre un tel caprice.

Elle remit la bouilloire en marche, fixant la cuisinière d'un regard noir. Si seulement elle comprenait comment cette chose était censée fonctionner ! C'était une grande férue des émissions de cuisine, des vidéos sur Internet et tout ça, mais d'une manière ou d'une autre, chaque fois qu'elle essayait une recette, ça finissait par ne ressembler à rien ou ça se retrouvait à moitié cuit. Et elle ne comprenait tout simplement pas comment tout cela était censé aller ensemble.

Elle avait hésité à prendre des cours de cuisine, mais encore une fois, il y avait le problème de l'argent. En plus de cela, elle ne voulait pas que quiconque sache à quel point elle était incompétente dans une cuisine.

Nan avait dit à Doreen que faire bouillir des œufs était simple, qu'il fallait juste une casserole d'eau et des œufs. Mais elle n'avait pas encore essayé. En partie à cause de cette fichue cuisinière. Elle n'arrivait pas à l'allumer correctement. Elle aurait dû en parler à Mack.

Elle sortit son téléphone dans l'intention de l'appeler, mais réalisa à quel point elle s'était reposée sur lui ces derniers temps. Ce n'était pas correct pour lui. Tant qu'elle avait une bouilloire électrique, elle pouvait la brancher et se faire du thé et du bouillon. Elle avait aussi un micro-ondes et apprenait à s'en servir.

Une autre tasse de thé en main, elle se dirigea à l'arrière vers le jardin. Dès qu'elle franchit le seuil de la cuisine, elle avisa la clôture en morceaux. Elle soupira, mais fut distraite lorsque Mugs s'élança directement vers le rebord courant le long du ruisseau.

— Mugs, reste sur la propriété, le prévint-elle.

Mugs se retourna pour la regarder, et puis, tout en l'ignorant ostensiblement, franchit le portail. Celui-ci tenait toujours debout, ce qui était inutile puisque la clôture qui l'entourait avait disparu.

Elle rentra à nouveau dans la maison, farfouilla dans le placard en désordre du hall d'entrée de Nan et trouva une paire de gants de jardinage. Ils n'étaient pas très épais, mais ils feraient l'affaire pour le moment.

Elle saisit sa tasse de thé, retourna à l'extérieur et s'assit sur un gros rocher. Avec les cisailles, elle coupa le grillage. Elle aligna soigneusement les poteaux sur un côté, puis coupa en plus petits tronçons le grillage, les détendit et les empila. C'était un travail qui donnait chaud et était salissant. Mais c'était un travail honnête, et elle aimait ça. C'était aussi un travail non rémunéré. Et ça, c'était nul.

Cependant, le temps était parfait pour jardiner.

Plusieurs heures s'étaient écoulées quand elle se redressa finalement et se frotta le bas du dos. Elle avait fait de son mieux. Elle avait déterré un bloc de caoutchouc, une vieille barrière de rétention (elle n'imaginait absolument pas pourquoi Nan possédait cette chose) et une tasse en céramique ébréchée. Elle tourna sur elle-même pour localiser tous ses animaux. Mugs s'était étendu sur l'herbe à côté d'elle et ronflait. Goliath s'était perché au sommet du rocher où elle avait posé sa tasse plus tôt. Il n'y avait aucune trace de Thaddeus. Elle fronça les sourcils et regarda autour d'elle.

— Thaddeus ? Thaddeus ?

Pas de réponse.

— Mugs, où est l'oiseau ?

Mugs ne prit même pas la peine d'ouvrir un œil.

— Eh bien, tu ne m'es d'aucune aide.

Elle s'éloigna de la clôture, se retourna et éclata de rire. Elle avait retrouvé Thaddeus. Il était posé sur la clôture du voisin. Il avait choisi le poteau de clôture d'angle caché derrière un énorme buisson et s'était perché là, surveillant le monde qui l'entourait.

— Comment se fait-il que tu n'aies pas répondu, Thaddeus ?

Il se tourna vers elle et la fixa de son regard perçant, puis pivota immédiatement la tête dans la direction qu'il regardait précédemment. Sa curiosité piquée, elle s'approcha, se frayant un chemin à travers le jardin envahi par la végétation pour voir ce que l'oiseau avait trouvé.

Elle jeta un coup d'œil par-dessus la clôture du voisin, examina le magnifique ruisseau, et demanda à Thaddeus :

— Qu'est-ce que tu regardes ?

D'une voix qu'elle n'avait jamais entendue auparavant, Thaddeus répondit :

— De vieux os. De vieux os.

Elle gémit.

— C'est une tournure de phrase horrible. Tu le sais, ça ?

Il poussa un cri étrange et s'envola. Mais Thaddeus n'était plus supposé voler. Non seulement l'une de ses ailes était handicapée, mais apparemment, les plumes de ses ailes étaient censées être coupées pour l'empêcher de voler. Elle n'y était pour rien, Nan était l'instigatrice, même si elle avait prévenu Doreen qu'il ne volait pas bien de toute façon.

Alors qu'elle le regardait, Thaddeus fit un atterrissage en catastrophe au bord du ruisseau, les hautes herbes s'aplatissant sous lui.

Elle détesta la pensée qui s'était immédiatement imposée à son esprit. Voir un cadavre dans le ruisseau, c'en était trop pour n'importe qui. Elle alla voir ce que faisait Thaddeus. Il s'était perché sur un rocher et inspectait le ruisseau.

Le cœur serré, elle s'approcha.

— Qu'y a-t-il, Thaddeus ?

Mugs se réveilla soudainement, aboya et se précipita sur elle.

— Je n'allais pas me promener, Mugs.

Mais Mugs l'ignora et se précipita vers l'endroit où était posé Thaddeus. Mugs planta son derrière avec une force surprenante à côté du perroquet.

Elle rit.

— Eh bien, ce n'est pas comme si tu étais un chien de chasse ou un chien de sauvetage qui me faisait signe de creuser ici. Donc je ne sais pas quel est ton problème.

En fait, elle n'avait jamais vu Mugs agir ainsi depuis qu'ils étaient arrivés chez Nan.

Elle jeta un coup d'œil derrière elle, mais Goliath semblait complètement indifférent à leurs singeries. En fait, il avait les yeux fermés. Elle franchit les derniers pas qui la séparaient du ruisseau et étudia l'eau.

— Vous voyez ? Il n'y a rien, les gars.

Mais le chien et l'oiseau ne l'écoutaient pas. Elle fit plusieurs pas de plus dans le ruisseau, mais elle ne vit rien d'anormal ou d'incongru. Elle sourit avec soulagement. C'était une bonne chose. Elle avait déjà eu plus qu'assez de cadavres.

Plus elle regardait, mieux elle se sentait. Elle fit signe à Mugs.

— Allez, Mugs. Rentrons à la maison.

Bien sûr, elle était déjà à la maison, à quelques mètres seulement des limites de sa propriété. Mais Mugs regardait toujours l'eau, tout comme Thaddeus.

Elle soupira et décida de jouer le jeu aussi. Elle s'approcha et se plaça juste derrière eux, puis demanda :

— Qu'est-ce que vous regardez ?

Juste à ce moment-là, une traînée orange la dépassa et Goliath apparut. Apparemment, il s'était réveillé, réalisant peut-être qu'il était tout seul. Il s'approcha du ruisseau par un chemin au-dessus et sauta sur un rocher en plein milieu.

— Tu aimes l'eau ? demanda Doreen incrédule.

Goliath lui lança un *regard*.

Elle n'était pas sûre de savoir l'interpréter. C'était un croisement entre « Ne sois pas stupide » et « Bien sûr que j'aime l'eau. Tous les chats aiment l'eau. OU PAS. »

Elle secoua la tête pour se débarrasser de ses pensées fantaisistes jusqu'à ce que Goliath se mette à son tour à regarder l'eau. Maintenant, tous les trois, depuis des endroits différents, étaient concentrés sur un même point au milieu du ruisseau. Elle gémit.

— Je ne sais pas ce que vous regardez, les gars, et je ne suis pas sûre de vouloir le savoir non plus.

Néanmoins, elle attrapa un bâton et donna de petits coups dans le lit du ruisseau, qui n'était profond que de quelques centimètres d'eau à cet endroit. Mais, alors même qu'elle tapotait, la vase bougea, l'eau embarqua le sable et l'entraîna dans le ruisseau. Et l'endroit juste en dessous se retrouva tout propre. Et mince, on voyait quelque chose de blanc et… d'effrayant.

Était-ce encore un os ?

— Ça ne veut pas dire que c'est un os humain, marmonna-t-elle en déglutissant difficilement. Il n'y a aucune raison de soupçonner que quoi que ce soit d'humain se trouve ici. Ce pourrait être un os de raton laveur. Ou un os d'écureuil. Bon sang, ça pourrait même être un rocher.

Pourtant, cela lui rappela l'autre os qu'elle avait trouvé dans les bégonias de la mère de Mack. Même s'il n'avait pas été confirmé qu'il s'agissait d'un os humain, Doreen avait peur que ce soit le cas.

Mais ici ?… Elle devait s'en assurer. Elle enleva ses chaussures et ses chaussettes, puis entra dans l'eau. Et s'écria :

— Bon sang de bonsoir, c'est froid !

Elle se pencha et essuya la substance qui recouvrait à moitié l'objet. En le ramassant, elle éclata de rire.

— Vous voyez ? Ce n'est pas du tout un os, les gars.

C'était une petite boîte en ivoire. Avec un couvercle. C'était magnifique. Elle l'examina et poussa un petit cri de joie. Le côté était gravé minutieusement.

— Voyez-vous ça ?

Elle essaya d'ouvrir le couvercle, mais il était scellé ou coincé. Elle le retourna, vit qu'elle n'avait aucun moyen de voir ce qu'il y avait à l'intérieur – et elle ne voulait pas secouer la boîte de peur de briser ce qui pourrait y être caché –, mais elle trouva un nom en dessous.

— « Betty Miles », lut-elle à voix haute.

Elle se tourna vers les animaux et dit :

— Belle découverte, les gars. On pourrait peut-être retrouver cette Betty Miles sur le Net et la prévenir. Elle sera probablement heureuse de récupérer son bien.

Alors qu'elle admirait la petite boîte blanche, une voix bourrue de l'autre côté de la clôture à côté d'elle s'écria :

— À qui parlez-vous ?

Doreen grimaça et se tut. Puis finalement, elle abandonna et dit :

— Je parle à Mugs, le chien.

— Eh bien, pourquoi parlez-vous de cette fille assassinée ?

Doreen se tut. Elle regarda le nom sur la petite boîte blanche, puis la clôture, d'où elle ne pouvait pas voir son voisin de l'autre côté.

— Quelle fille assassinée ?

— Betty Miles, répondit son voisin d'une voix grincheuse. Ce n'est pas ce que vous venez de dire ?

Le quartier avait mis un point d'honneur à clôturer tout l'arrière du ruisseau afin de ne pas voir l'eau. Elle commençait à comprendre pourquoi.

— Oui, c'est ça. Mais je ne sais rien d'elle.

— Plus grand monde ne parle d'elle, dit son voisin.

Doreen ne savait pas si son interlocuteur était le mari, qu'elle avait rencontré, ou sa femme. C'était un homme âgé.

Doreen suspectait donc que sa femme aussi était âgée. Cela pouvait être l'un ou l'autre.

— À l'époque, il y a eu une grosse tempête médiatique à propos de tout ça, déclara le voisin d'une voix pleine de dégoût, cette fois plus féminine. Comme ce qui se passe devant nos maisons en ce moment. Depuis que vous avez trouvé ces fichus cadavres, c'en est fini de la tranquillité et du calme, ici.

Doreen grimaça.

— Oui, vous avez raison. Je suis désolée pour ça.

— Inutile d'être désolée. Ne recommencez pas. Peut-être que ces gens vont enfin se rendre compte qu'il n'y a rien à voir ici et ficher le camp. Ce ne serait pas trop tôt.

Elle décida que ce devait être le mari. Il y avait quelque chose de *masculin* dans la façon dont il avait prononcé ces derniers mots.

— J'espère qu'ils partiront bientôt.

Elle hésita, puis demanda :

— Que pouvez-vous me dire à propos de cette Betty Miles ?

— Je ne vous dirai rien. Vous allez encore vous lancer dans une quête futile et rameuter les médias chez nous. Comme si j'avais besoin de ça.

La voix s'estompa, comme s'il retournait vers sa maison.

— Eh bien, pouvez-vous au moins me dire quand elle a été assassinée ? lança Doreen.

— Au moins trente ans. C'est l'une des plus célèbres affaires non résolues des environs.

— Où habitait-elle ?

— Pas très loin d'ici, dans la partie la plus pauvre de Cela Mission. On a tous été interrogés par les flics à cause de ça. C'était d'un casse-pieds, cette histoire !

— Personne n'a jamais découvert qui l'a tuée ?

— Je n'ai pas dit ça, si ? Si vous voulez savoir quelque chose, allez vous renseigner.

Et la voix se tut.

Mais Doreen sourit. Résoudre une affaire non résolue était encore mieux que de refaire sa clôture ou débroussailler son jardin. Les meurtres mystérieux attiraient son attention comme les insectes étaient attirés par la lumière. Elle avait hâte de rentrer chez elle et d'en apprendre plus.

Chapitre 5

S A TROUVAILLE DANS les mains, Doreen poussa Mugs, Goliath et Thaddeus à l'intérieur. Elle avait hâte d'accéder à son ordinateur et de trouver des informations sur Betty Miles. Doreen voulait absolument percer ce mystère.

Elle plaça soigneusement la petite boîte sur la table de la cuisine. Elle était à la fois propre et sale. Elle se mit à rire.

— Comment quelque chose peut-il être les deux opposés à la fois, Doreen ?

Mais c'était le cas. Le ruisseau l'avait gardé en grande partie propre. Mais, au fil du temps, les gravures s'étaient remplies de la vase gisant au fond de la rivière. Elle ne savait pas si c'était de la terre ou autre chose. Elle attrapa son téléphone portable et prit plusieurs photos de la boîte. Elle avait retenu la leçon. Une fois que Mack serait au courant, il apparaîtrait ici en un clin d'œil et elle ne reverrait plus jamais la boîte.

Elle se déplaça autour de la boîte jusqu'à en avoir des photos sous tous les angles, et transféra toutes les images sur son ordinateur portable. Une fois que cela fut fait, elle se leva et mit la bouilloire électrique en marche. Et se rappela qu'elle avait laissé sa tasse dehors. Elle s'y précipita pour la récupérer pendant que l'eau bouillait.

Alors qu'elle rentrait, Mugs se précipita sur ses talons dans l'espoir de courir à nouveau. L'eau n'avait pas encore bouilli. Pendant qu'elle attendait, elle chercha sur le Net l'affaire dont son voisin avait parlé. Elle fronça les sourcils en pensant à la voix de son voisin. Le problème était que cette voix venant de derrière la clôture était androgyne. Doreen ne savait toujours pas à qui elle avait parlé plus tôt dans la journée. La voix avait été grognon et grincheuse, comme si rien n'était jamais assez bon pour… ce machin. Et elle détestait utiliser ce terme pour faire référence à une personne, mais elle ne savait vraiment pas si le voisin qui lui avait parlé était un homme ou une femme. Et c'était un mystère en soi.

Elle sourit. *Un autre*. Parfait.

Lorsqu'elle posa sa question dans le moteur de recherche, toutes sortes de liens apparurent. Elle les lut tous pour découvrir qu'une certaine Betty Miles avait disparu près de trente ans plus tôt, comme l'avait dit son voisin. C'était une adolescente perturbée, elle avait fugué plusieurs fois de chez elle. Quand elle avait disparu la dernière fois, tout le monde avait pensé qu'elle avait fugué à nouveau.

Mais, quand il s'était avéré qu'elle ne rentrait pas, la mère de Betty s'était inquiétée. Elle avait signalé sa disparition, mais apparemment, personne n'avait jamais entendu parler ni n'avait jamais revu Betty Miles depuis.

Il n'y avait aucune preuve indiquant un acte criminel, de sorte que la police ne s'en était pas trop préoccupée, jusqu'à ce que, environ un an plus tard, on retrouve un bras entier dans un ruisseau, également à proximité de cette partie de la Mission. Doreen se pencha plus près de l'écran, étudiant l'article devant elle.

— Juste un bras ? C'est bizarre.

Elle parcourut rapidement l'article, cherchant plus d'informations, mais c'était un article journalistique typique, qui récupérait un fait important et l'habillait à partir de plusieurs articles en ligne qui n'avaient vraiment rien de neuf à ajouter. Et la plupart de ces articles étaient scannés et ressortis des années plus tard.

Seul le bras avait été retrouvé. Il avait été radiographié après l'identification de la bague qui avait été offerte à Betty par sa meilleure amie. En l'occurrence, le majeur de Betty Miles sur cette main avait été cassé et les os s'étaient ressoudés de travers.

— Est-ce que ça compte comme un cadavre ? réfléchit Doreen à haute voix.

Sans autre preuve, l'affaire avait été oubliée. À l'époque, il y avait beaucoup de sensationnalisme autour d'une série de meurtres en Californie où les victimes avaient également toutes été démembrées. Les morceaux avaient été fourrés dans des sacs-poubelle, puis jetés le long de plusieurs autoroutes.

Doreen se redressa et réfléchit.

— Pourquoi enlever une victime ici au Canada et répandre ses restes en Californie ? De plus, la police n'a pas trouvé le bras de Betty dans un sac-poubelle, mais enterré ou jeté dans un ruisseau. Donc quelqu'un a découpé Betty et a jeté ses membres là où il pensait qu'ils ne seraient pas trouvés. Et visiblement, l'un de ces endroits n'avait pas été très bien choisi.

Alors que la bouilloire sifflait, elle réalisa qu'elle avait automatiquement supposé que le tueur était un homme.

Elle faillit trébucher sur Mugs, qui la fixa méchamment. Elle lui jeta un coup d'œil et dit :

— Désolée, Mugs. Je sais que ce n'est pas ta faute si tu es

un mâle. Mais c'est vrai que la plupart des meurtres sont commis par des hommes.

Elle continua à parler au chien tout en laissant tomber un sachet de thé dans sa tasse et en le recouvrant d'eau chaude. Si Doreen n'avait pas cassé la théière plus tôt cette semaine, elle aurait fait une théière complète. Elle se mit à rire. En ce moment, elle s'échinait à briser les tasses ébréchées de Nan. Pourquoi Nan avait-elle décidé de garder un placard plein de tasses cassées, Doreen ne le savait pas. Mais après en avoir déjà cassé trois, elle allait devoir trouver sa propre source de tasses ébréchées d'ici quelques semaines. Ou peut-être qu'elle pourrait se permettre d'en acheter une nouvelle, *neuve*, pour changer.

Après avoir versé du lait dans sa tasse de thé chaud, elle se rassit à table pour continuer sa lecture.

— C'est fascinant.

Et il fallait qu'elle garde une trace de quelques détails.

Elle se leva, trouva un bloc-notes et un stylo et se rassit à table. Elle écrivit en titre le nom de l'adolescente, puis : « Le bras a été retrouvé, détaché *post-mortem* – les radios ont confirmé l'identité. » Et enfin Doreen ajouta la boîte blanche trouvée dans le ruisseau, juste pour ses propres notes.

Elle grimaça. Mack allait faire une syncope lorsqu'il découvrirait qu'elle avait retiré la boîte en ivoire du ruisseau sans prendre aucune photo de l'endroit où elle se trouvait dans la vase. Elle soupira.

— Je suis vraiment nulle pour ce boulot.

Au mot « boulot », elle grimaça à nouveau. Elle jeta un coup d'œil à Mugs qui la fixait toujours.

— Hé, j'ai assez d'argent pour acheter de la nourriture pour chien avec l'argent de poche de Nan, donc tout va bien. Je trouverai bien du travail à un moment donné. Ne t'inquiète pas.

Mugs lui lança un regard expressif, indiquant qu'il avait besoin d'autre chose que sa parole pour le rassurer.

Elle se leva, se dirigea vers le placard dont la porte manquait et regarda dans sa gamelle. Elle était vide. Mugs sur les talons, la queue frétillante, reniflant le sol autour de sa gamelle, elle la remplit à nouveau. Elle passa un moment à câliner le toutou. Mugs avait de nombreuses qualités, et réconforter les gens en faisait partie. Elle ne savait pas ce qu'elle aurait fait sans lui. Il avait été son pilier, son centre de gravité lorsque son monde avait basculé à cause de sa séparation, et maintenant lors du divorce en cours.

Alors qu'elle se redressait, son dos cria grâce à cause du travail intense qu'elle avait fourni dans le jardin plus tôt. Elle grimaça, agrippa le comptoir, trouva Goliath assis dessus, la fixant. Elle secoua la tête.

— Oh, non, n'essaie même pas. Je t'ai déjà nourri au jourd'hui.

Miaou.

— Non, non et non. La gamelle de Mugs était vide. Tu as mangé ses croquettes, n'est-ce pas ?

Elle se tourna et se dirigea vers la table, mais Goliath courut le long du comptoir, sauta à terre et s'enroula autour de ses jambes, la faisant presque trébucher. Elle gronda, se pencha, le souleva et cria :

— Tu es lourd. Tu as pris du poids depuis que je suis ici.

Son gros moteur guttural se mit en marche et il frotta sa tête contre son menton.

Elle gloussa.

— Je ne suis pas un pigeon.

Mais il frottait sa tête contre son menton encore et encore. Puis elle entendit son ventre gronder. Horrifiée, elle se dirigea vers ses gamelles et découvrit que ses croquettes avaient également disparu. Elle secoua la tête.

— Qu'est-ce qui cloche chez moi ? Normalement, je n'aurais jamais oublié de vous nourrir.

Elle fronça les sourcils et son regard passa d'une gamelle à l'autre.

— Est-ce que vous mangez dans la gamelle de l'autre ou quelque chose comme ça ?

Cela n'avait pas d'importance car, selon Goliath, il allait mourir de faim si elle ne le nourrissait pas *maintenant*. Elle le reposa, prit une portion de croquettes et les versa dans sa gamelle. Immédiatement, il se jeta sur ce festin.

Elle recula.

— Doreen, tu perds la tête. C'est la première fois que tu oublies de nourrir ces animaux.

Légèrement troublée, elle regagna sa place à la table. Thaddeus passa d'une gamelle à l'autre. Mais sa tête n'arrivait pas à atteindre l'une ni l'autre. Le chien et le chat étaient tous les deux occupés à dévorer la nourriture qu'elle leur avait donnée.

Elle observa Thaddeus un instant.

— Thaddeus, je t'ai nourri ?

Immédiatement, sa tête se tourna vers elle et il la fixa de son regard perçant.

— Thaddeus. Thaddeus.

— Je sais que tu es Thaddeus. Cela ne me dit pas si tu as faim ou pas.

— Thaddeus a faim. Thaddeus a faim. Thaddeus a faim.

Elle grogna.

— Bien sûr que tu as faim. Plus précisément, tu dis que tu as faim pour faire comme les autres. Je doute fortement que l'un d'entre vous soit affamé.

Elle se releva et se dirigea vers le grand placard du couloir où elle gardait la nourriture pour oiseaux. Thaddeus l'observait tout en la suivant, sa queue traînant sur le sol. Elle ne comprenait pas pourquoi il faisait ça. Elle chercherait plus tard sur le Net, mais il semblerait qu'elle n'arriverait jamais à faire des recherches concernant ses animaux. Elle se laissait toujours distraire par autre chose. C'était un peu déconcertant. Elle sortit une poignée de graines pour oiseaux et retourna à la table de la cuisine. Elle déposa la nourriture dessus, le regardant commencer à manger.

— Voilà. Tous les animaux sont nourris. Est-ce que l'un d'entre vous se soucie de moi ? Je ne pense pas avoir mangé depuis des heures.

À ce moment-là, son estomac grogna.

— La vie n'a jamais été aussi difficile avant.

Elle était partagée entre se faire à manger et continuer ses recherches. Finalement, elle abandonna, combla la distance jusqu'au frigo et l'ouvrit. Mais, si elle ne voulait pas de sandwiches, elle devrait se faire des œufs. Et ce n'était pas encore quelque chose qu'elle cuisinait très bien. Voilà pourquoi les œufs étaient toujours là, semblant la narguer. Elle claqua à nouveau la porte du réfrigérateur. Ce serait donc à nouveau du fromage et des crackers, qu'elle déposa dans une assiette. Elle trouva du concombre et le déposa sur le plat après l'avoir découpé. Elle étudia le repas modeste et soupira.

— Vous vous souvenez quand nous mangions du steak et du homard avec du vin rouge ?

Aucun des animaux ne prit la peine de lui répondre. Telle était aussi sa vie maintenant.

Alors qu'elle reprenait ses recherches, son téléphone sonna. Elle baissa les yeux sur le petit écran. C'était Mack. Il semblait avoir un sixième sens pour deviner quand elle se mêlait de ce qui ne la concernait pas. Mettant de côté sa culpabilité déplacée, elle répondit à son appel d'une voix trop joyeuse.

— Hé, Mack. Quoi de neuf ?

— Qu'est-ce que vous faites ?

Elle pouvait entendre l'inquiétude dans sa voix. *Silence.*

— Rien, le rassura-t-elle précipitamment. *Comment savait-il ?*

— Maintenant, je sais que vous préparez quelque chose, déclara-t-il. J'arrive dans cinq minutes.

Chapitre 6

ELLE GROGNA ET coupa l'appel rageusement. Comment pouvait-il savoir ? Il n'était pas obligé de rappliquer en quatrième vitesse, mais il le ferait parce qu'il se méfiait d'elle. Cependant, c'était une bonne excuse pour que Mack fasse du café pendant qu'il était là. Il préparait le meilleur café qu'elle ait jamais bu. Elle savait le faire correctement aussi, mais lui avait quand même un don particulier. C'était frustrant parce qu'elle utilisait pourtant bien la même fichue cafetière et le même fichu café. Mais quand il le faisait lui… C'était magique.

Comme pour tout ce qui se passait dans la cuisine, les autres semblaient avoir un pouvoir spécial. Ou peut-être qu'elle-même n'en avait aucun. Quoi qu'il en soit, sa confiance en elle était inexistante lorsqu'il s'agissait de cuisiner des aliments de quelque sorte que ce soit. Elle continua à surfer sur Internet et à siroter son thé jusqu'à l'arrivée de Mack.

Dès qu'elle l'entendit se garer dans l'allée, elle éteignit l'écran de son ordinateur portable. Elle se leva et se dirigea vers la porte d'entrée, avant de l'ouvrir et d'étudier la foule amassée à l'extérieur. Seuls quelques véhicules et une fourgonnette de chaîne de télévision étaient encore là. Peut-être que la foule s'était finalement lassée et était partie trouver d'autres activités plus amusantes.

Mack lui fit signe en fermant la porte de son véhicule. Il remonta son allée, d'un pas déterminé et énergique. C'est ce qu'elle aimait chez lui. Il n'hésitait jamais. Il semblait toujours savoir ce qu'il faisait et pourquoi. Alors que, pour elle, la vie n'était qu'un grand point d'interrogation.

Il posa le pied sur le perron.

— On dirait que la foule se disperse enfin.

— Tant mieux, répondit-elle sèchement. Ils n'ont qu'à aller déranger quelqu'un d'autre pendant un moment.

Il se contenta de sourire, lui fit signe d'entrer, puis s'avança derrière elle et ferma la porte.

— Vous avez fait du café ?

— Non. Vous pouvez le faire vous-même, comme ça.

Il éclata de rire, pas dupe le moins du monde.

— Vous n'avez toujours pas compris, n'est-ce pas ?

Elle rougit et lui jeta un regard en coin.

— C'est faux. Je fais du café tous les matins.

— Oui, il y a de fortes chances que vous ne mettiez pas assez de grains, déclara-t-il.

Elle se posta à côté de lui et le regarda mesurer l'eau, la verser à l'arrière de la machine, puis sortir son petit moulin pour moudre les grains et les mettre ensuite dans le filtre à café.

Elle haussa les épaules.

— Je fais exactement la même chose.

— *Peut-être*. Et peut-être que je suis juste doué.

Comme c'était trop proche de ses précédentes réflexions, elle ne lui accorderait pas la satisfaction d'être d'accord.

— Des nouvelles du laboratoire sur cet os que nous

avons trouvé dans le jardin de votre mère ?

Mack ricana.

— C'est trop tôt pour avoir des résultats, Doreen.

Elle se dirigea vers la table et se rassit, rallumant son ordinateur portable. Mais elle réalisa qu'il allait poser des questions sur ce qu'elle recherchait. Alors elle éteignit l'ordinateur. Il se tourna lentement, la regarda, regarda l'ordinateur, son visage coupable, et lui adressa un long regard sérieux.

— Qu'est-ce que vous fabriquez ?

Elle lui jeta un coup d'œil innocent qui ne le trompa pas du tout. Elle haussa les épaules et se rassit, récupérant sa tasse pour finir son thé.

— Pourquoi pensez-vous que je fabrique quelque chose ?

— Vous avez l'air coupable, rétorqua-t-il sèchement.

Elle pinça les lèvres et le fixa. Peu importait à quel point il était beau, il était toujours agaçant.

Il fourra ses mains dans ses poches, s'appuya contre le comptoir, digne d'une couverture du magazine *GQ*, sans même le faire exprès.

Elle ne savait pas comment il réussissait ça. Cela prenait du temps à son ex-mari d'avoir ce look. Il avait des lotions, des crèmes, des laques et des après-shampoings sophistiqués (plus que Doreen) pour coiffer ses cheveux et ses costumes étaient toujours nettoyés à sec. Mack passait probablement ses doigts dans ses cheveux une fois dans la journée et se disait que c'était suffisant. Il portait un jean, une chemise et un blazer, et il avait l'air très bien – sauvage, beau et athlétique. C'était un look naturel qui lui allait bien.

Mais il attendit et attendit encore, son regard se posant sur les animaux qui se rassemblaient maintenant autour de lui.

— Ils ne sont pas venus me saluer ni n'ont aboyé quand je suis entré.

— Ils mangeaient.

Elle dit cela comme si c'était une explication suffisante.

Il lui jeta un coup d'œil.

— Et alors ?

Il se pencha et gratouilla Mugs derrière la tête.

— Ce toutou est un sacré chien de garde. Pourquoi n'a-t-il pas aboyé ?

— Parce qu'il a reconnu votre voiture, vos pas et votre voix, dit-elle à contrecœur. Ils vous connaissent tous, maintenant.

Il hocha la tête, comme si cela avait du sens.

— J'espère bien qu'ils continueront à être des chiens de garde (ou des animaux de garde, devrais-je dire) quand je ne serai pas là.

Le café finit de couler et il versa deux tasses, les apportant à table.

— Il a aboyé et a semé le chaos avec tous les journalistes dehors. J'espère juste qu'ils me laisseront bientôt tranquille.

Elle leva sa tasse et souffla sur son café, mais il était trop chaud pour le boire.

— On dirait que c'est bientôt le cas, dit-il avec un sourire narquois. Il n'y a plus qu'un seul camion de journalistes maintenant.

Elle acquiesça.

Alors qu'il se redressait sur sa chaise, il aperçut le torchon qu'elle avait rapidement jeté sur la petite boîte. Il fronça les sourcils et, sans lui demander, souleva le bout de tissu.

— Hé ! s'exclama-t-elle. Occupez-vous de vos oignons.

Il lui lança un regard agacé.

— Tout ce que vous faites finit par devenir mes oignons.

Il inclina la tête vers la boîte.

— À qui est-ce ?

Elle ne répondit pas. Elle se contenta de le fixer, les yeux écarquillés.

— Intéressant, dit-il. Chaque fois que vous réagissez comme ça, je sais qu'il se passe quelque chose d'important.

Il souleva la boîte et l'étudia.

— C'est joli.

— Oui, c'est vrai.

— À qui est-ce ? répéta-t-il.

Elle haussa les épaules, goûta son café. *Parfait.*

— Je l'ai trouvée, donc elle est à moi.

Et puis il la retourna et lut le nom gravé en dessous. Ses sourcils se haussèrent et il resta bouche bée. Lentement, très lentement, il se tourna et l'épingla du regard. Ses épaules s'affaissèrent. Il s'assit à table et but une gorgée de son café tout en continuant à la regarder.

— Quoi ?

Elle rougit mais n'en dit pas plus.

— Doreen, expliquez-vous, ordonna-t-il en grondant.

Il y avait quelque chose chez un homme avec une voix autoritaire qui lui donnait envie d'avouer tous ses secrets.

— Je l'ai trouvée dans le ruisseau.

— Où ?

— Juste devant chez moi, expliqua-t-elle. En réalité, ce sont les animaux qui l'ont trouvée. Je suis allée voir ce qu'ils regardaient tous et je l'ai trouvée dans l'eau.

— Les animaux l'ont trouvée ?

Il se retourna pour regarder Mugs, Goliath et Thaddeus.

— Lesquels ?

— Je pense que Thaddeus l'a vu le premier depuis son perchoir sur la clôture du voisin. Ensuite, Mugs s'est finalement réveillé et a aboyé jusqu'à ce que Goliath se joigne à lui. C'est à ce moment-là que ça m'a interloquée, j'ai vu quelque chose de blanc et j'ai creusé dans le ruisseau.

Il l'étudia un long moment, puis poussa un long soupir.

— Montrez-moi.

— Pourquoi ? C'est juste une jolie petite boîte.

Mais elle se dépêcha de boire son café avant de quitter la maison.

— Et si j'ouvre votre ordinateur portable, je ne trouverai pas le nom de Betty Miles dans votre barre de recherche et l'écran n'affichera pas un article qui lui soit dédié, peut-être ?

Elle rougit, baissant le regard sur le bloc-notes devant elle.

Il acquiesça.

— C'est ce que je pensais.

Il indiqua la porte de derrière.

— Allons-y.

Elle lui lança un regard noir mais sauta de son siège, ouvrit la porte et appela tous ses animaux.

— Mack veut voir l'emplacement de la boîte que vous avez trouvée aujourd'hui, les gars. Allons-y.

Mugs s'élança dehors, aboyant joyeusement. Goliath les dépassa d'un pas nonchalant comme si les ordres lui passaient au-dessus de la tête et qu'il ne les accompagnait que parce qu'il en avait envie. Thaddeus, quant à lui, se posa sur son épaule et les encouragea d'un cri de guerre dans l'oreille. Elle montra le chemin jusqu'à l'arrière de la propriété.

— Vous avez bien avancé avec la clôture, commenta Mack. C'est difficile, n'est-ce pas ?

— Oui, c'est vrai, avoua-t-elle. Je travaillais jusqu'à ce que les animaux commencent à s'agiter. Puis j'ai trouvé la boîte et je suis revenue. Pourquoi m'avez-vous appelée ?

— C'est l'instinct, dit-il sans ambages. Il m'a dit de venir ici avant que vous ne vous attiriez encore plus d'ennuis. Apparemment, je suis arrivé trop tard.

Elle soupira.

— Je ne pense pas que votre instinct puisse m'éviter des ennuis.

Il éclata de rire.

— C'est certain.

Ils avaient atteint le bout de la propriété.

Il s'arrêta un instant et sourit.

— Je ne comprends pas que vos voisins aient clôturé leur vue sur le ruisseau. C'est magnifique.

Elle se retourna avec enthousiasme.

— N'est-ce pas ? C'est ce que je pensais. Surtout que ma clôture était hideuse.

Ils observèrent tous les deux le tas de bois, de poteaux et de fils de fer. Il pointa du doigt la pile qu'elle avait réussi à monter.

— Vous avez fait plus que je n'aurais pensé.

Elle haussa les épaules.

— Il me reste encore beaucoup de travail.

Elle se retourna et passa devant la clôture de son voisin. Elle l'indiqua d'un geste.

— Vous savez qui habite là ?

— Je les ai rencontrés lorsque j'enquêtais sur les meurtres la semaine dernière, déclara Mack. Je pensais que vous l'aviez rencontré, lui.

— C'est le cas. Je me demandais juste si sa femme était vraiment là.

— Je ne l'ai pas rencontrée. Pourquoi ?

— Parce que je crois lui avoir parlé aujourd'hui. Mais après coup je n'ai pas réussi à décider si c'était elle ou lui.

Elle fit quelques pas de plus, étudiant le ruisseau, essayant de disposer ses animaux comme ils l'étaient plus tôt dans la journée. Mugs s'était posté sur l'affleurement rocheux.

Et, alors qu'elle y réfléchissait, Mugs passa devant elle jusqu'au rocher, posant les fesses dans la même position qu'avant. Goliath arriva d'un pas lent de l'autre côté.

— Je pense que leurs places étaient interverties plus tôt dans la journée. Mais leur disposition était similaire à celui-ci.

Thaddeus, toujours sur son épaule, émit un drôle de croassement et s'envola pour se percher à côté de Goliath.

Elle désigna l'endroit où le ruisseau avait formé un petit bassin entre les animaux.

— La boîte était ici.

Mack la regarda comme s'il ne la croyait pas.

Elle leva les mains.

— C'est vrai. Je le jure.

Il haussa un sourcil, regarda les animaux et s'avança.

— Comment êtes-vous entrée dans le ruisseau ?

— J'y suis allée pieds nus, expliqua-t-elle. Elle jeta un coup d'œil aux chaussures de Mack, à ses chaussettes et à son jean. Dommage que vous ne puissiez pas entrer et voir s'il y a autre chose.

— Vous avez vu quelque chose d'autre ? demanda-t-il.

Elle secoua la tête.

— Non, pas du tout. J'ai vu la boîte, je l'ai ramassée et je l'ai sortie de l'eau.

— Pas tout à fait, déclara son voisin de l'autre côté de la clôture. Vous avez également posé des questions sur Betty Miles.

Elle fixa la clôture devant elle d'un regard ombrageux.

— Je ne sais pas exactement à qui je parle, aboya Doreen, mais c'est vous qui avez volontairement donné l'information.

La voix de l'autre côté se moqua.

— C'est une façon de voir les choses. C'est vous qui étiez curieuse.

— Oui. Mais vous pouvez rentrer chez vous quand vous voulez maintenant, s'écria-t-elle.

— Ce n'est pas nécessaire. C'est mon jardin, cracha la voix.

Mais elle semblait s'éloigner.

Elle attendit encore quelques instants, puis murmura à Mack :

— Vous pensez qu'il est parti ?

Mack, qui mesurait plus d'un mètre quatre-vingts, monta sur l'affleurement à côté du chien, d'où il pouvait mieux voir par-dessus la clôture, puis haussa les épaules.

— Je ne vois personne.

— Bien, dit-elle. Je n'avais pas réalisé qu'avoir des voisins signifiait que des gens se mêlaient de votre vie tout le temps.

Il soupira.

— Ce n'est guère gênant.

Il indiqua l'eau d'une main.

— Vous voulez bien me désigner exactement l'endroit où se trouvait la boîte ?

Elle enleva ses sandales et dit :

— Je vais faire mieux que ça. Je vais vous *montrer* exactement où elle était.

Elle entra dans l'eau et poussa un petit cri.

— Pourquoi est-elle si froide ?

— C'est de l'eau des glaciers, qui descend des montagnes.

Elle lui lança un regard incrédule.

— Vous êtes sérieux ? Ça vient vraiment d'un glacier, comme dans « glaçons » ?

— Pas de glaçons ici, expliqua-t-il patiemment. C'est de l'eau, vous vous rappelez ? Elle n'est pas gelée, du moins pas encore.

Elle haussa les épaules.

— Pourtant, il devrait y avoir des glaçons à cette température.

Elle se pencha en avant et étudia l'eau, puis pointa du doigt.

— Oui, vous voyez ce trou laissé par la boîte ici ?

— Non, pas vraiment. Le ruisseau a comblé le vide.

Il s'accroupit sur le rivage, à côté d'elle, et examina le trou.

— Vous voulez bien mettre la main et voir s'il y a autre chose là-dedans ?

Elle secoua la tête.

— Pas vraiment. Il fait froid, vous vous souvenez ?

— Bien sûr que si, vous voulez, parce que je vois quelque chose d'argenté. Si vous ne voulez pas l'attraper, je le ferai.

Il posa une main par terre et étendit son autre bras. Juste devant elle, sa main disparut dans l'eau froide et dans le trou où elle avait trouvé la boîte. Il plongea ses doigts dans la vase.

— Ah, ah.

— Quoi ?

— J'ai trouvé quelque chose.

Il retira sa main. Dans sa paume se trouvait quelque chose de brillant, de métallique et d'apparence très ancienne.

Chapitre 7

MACK REFUSAIT DE lui montrer la bague, et essayer de le pousser vers la cuisine pour qu'elle puisse y jeter un coup d'œil plus rapidement revenait à essayer de manipuler un grizzly avec des hémorroïdes. Il n'arrêtait pas de lui grogner dessus pour qu'elle arrête de le malmener. Elle gémit quand il arriva enfin devant sa propriété, et elle dansa autour de lui, poussant le chat et le chien en avant. Mugs aboyait tellement d'excitation qu'il tournait en rond au lieu de s'écarter, et Goliath se contenta d'avancer nonchalamment comme s'il se fichait de ce que les autres faisaient. Il irait à son rythme, un peu comme Mack. Thaddeus était bavard comme à son habitude, mais cela n'avait aucun sens.

— Corps dans l'eau. Corps dans l'eau.

— *Non*, Thaddeus. Il n'y avait pas de corps dans l'eau, le contredit-elle. Nous n'avons trouvé ni os ni corps. Cela n'a rien à voir avec un corps humain. *Nada*.

Thaddeus inclina la tête vers elle et commença à avancer, les jambes raides.

— Corps dans l'eau. Corps dans l'eau.

Elle leva les deux mains avec exaspération.

— D'accord, *mon* corps est tombé dans l'eau. Pourquoi

ne peux-tu pas dire les choses une seule fois et ensuite plus jamais ? gronda-t-elle l'oiseau en avançant.

Mais elle gardait un œil sur Mack. Il étudiait la bague entre ses doigts et prenait bien son temps. Elle s'arrêta, attendit qu'il la rattrape, passa son bras sous le sien et tenta de le faire accélérer vers la cuisine.

— Je ne sais pas pourquoi vous refusez que je le voie tant que nous ne sommes pas à l'intérieur, grommela-t-elle. J'en ai vu assez pour savoir que ça doit être une bague, mais je veux la regarder de plus près.

Il baissa les yeux vers elle et sourit.

Elle leva les yeux au ciel.

— Ce regard…

— Quel regard ? protesta-t-il.

D'après l'hilarité qui dansait dans ses yeux, il savait exactement de quoi elle parlait. Elle soupira. Ils étaient presque au bas des marches du perron. Elle s'arrêta et regarda la terre retournée de son jardin.

— Vos hommes auraient dû replanter mes fleurs, annonça-t-elle. Regardez le chantier qu'ils m'ont laissé.

Il ricana.

— Bonne chance avec ça.

— C'est à cause de vous, tout ce bazar, dit-elle en traversant le perron puis en remontant les quelques marches menant au porche et à la porte de la cuisine. Pourquoi vos hommes ne devraient-ils pas le nettoyer ?

— Vous aviez un cadavre caché dans votre jardin, dit-il avec un calme appuyé. Ce n'est pas notre faute.

— Eh bien, ils auraient pu prendre plus de précautions lorsqu'ils ont retiré le corps. Et puis, je n'étais pas responsable de ce cadavre, alors pourquoi devrais-je m'occuper du bazar que vous et vos hommes avez créé ?

Il soupira, posa les mains sur ses hanches, indiqua la porte derrière elle et dit :

— Vous n'entrez pas, maintenant ? Vous me poussez depuis le ruisseau, et maintenant que nous y sommes enfin, vous me bloquez l'entrée.

Elle lui lança un regard noir mais entra. Instantanément, l'arôme du café frais frappa ses cellules olfactives. Elle rit.

— Il y en a assez pour une deuxième tasse.

Elle se précipita vers la cafetière et se versa une tasse.

Il s'appuya contre le seuil et se contenta de la regarder.

Elle fronça les sourcils.

— Quoi ?

Il haussa les épaules.

— Si je n'ai pas de café, je n'ai pas à vous montrer ce que j'ai trouvé.

— C'est du chantage. Il y a une loi contre ça. En plus, *maintenant*, si je vous fais un café, cela veut dire que je vous soudoie, et c'est illégal aussi.

Il renifla.

— Je pense que vous vous méprenez un peu sur la valeur du café.

Elle leva les mains, paumes vers le ciel.

— Je ne sais pas comment appeler ça. En fin de compte, vous ne me laissez pas voir la bague.

Il désigna la cafetière. Elle se dirigea vers la table, attrapa sa tasse et la remplit. C'en était fini de la cafetière. Elle posa les deux tasses sur la table.

Mack s'assit et prit une gorgée de café.

— Maintenant, puis-je y jeter un coup d'œil, s'il vous plaît ? demanda-t-elle en articulant prudemment.

Il éclata de rire et posa soigneusement le bijou sur la table.

Elle poussa un petit cri quand elle vit du rouge vif briller.

— Est-ce une bague en rubis ?

— Oui.

— Je n'ai pas vu le rubis tout à l'heure.

Maintenant que l'objet était posé sur la table, elle pouvait le voir clairement. Elle saisit la bague, étudiant l'ancienne monture de type victorien et le rubis massif en plein centre. Elle le tint dans la lumière, le faisant briller et scintiller.

— C'est un vrai, n'est-ce pas ?

Il haussa les épaules.

— Les experts le détermineront. Je ne m'y connais pas assez en gemmologie pour savoir si c'est un vrai ou juste une très bonne contrefaçon.

Elle étudia la monture.

— C'est aussi de l'argent véritable.

Elle frotta l'intérieur, cherchant une inscription. Et quelque chose y était bien gravé, mais c'était difficile à déchiffrer. Tout était sale. Elle lui tendit la bague.

— Puis-je nettoyer l'intérieur avec un nettoyant pour argent ?

Il acquiesça.

— Si vous en avez.

— Nan en a laissé. Apparemment, à un moment donné, elle avait un service à thé en argent.

Elle fouilla dans le placard de l'entrée, le fourre-tout pour n'importe quoi. Là, elle trouva un petit pot noir, attrapa quelques torchons bleus et retourna à la table. Elle s'assit, ouvrit le bocal, y plongea son doigt enveloppé de tissu, puis tendit la main vers la bague. Il la lui donna.

— Je me demande combien de temps elle est restée là-bas.

— Je ne sais pas. Je me demande si elle était à l'intérieur de la boîte.

Il montra la boîte qu'elle avait trouvée, posée sur un coin de la table.

Elle réfléchit à leur emplacement dans le ruisseau et hocha la tête.

— C'est possible.

Elle regrettait de ne pas avoir regardé de plus près dans le ruisseau et de ne pas avoir trouvé la bague elle-même. Elle nettoya l'intérieur de la monture, en prenant particulièrement soin d'éliminer la saleté du lettrage. Quand elle fut propre, elle essaya de lire puis secoua la tête.

— Soit mes yeux ne sont plus ce qu'ils étaient, soit c'est vraiment difficile à déchiffrer.

Il jeta un coup d'œil, puis leva la bague plus haut, la plaçant directement sous la lumière au-dessus de la table de la cuisine. Après l'avoir inclinée selon un angle puis de l'autre, il répondit :

— Je n'arrive pas à lire, mais cela ressemble à des initiales. Probablement les initiales du propriétaire d'origine.

Elle sourit.

— C'est une antiquité. Selon son âge, c'est probablement un vrai rubis.

Il lui rendit le bijou.

— Est-ce que je peux nettoyer le reste ?

Il considéra un instant la bague dans sa main puis hocha la tête.

— Selon la durée pendant laquelle elle est restée dans le ruisseau, toute preuve médico-légale a dû être emportée.

— Qu'est-ce que vous ne me dites pas ? s'enquit-elle.

Comme il refusait de lui répondre, elle avança sa propre opinion.

— Vous avez reconnu cette bague, n'est-ce pas ?

Elle lui donna une autre chance de lui faire part de ce qu'il savait, mais, comme il ne la saisit pas, elle poussa un soupir.

— Très bien. Ne dites rien.

Elle polit la bague, qui devint d'une couleur argent patinée. Elle la lui rendit avec un soupir.

— C'est un beau bijou.

— C'est vrai.

Quelque chose dans sa voix donnait l'impression qu'il n'était pas vraiment captivé par le sujet. Elle le regarda.

— La main qui a été retrouvée à l'origine était également ornée d'un beau bijou. Aurait-elle possédé deux bagues chères ? Son amie lui en a donné une mais la deuxième… ?

— Nous ne pouvons pas savoir avec certitude qu'*elle* l'avait, la corrigea-t-il sans tenter de nier savoir de qui Doreen parlait. Il ne faut pas sauter sur les conclusions.

— Non, mais, étant donné qu'elle a été trouvée à côté d'une boîte avec son nom dessus, cela aurait pu être la bague de sa grand-mère, dit lentement Doreen. N'importe quel membre de la famille aurait pu transmettre ce bijou à un plus jeune.

Il hocha la tête, mais, à en juger par l'expression de son visage, il n'était pas satisfait de sa suggestion.

— Y avait-il un indice de ce type dans son dossier ? Des photos d'elle portant cette bague ?

Il tapota la table en étudiant la bague.

— Aucune idée. Mais je vais aller au bureau et vérifier.

— Faites donc cela.

Elle ferma le pot de nettoyant pour argenterie, jeta le chiffon à la poubelle et ramena le nettoyant dans le placard. Quand elle revint, il était toujours assis à sa table et tenait maintenant la boîte en ivoire en main. Son cœur se serra.

— Vous n'allez pas la prendre, n'est-ce pas ?

Il lui jeta un coup d'œil et hocha la tête.

— Si cela n'a rien à voir avec l'affaire, vous pourrez la récupérer. Mais vous savez comment ça marche. Si c'est lié à une affaire en cours, je dois la saisir comme preuve.

Elle croisa les bras sur sa poitrine et fit la moue.

— Je la trouve juste vraiment jolie.

— Elle *est* vraiment jolie.

Tout d'un coup, elle voulut qu'il parte. Si elle ne pouvait pas garder la boîte – et elle savait qu'elle rêvait de croire le contraire –, elle retournerait au ruisseau et verrait si elle pouvait trouver autre chose. Un truc dont elle ne lui parlerait pas. En deux voyages ils avaient trouvé deux objets. Pour elle, cela signifiait qu'il y avait probablement autre chose à trouver dans le ruisseau.

Puis il fit tout foirer.

— Je reviendrai demain matin. Je veux retourner à cet endroit.

Il lui lança un regard pénétrant.

— N'allez plus creuser dans le ruisseau à la recherche d'autres objets.

Elle l'assassina du regard. Immobile à sa table. Se lèverait-il un jour pour aller à son bureau ?

Il hocha lentement la tête.

— Je sais exactement à quoi vous pensez. Vous attendez probablement que je parte, pour pouvoir retourner là-bas. Et honnêtement, cela a du sens. En deux voyages, nous avons trouvé deux objets. Mais cela ne veut pas dire qu'ils sont à vous.

— Je veux quand même un reçu pour ces objets, s'il vous plaît, dit-elle sèchement.

Il sourit.

— Vous pouvez avoir un reçu pour la boîte. Mais c'est moi qui ai trouvé la bague.

Elle se rassit sur sa chaise, tirant son café vers elle.

— C'est juste méchant.

— C'est précieux, dit-il doucement.

Elle acquiesça.

— Je sais. Pourquoi pensez-vous que je voulais la garder ?

— Qu'alliez-vous faire avec ?

Elle le regarda avec surprise.

— La vendre et acheter de la nourriture.

Elle avait dit cela si simplement qu'il se rassit, sous le choc. Après un long moment, il demanda lentement :

— Vous êtes-vous à court d'argent à ce point-là ?

Désolée d'en avoir parlé, elle marmonna quelque chose, espérant qu'il n'insisterait pas.

Mais il ne voulait pas laisser tomber.

— Si vous avez vraiment besoin de travail, je suis sûr que quelqu'un en ville embauche.

— Je prévois de distribuer des CV, dit-elle avec lassitude, mais je veux attendre quelques jours de plus. C'est plutôt embarrassant, quand personne ne se soucie de ce qu'il y a sur votre CV. Ils veulent juste poser des questions sur les affaires de meurtre résolues la semaine dernière.

Il grimaça.

— Oui, je comprends. Tous ces meurtres ne font pas de vous la personne la plus apte au travail, n'est-ce pas ?

Elle secoua la tête.

— Ça ira bien pendant une semaine ou deux, tant que je ne reçois plus de factures.

Elle passa la main sur son front.

La lecture du courrier commençait à l'énerver. Qui aurait cru qu'il y avait tant de choses à payer par mois ?

Elle avait encore un peu d'argent qu'elle avait trouvé en fouillant dans les vêtements de Nan. Ce que Doreen espérait vraiment, c'était tirer quelque chose de la vente des vieux vêtements de Nan. Elle devait contacter Wendy, la propriétaire du magasin, et voir si les choses avaient bougé à ce sujet. Elle le ferait bientôt.

Doreen regarda sa cuisine.

— Je vais faire le tour de la maison et voir si je peux vendre quelque chose. Nan a plusieurs antiquités qui pourraient valoir beaucoup d'argent.

Elle prit sa tasse de café et but une gorgée. Il avait toujours très bon goût. Elle but une plus grosse gorgée avant de la reposer.

Il la regarda par-dessus le bord de sa propre tasse.

— Alors vous voulez faire le jardin de ma mère…

Se redressant, elle étudia son visage. Elle détestait penser qu'il faisait ça par pitié, mais elle avait besoin d'argent. Sa fierté n'était rien à côté d'un estomac plein. De plus, il lui avait demandé son aide pour le jardin de sa mère bien avant qu'elle n'avoue être si fauchée. Pleine d'espoir, elle demanda :

— Votre mère a décidé de continuer avec l'aménagement du lit de bégonias ?

— J'ai parlé à ma mère et elle veut que les bégonias soient déplacés et qu'un nouveau massif soit planté à leur place.

— Ce serait bien, déclara Doreen. Les bégonias se porteraient mieux.

Elle pencha la tête sur le côté, se souvenant de l'aspect de la terre là-bas.

— Mais il faudra apporter quelque chose pour nourrir

cette terre. Sinon, tout ce que nous planterons aura du mal.

— Ce n'est pas un très grand jardin. Je peux acheter quelques sacs de terreau, peut-être un sac de tourbe pour retenir un peu d'humidité. Je m'arrêterai au magasin de jardinage sur le chemin du retour, sans doute demain ou après-demain.

— Quand souhaitez-vous que je commence ?

Intérieurement, elle était ravie. Elle ne savait pas combien il comptait la payer, mais cinquante dollars en ce moment, c'était toujours cinquante dollars, et elle avait besoin de chaque billet. Elle n'avait pas l'habitude de payer des factures. Ces quelques jours avaient été un réveil brutal quant à la façon dont la vie fonctionnait vraiment. Et sur la manière vivaient les gens sans argent. Il y avait des factures de gaz, des factures d'électricité et des factures de téléphone. Si vous aviez de la chance, à la fin de la journée, il restait de quoi acheter de la nourriture.

Le plus souvent, elle n'avait plus rien.

— Vous économiseriez beaucoup si vous cuisiniez vous-même, suggéra-t-il doucement.

Elle lui lança un regard plein de ressentiment.

— Je le ferais, si je n'avais pas à traiter avec le diable lui-même pour cela.

Il fronça les sourcils et jeta un coup d'œil dans la cuisine, comme s'il se demandait de quoi elle parlait.

— Qu'est-ce que vous entendez par là ?

Elle renifla et désigna la cuisinière.

— Cette chose. C'est le diable personnifié. Chaque fois que j'essaie de faire quoi que ce soit avec, il remplit la pièce d'une horrible odeur de gaz. Je tomberai malade avant même de pouvoir cuisiner quelque chose. Il vaut mieux avoir faim que se battre avec cette horreur.

Chapitre 8

MACK LA FIXA avec incrédulité, un son étranglé s'échappant de sa bouche malgré ses tentatives pour le retenir. Mais il se transforma rapidement en un gloussement et, peu de temps après, la pièce fut remplie d'un gros rire retentissant.

Elle se leva et lui jeta un regard noir.

— Vous pouvez partir si c'est juste pour vous moquer de moi, dit-elle sèchement. Mais elle doutait qu'il l'ait même entendue : son rire était si fort ! Elle tapa du pied de frustration, le faisant hurler de rire d'autant plus.

— C'est quoi votre problème ?

Il laissa tomber son menton sur sa poitrine, toujours en gloussant. Finalement, après avoir pris plusieurs grandes inspirations haletantes, il leva la tête et dit :

— C'est une cuisinière. Ce n'est pas le diable incarné. C'est une *cuisinière*.

Elle renifla et leva le nez en l'air.

— Pour vous, c'est une cuisinière. Pour moi, c'est un objet conçu pour tourmenter les honnêtes citoyens du monde entier.

Il essaya de contenir l'hilarité qui bouillonnait à nouveau

en lui.

Elle lui agita le doigt sous le nez.

— Si vous osez vous moquer de moi encore une fois…

Son visage se tordit de toutes les manières possibles alors qu'il essayait de se retenir.

Finalement, elle se laissa retomber dans sa chaise.

— Ce n'est pas drôle, dit-elle avec dégoût. Vous n'avez aucune idée du nombre de fois que j'ai essayé de faire fonctionner cet engin.

Il se pencha en avant.

— Vous pourriez prendre un cours de cuisine.

— Pensez-vous qu'ils enseignent les bases, comme allumer ce fichu machin ?

Elle plissa les yeux alors que ceux de Mac s'écarquillaient, que ses épaules tremblaient et que son visage devenait rouge vif dans une vaine tentative de ne pas craquer une fois de plus. Elle croisa les bras.

— Oh, et puis crotte. Allez-y et moquez-vous de moi. C'est ce que mon futur ex-mari a toujours fait.

Il s'arrêta de rire plus vite que son ombre.

— Vous n'avez pas appris à cuisiner en grandissant.

Elle secoua la tête.

— Ma mère ne cuisinait pas du tout. Nous nous faisions livrer.

Il la regarda avec horreur.

— Quoi ?

Elle acquiesça.

— C'était soit ça, soit nous avions une femme de ménage qui cuisinait. Je ne traînais jamais dans la cuisine. Quand j'étais mariée, nous avions des chefs et je n'avais pas le droit de faire quoi que ce soit. Je ne pouvais même pas faire mon propre thé.

Ce fut à son tour de s'appuyer contre le dossier et d'étudier la jeune femme.

— Je n'imagine pas une vie comme ça.

— Eh bien, je n'imagine pas une vie comme tout le monde a dû avoir. Il semble que j'ai été élevée d'une manière totalement différente du reste du monde. Je me suis mariée dans un cercle similaire et je me retrouve maintenant complètement déconcertée par les bases de la vie.

Il jeta un coup d'œil à la cuisine, puis de nouveau vers elle, un air spéculatif sur le visage.

— Comment survivez-vous si vous ne savez pas cuisiner ?

Elle haussa les épaules.

— Je mange du fromage et des crackers.

Mack tomba à la renverse.

Elle lui fit un signe de la main.

— Attendez, je me rattrape. Je peux faire des sandwiches.

— Et quoi d'autre ?

Elle lui jeta un regard noir.

— Tout ce qui sort d'une boîte ou d'un pot et qui ne nécessite pas de cuisson. Les plats à emporter sont mes meilleurs amis. Mais le traiteur, c'est encore mieux. Je mange beaucoup de pain et de beurre de cacahuète, ces derniers temps.

Elle fixa la table d'un air morose.

— J'ai l'impression de ressembler à un étudiant affamé. Ils parlent toujours de ramens et de sandwiches au beurre de cacahuète.

D'une voix faussement calme, il avança :

— Il faut cuire les ramens.

Elle le regarda avec indignation.

— Vraiment ? Je les ai mangés tels quels, sortis de l'emballage.

Cela signa la perte de Mac. Il faillit tomber de sa chaise tellement il hurlait de rire.

En colère contre elle-même et contre lui, et frustrée par le monde entier pour avoir fait de quelque chose de si simple une chose si compliquée, elle prit son café et se dirigea vers le perron à l'arrière de la maison. Elle ne resterait pas ici une minute de plus à l'écouter se moquer d'elle.

Pourtant, si elle était rationnelle et prenait du recul sur tout cela, ce serait *vraiment* drôle, à condition que cela arrive à quelqu'un d'autre. Que ce soit *elle*, en faisait une tout autre histoire. Alors qu'elle traversait le jardin en piétinant ce qui était censé être de l'herbe, elle essaya de se concentrer sur la clôture cassée devant elle et les mauvaises herbes dans le jardin.

C'était trop de boulot. Elle devait bien manger pour faire ce genre de travail physique. Et elle avait menti, car elle ne pouvait pas se permettre de commander ses repas. C'était trop cher. Ses derniers achats avaient été des fruits et des légumes pour faire une salade et du pain complet. Au moins, elle pourrait les manger avec du fromage.

— Je suis désolé, dit Mack derrière elle.

Ses épaules se raidirent, puis se détendirent.

— Peu importe. Je suis contente d'avoir illuminé la journée de quelqu'un.

— Je pourrai vous montrer, si vous voulez.

Elle se figea. Elle ne savait pas comment prendre sa pro-position. Voulait-il vraiment se montrer serviable, ou voulait-il juste se payer une bonne tranche de rire chaque fois qu'il venait chez elle ? Parce qu'elle savait qu'il trouverait hilarante son incapacité à faire quoi que ce soit dans la cuisine. Elle n'avait plus que sa fierté, et cela ne l'avait menée nulle part jusqu'à présent. Elle se tourna pour le regarder, étudiant la sincérité de son visage.

— Me montrer quoi ?

— Eh bien, nous pourrions commencer par allumer la cuisinière, déclara-t-il avec un grand sourire.

Elle lui lança un regard noir mais savait qu'elle se tirait une balle dans le pied si elle disait non.

— Et je veux que vous me montriez comment vous préparez le café. Le mien n'a jamais le même goût.

Il hocha la tête solennellement.

— Vous avez déjà écrit la recette, n'est-ce pas ?

Elle fronça les sourcils.

— Oui, mais il n'a pas le même goût que le vôtre quand je le fais.

De retour à l'intérieur, elle s'empara du bloc de papier où elle avait pris des notes sur l'affaire Betty Milcs.

Il aperçut le nom figurant en haut et lui lança un regard noir.

— Ne mettez pas votre nez dans les affaires classées.

— Ce qui est bien avec les affaires classées, rétorqua-t-elle, c'est que tout le monde s'en fiche. Elles sont classées. Elles sont vieilles. Elles sont dépassées et oubliées.

— Personne n'a oublié Betty Miles.

Il fit un signe de la main au-dessus de la table de cuisine.

— Écoutez. Vous venez de trouver le nom sur la boîte, et votre voisin est arrivé, vous a entendue et vous a parlé de la fille. C'était une grosse affaire à l'époque. Personne ne l'a oubliée.

Elle haussa les épaules.

— Auquel cas personne ne devrait s'opposer à ce que je fasse mes propres petites recherches, n'est-ce pas ?

Il la fusilla du regard. Maintenant, elle se sentait mieux.

— Et pourquoi est-elle si tristement célèbre ? Ce n'était qu'une adolescente.

— C'est vrai. C'était une adolescente perturbée. Mais beaucoup de bijoux de valeur ont disparu à peu près au même moment, et on a soupçonné que tout était lié. Mais tout s'est écroulé. Le procureur n'a pas pu rassembler suffisamment de preuves pour inculper qui que ce soit.

— Alors, elle est également devenue la voleuse ?

— C'était une enfant du pays et la presse s'est épanchée sur les bijoux manquants, alors elle est devenue assez tristement célèbre, oui. Le fait qu'elle ait été démembrée, et que nous n'ayons retrouvé qu'un bras, s'est rajouté à cela.

— Et nous sommes sûrs que c'est elle ?

— Oui.

Il sortit la bague de sa poche.

— Je vais vérifier si c'est l'un des bijoux manquants de l'époque.

Ses yeux s'illuminèrent.

— Vous vous en doutez, n'est-ce pas ?

— Non, pas vraiment.

Elle ricana.

— Menteur.

Il la fusilla du regard.

— Est-ce quelque chose à dire à quelqu'un qui souhaite vous aider ?

Immédiatement, elle se sentit mal. Il essayait de l'aider. En fait, depuis qu'ils s'étaient rencontrés, même s'il était brusque et bourru, il n'avait fait que l'aider.

— Alors pourquoi ne retournons-nous pas au ruisseau pour voir s'il y a d'autres bijoux ?

— Parce que c'est une perte de temps s'ils ne sont pas

liés à l'affaire.

— Cela signifie que vous avez des photos des anciens bijoux volés ?

— Ils étaient tous assurés. Donc, avec un peu de chance, il devrait y avoir des photos, oui.

Il montra la cuisinière.

— Laissez-moi au moins vous montrer comment ça marche.

Elle sourit, heureuse qu'il puisse peut-être l'aider avec ça.

— Mais commençons par ça.

Il lui montra la cafetière et jusqu'où il la remplissait d'eau.

Elle lut la ligne qui indiquait *six tasses*. Elle retranscrivit cela soigneusement dans ses notes. Elle remplissait toute la carafe.

— Remplissez l'eau jusqu'ici. Versez-la derrière.

Il sortit le vieux marc de café et le jeta à la poubelle.

Elle voulut rétorquer en s'indignant qu'il la prenne pour une idiote en lui indiquant l'endroit où l'eau allait dans une cafetière, puis se rendit compte que ne pas savoir allumer une cuisinière était du même acabit. Alors elle allait juste se taire et prendre des notes au cas où son cerveau déciderait de jeûner un jour, et qu'elle ne se souviendrait plus de ce qu'elle savait faire. Elle écrivit ses instructions pendant qu'il expliquait comment savoir la quantité de café à moudre et comment tout verser dans le nouveau filtre.

Puis il lui indiqua comment nettoyer le moulin à café.

Elle fixa la petite trémie avec horreur.

— Vous voulez dire que je dois nettoyer cette chose ?

Il lui lança un regard en biais.

— Ça ne se fait pas si souvent que ça. Mais tous les six mois, ce serait pas mal.

Elle haussa les épaules, nota le conseil en marge, mais pensa mentalement « *Non, jamais de la vie.* » Pourtant, elle tournait une nouvelle page et essayait de tout faire elle-même, donc, si nettoyer un moulin à café faisait partie de cette nouvelle vie, alors soit.

Puis il passa à la cuisinière.

— Venez voir ça.

Elle se plaça docilement à côté de lui, le bloc de papier et un stylo à la main.

— Vous voyez ça ? Il montra les boutons sur le devant.

Elle acquiesça. Sa fierté en prenait vraiment un coup que quelqu'un lui explique ça.

— Celui-ci est pour le brûleur arrière gauche. Celui-ci est pour l'arrière droit. Celui-là pour l'avant droit. Et celui-là est pour l'avant gauche.

Elle regarda les boutons.

— Comment savez-vous ça ?

Il la regarda avec surprise.

— C'est ce que ces lettres signifient ici.

Les lettres étaient si usées qu'elle ne pouvait pas les déchiffrer. En fait, elle n'était pas sûre de les avoir déjà vues.

— Comment saviez-vous qu'elles étaient là ?

Elle indiqua les boutons de la cuisinière.

— On ne peut plus rien lire sur ce truc.

Il la dévisagea.

— Dans ce cas, c'est du bon sens, parce que j'ai souvent utilisé des cuisinières. Mais vous avez raison. Les lettres et les chiffres des cadrans ont été complètement effacés.

Il fronça les sourcils.

— Ce serait une bonne idée d'acheter un appareil plus moderne.

— Comme si j'allais dépenser de l'argent pour un deuxième démon alors que je ne peux même pas utiliser le premier, se moqua-t-elle.

Il gloussa.

— Maintenant, lorsque vous tournez ce bouton, le gaz monte. Le feu devrait s'allumer automatiquement.

Instinctivement, elle se recula alors qu'il tournait le bouton, et instantanément une odeur de gaz lui monta au nez. Mais aucune flamme n'apparut. Il n'y avait rien du tout.

Mac fronça les sourcils. Il éteignit le brûleur et alluma le deuxième qui correspondait au brûleur arrière. Même chose.

— Alors ?

Il l'éteignit et ouvrit les portes sur le côté du four.

— Si elle ne s'allume pas automatiquement, alors elle doit avoir un briquet pour ce faire.

— Un briquet ?

Il acquiesça.

— Un briquet. Quelque chose qui transformera le gaz en flamme bleue.

Elle le regarda avec horreur.

— Des vraies flammes ? Comme le *feu* ? Un vrai feu ? À l'intérieur de la maison ?

Il se tourna pour la regarder et, une fois de plus, éclata de rire.

Chapitre 9

Une heure plus tard...

ALORS QU'ELLE SE dirigeait vers le ruisseau après son dîner froid composé de salade et de crackers, une tasse de thé à la main, elle se demanda comment elle aurait su que la cuisinière ne fonctionnait pas correctement si Mack n'avait pas essayé. Il n'y avait vraiment aucun moyen de le savoir à moins de connaître le fonctionnement d'une cuisinière à gaz. Il lui avait dit de ne pas la rallumer tant que quelqu'un n'était pas venu jeter un coup d'œil.

Elle avait froncé les sourcils.

— Je n'ai pas les moyens de réparer ça.

Il lui lança un regard dur.

— Et si cette chose explose, vous aurez encore moins d'argent. Elle est trop vieille. Aucun des brûleurs ne fonctionne, et je ne ferais pas non plus confiance au gaz si j'étais vous. Il arrive trop fort et trop vite. Elle a probablement juste besoin d'une maintenance. Ne vous en faites pas. Le réparateur est un de mes amis. Je ne pense pas qu'il vous facturera beaucoup.

Ses entrailles se serrèrent au mot « beaucoup ». C'était relatif. Cela variait d'une personne à l'autre, mais, dans son cas, il n'y avait pas vraiment de variation. Chaque fois qu'elle devait dépenser de l'argent, c'était déjà trop.

Elle resta un long moment près du ruisseau, déstabilisée. Et puis ses pensées se tournèrent vers Nan. Doreen n'avait pas vu Nan aujourd'hui. Ragaillardie par l'idée de voir sa grand-mère et d'entendre ses histoires insolites, Doreen sortit son téléphone portable et l'appela.

— Hé, Nan. Tu as dîné ?

— Bien sûr. Tu viens me rendre visite et prendre une tasse de thé ? l'invita Nan.

Son regard se posa sur le thé dans sa main et elle sourit.

— Absolument. Ça te va si j'amène les animaux ?

— Je serais triste qu'ils ne soient pas là, déclara Nan.

Sur ce, Doreen laissa sa tasse de thé ébréchée sur un rocher voisin, traversa le ruisseau par le pont, Mugs et Goliath la devançant, et Thaddeus, têtu, fermant la marche en se dandinant. Elle conduisit sa ménagerie de l'autre côté du ruisseau vers la maison de Nan.

Cela constituait un léger détour, mais c'était beaucoup plus agréable que de traverser la ville. Non pas que Nan habite très loin. Cette route ne rajoutait que cinq minutes. Mais c'était cinq minutes au bord du ruisseau, alors qui se plaindrait ?

Elle dépassa *l'endroit fatidique* et essaya de ne pas regarder à l'endroit où elle avait trouvé l'homme mort la semaine dernière. Il était difficile de croire que cela ne faisait que quelques jours.

— Allez, Mugs, cria-t-elle au basset, qui laissait traîner son nez par terre et semblait renifler l'odeur de chaque créature qui avait bien pu passer par là.

C'était un bon chien de garde. Mais, plus que cela, c'était un merveilleux compagnon. Il l'avait aidée à garder sa raison lorsque son mariage s'était brisé. Qui aurait pensé que cet animal serait un tel réconfort pour elle ?

Elle se tourna pour regarder Thaddeus et fronça les sourcils.

— Thaddeus ? Thaddeus !

Inquiète, elle revint sur ses pas.

— Où tu es, Thaddeus ?

— Thaddeus est là. Thaddeus est là.

Avec soulagement, elle le regarda sautiller vers elle depuis le couvert des arbres.

— Thaddeus, tu ne peux pas te promener librement comme ça, dit-elle avec inquiétude. L'oiseau semblait être complètement indifférent.

— Tu sais que c'est dangereux pour toi d'être seul ici ?

Il s'arrêta et la regarda.

— Thaddeus en haut. Thaddeus en haut.

Elle fronça les sourcils. Normalement, il ne demandait pas à venir sur son épaule, il s'y posait tout seul. Elle tapota son épaule et il ouvrit ses ailes. Mais il ne semblait pas capable de prendre son élan. Surprise, inquiète, elle s'avança vers lui et le prit dans ses bras. C'est alors qu'elle vit le sang sur sa serre.

— Qu'est-ce qu'il s'est passé ?

Elle ne savait pas dans quoi il s'était roulé, mais quelque chose de petit lui avait égratigné la peau. Elle roucoula doucement, puis se tourna et se dirigea vers Mugs et Goliath.

— C'est juste une petite égratignure. Tu vas t'en sortir.

Alors qu'ils reprenaient la direction de chez Nan, Thaddeus roucoula doucement le long du cou de Doreen et lui effleura la joue.

Elle sourit et tendit la main pour le caresser.

— Je n'étais pas si sûre de te garder à l'origine, mais je

suis vraiment contente que tu fasses partie de ma famille maintenant, dit-elle à voix basse, embrassant son épaule.

Comme s'il avait compris, il posa sa tête contre sa joue et resta là pendant un long moment.

Avec un soupir satisfait et se sentant plus heureuse qu'elle ne l'avait été toute la journée, elle parcourut le dernier pâté de maisons en direction de la maison de Nan. Alors qu'ils approchaient, ils virent que la vieille dame était déjà assise dehors dans le patio et les attendait. Mugs aboya et traversa la pelouse en courant.

Doreen grimaça. Le jardinier malpoli lui avait dit à maintes reprises qu'elle ne devait pas marcher sur l'herbe. Mais il n'y avait aucune pierre de gué ni aucun sentier qui menait à l'appartement de Nan, alors Doreen était obligée de traverser sur l'herbe. La seule façon pour elle d'éviter la pelouse était de contourner les bâtiments jusqu'à l'avant du complexe et d'entrer par l'entrée principale, où aucun animal n'était autorisé. Elle haussa les épaules et fit à nouveau ce qu'on lui avait interdit de faire, marcha sur l'herbe. Mais elle le fit aussi vite que possible.

Bientôt, elle fut assise à la petite table de bistrot de Nan. Elle sourit alors que sa grand-mère était saluée joyeusement par Goliath et Mugs. Nan regarda Doreen et s'extasia.

— Je pense que c'est la meilleure chose que tu aies faite, d'emménager en ville, ma chérie.

— C'est juste pour que tu puisses garder tes animaux de compagnie près de toi.

Nan gloussa.

— Eh bien, j'ai heureusement beaucoup d'amis ici. À mon âge, c'est un endroit charmant. La maison demandait trop d'entretien. Les animaux me manquent cependant.

Elle tendit la main par-dessus la table avec un tout petit

morceau de pain entre les doigts.

— Thaddeus, tu as faim ?

Thaddeus sauta de l'épaule de Doreen et se dandina sur la table.

Nan remarqua immédiatement le sang.

— Oh, mon pauvre, que s'est-il passé ?

— Je ne suis pas sûre, répondit Doreen. Il s'est aventuré dans les broussailles quand nous étions sur le chemin. Quand il est revenu, il s'était égratigné.

Nan soupira.

— Il se prend pour un chien et croit qu'il devrait pouvoir aller où il veut.

— Et Goliath se prend pour un humain, et Mugs pour le chef de la meute, conclut Doreen pour sa grand-mère en riant. Ce n'est pas grave. Ils sont devenus une famille pour moi, et j'aime ce côté-là chez eux.

Avec un sourire de satisfaction, Nan se rassit.

— Bien, dit-elle fermement. C'est ce dont tu as besoin.

— J'apprécie vraiment que tu m'aies offert un toit, commença Doreen. Mais j'ai des problèmes avec la cuisinière.

Nan la regarda en fronçant les sourcils.

— Quel type de problèmes ?

Doreen haussa les épaules. Elle ne voulait pas trop en dire. Nan était au courant que Doreen ne savait pas cuisiner, mais cela ne signifiait pas qu'elle devinait à quel point Doreen était ignorante des choses de la vie.

— Elle ne s'allume pas.

Nan acquiesça sagement.

— Elle a toujours été difficile.

— C'est un doux euphémisme, dit-elle avec un sourire narquois. Je pense que c'est pire que ça. Mack a dit que je devais faire la maintenance avant d'essayer de l'utiliser à nouveau.

— Si tu n'as pas le choix, tu peux toujours te procurer une cuisinière d'occasion.

Mais elle dut voir la grimace de Doreen à la mention de « se procurer » quoi que ce soit parce que Nan se pencha en avant et dit :

— Tu n'as encore plus d'argent ?

— Ce n'est pas très exact, déclara Doreen. Il n'y a pas de « encore ». Je n'ai pas gagné d'argent depuis mon arrivée, tu te souviens ? Mais après tout ce bazar la semaine dernière, je doute que quiconque veuille m'embaucher. Au lieu de me fondre dans la masse, je suis devenue célèbre, gémit-elle, comme si c'était une blague. Le problème était qu'il y avait beaucoup de vérité dans cette déclaration. Ce n'était pas ce qu'elle avait prévu. Mais c'était ce qui s'était passé.

Nan agita la main dans un geste dédaigneux.

— Ne t'inquiète pas pour ces gens. Tu as rendu un grand service à la ville. Il suffit de regarder tous les meurtres que tu as résolus.

Doreen sourit.

— Eh bien, c'est satisfaisant de pouvoir contribuer d'une manière ou d'une autre. Mais j'aurais aimé qu'il y ait une récompense pour cela. Et non, je ne l'ai pas fait pour obtenir une récompense. Mais je n'aurais pas craché sur l'argent.

— Et les vêtements que tu as apportés à la friperie ? Tu as parlé à Wendy pour voir ce qui se vend ?

Doreen secoua la tête.

— C'était sur ma liste de choses à faire aujourd'hui, et je l'ai complètement oublié. J'ai arraché cette vieille clôture au niveau du ruisseau, déclara-t-elle en riant. Je n'ai pas eu le temps de l'appeler.

Nan la fixa d'un air ébahi.

— Tu as enlevé toute la clôture ?

Doreen secoua la tête.

— Tu sais le voisin a une très belle clôture, et il y avait cette vieille clôture sur la propriété du côté gauche. J'ai donc décidé que je ne voulais pas que la clôture à l'arrière bloque l'accès au ruisseau, parce qu'elle était vraiment fichue et laide. Et cette clôture latérale n'était pas nécessaire, avec la belle clôture neuve du voisin.

Nan s'esclaffa.

— C'est certain que l'endroit a besoin d'être rafraîchi. Mais tu ne pourras pas tout faire toute seule, la prévint-elle.

— Je sais. Mack est passé. Et il m'a aidée à retirer les gros piquets de fer dans le coin.

Elle prit sa tasse de thé et but une gorgée. Lorsque le silence lui répondit, elle jeta un coup d'œil à Nan en fronçant les sourcils.

— Est-ce que ça va ?

Elle avisa l'expression étrange sur le visage de Nan.

Puis soudain, la mine de sa grand-mère s'éclaircit et elle sourit radieusement.

— Bien sûr que je vais bien. C'est adorable que Mack soit venu t'aider.

— Il n'est pas venu pour aider, déclara Doreen ferme-ment. Je dois faire du jardinage chez sa mère. Alors il est venu me parler de ça.

Le visage de Nan s'illumina de joie.

— Eh bien, ce serait merveilleux ! C'est quelque chose que tu as toujours aimé faire et qui pourrait être un moyen de gagner de l'argent.

Doreen hocha la tête.

— C'est juste qu'ils doivent me payer. Je pensais que je

pourrais trouver un emploi au centre de jardinage, quand il ouvrira.

— Et je pourrais te pistonner. Isabel dirige cet endroit, et son grand-père, Joshua, est ici avec moi.

Doreen étudia Nan pendant un long moment.

— Que veux-tu dire, il est ici avec toi ? demanda-t-elle avec délicatesse.

Nan parut surprise, puis éclata d'un rire tonitruant.

— Eh bien, il n'est pas *avec* moi, petite sotte.

Elle rit à nouveau.

— Je veux dire, il vit ici dans cette résidence avec tout le monde. Il est beaucoup plus âgé que moi. Je pense qu'il a au moins quatre-vingt-huit ans.

Doreen fit appel à tout son sang-froid pour cacher son sourire en entendant cela. Nan avait soixante-quinze ans. Penser qu'un retraité était *beaucoup plus âgé...* c'était mignon.

— Eh bien, ça pourrait être une bonne chose, alors. Si tu as l'occasion de lui en toucher un mot, je t'en serais reconnaissante, déclara Doreen en prenant une autre gorgée de son thé et en soupirant joyeusement. Ma vie est tellement différente maintenant !

— C'est bien, dit fermement Nan. Il fallait que ce soit différent. Tu n'étais qu'une coquille vide à l'époque.

Nan avait déjà dit cela à de nombreuses reprises. La plupart du temps, Doreen l'avait ignorée. Mais elle commençait à comprendre ce que Nan voulait dire. À l'époque où Doreen était mariée, elle n'avait pas le droit de penser par elle-même. Elle ne pouvait émettre aucune suggestion sur ce qu'il fallait faire ou sur la manière de résoudre un problème, et, peu importait ce qu'elle disait, son ex-mari se moquait d'elle. Cela l'avait vraiment démoralisée de se rendre compte qu'elle n'avait rien de précieux à apporter.

Il n'avait pas voulu qu'elle contribue. Cela faisait partie du problème. Il était le seigneur de la maison, et tout le monde était au-dessous de lui. Il était aussi sexiste, et les femmes n'étaient bonnes qu'à très peu de choses. Malheureusement, la confiance en elle de Doreen s'était peu à peu érodée sous ses critiques constantes sur la façon dont elle s'habillait ou le fait qu'elle n'avait pas fait ses ongles correctement ou qu'elle n'avait pas l'air aussi bien apprêtée que la femme d'un autre.

Et, si elle ouvrait la bouche pour parler de quoi que ce soit financier, il se moquait d'elle.

Cela avait été dur de maintenir les apparences tout en restant silencieuse, exactement comme il le désirait. Elle avait présenté ce joli visage au monde extérieur, mais à l'intérieur, elle n'était rien.

Nan avait raison. Doreen avait été une coquille vide.

Chapitre 10

C'ETAIT SUPER D'HABITER aussi près de sa grand-mère. Nan vivait ici depuis si longtemps qu'elle connaissait tous ceux qui habitaient le quartier de la Mission à Kelowna.

Doreen étudia le visage de Nan par-dessus sa tasse de thé pendant un long moment, puis demanda impulsivement :

— Tu sais quelque chose à propos de Betty Miles ?

Nan fut tellement surprise par la question qu'elle en laissa presque tomber sa tasse.

— Oh Seigneur. Je n'ai pas entendu ce nom depuis une éternité.

Doreen se pencha plus près.

— Mais tu en as entendu parler ?

— Bien sûr que oui, répondit Nan avec un sourire éclatant. Tous ceux qui vivaient à Kelowna à l'époque connaissent l'histoire.

— Quelle histoire ?

Nan prit un moment pour rassembler ses pensées. Elle sirota son thé tranquillement tandis que Doreen s'agitait avec impatience sur son siège.

Il était inutile de hâter Nan. Comme elle le disait souvent, il y avait peu d'avantages à son âge, et faire les choses à son rythme, à sa manière, eh bien, c'était un avantage.

Enfin, Nan se reposa contre son dossier, en même temps qu'elle prenait une autre gorgée de thé. Elle leva les yeux avec une étincelle dans le regard.

— Tu as une raison de m'interroger ?

Surprise, Doreen étudia sa grand-mère puis haussa les épaules.

— Peut-être.

Nan éclata de rire. Mugs leva la tête pour voir ce qu'il se passait. Après vérification, il laissa retomber sa tête sur ses pattes. Thaddeus sauta sur la table et se dirigea vers Nan. Elle sourit et caressa doucement ses plumes.

— Est-ce que tu la surveilles, Thaddeus ?

Thaddeus hocha la tête de haut en bas, de haut en bas.

Nan rit.

— J'ai toujours pensé que cet oiseau comprenait ce que nous disions.

— Il comprend toujours au bon moment, s'exclama Doreen.

— Alors, avant que je te parle de Betty Miles, pourquoi ne me dis-tu pas ce qui a amené cette question ?

Doreen grimaça. Elle n'aurait probablement pas dû en parler. D'autant plus que Nan n'était pas du genre à se laisser berner facilement.

— J'ai trouvé une boîte en ivoire dans le ruisseau.

Elle sourit en lisant la confusion sur le visage de Nan.

— Il y avait le nom Betty Miles gravé dessous.

Perplexe, Nan la regarda et dit :

— Le lien entre une boîte en ivoire dans le ruisseau et un meurtre d'il y a trente ans est un peu ténu.

Doreen s'esclaffa.

— Et je ne serais pas allée chercher plus loin sans ton

voisin.

Nan se pencha en avant.

— Celui de gauche ou de droite ?

— De gauche.

— Le mari ou la femme ?

À cette question, Doreen parut perplexe.

— Je ne sais pas. J'ai rencontré le mari mais jamais la femme. Honnêtement, je ne savais pas si la voix derrière la clôture était celle d'un homme ou d'une femme.

Avec un air de satisfaction, Nan se radossa et sourit.

— Il n'y a donc pas que moi. Je ne l'ai jamais vue non plus. Ou du moins pas depuis de nombreuses années. Et chaque fois que je parlais à l'un d'eux au téléphone, je ne savais jamais si c'était elle ou son mari.

— Alors, savons-nous avec certitude qu'elle habite encore là ? Ou qu'elle est encore en vie ?

— Je n'en ai aucune idée. Je ne savais pas quoi faire pour apprendre quoi que ce soit sur mes voisins sans paraître trop intrusive. Je me disais que tu serais meilleure à ce jeu-là.

Doreen ricana.

— Je ne suis pas très subtile. Mon ex-mari avait espéré que je serais douée pour dénicher des informations, mais j'échouais lamentablement. Il ne comprenait pas, car l'information était son fonds de commerce ; et il pensait que les commérages et la collecte d'informations étaient intrinsèquement des traits féminins. Mais apparemment, maintenant que je suis libre comme l'air, je me fous d'être subtile.

Puis elle plaqua sa main sur sa bouche au mot grossier.

Le rire de Nan se répercuta à nouveau sous le petit patio.

Doreen regarda autour d'elle, se demandant combien de personnes l'avaient entendue et si les retraités allaient venir voir ce que Nan faisait. Mais c'était un patio privé, donc ils ne devraient pas venir.

Nan se pencha en avant et tapota la main de Doreen.

— Je suis vraiment fière de toi.

Doreen secoua la tête.

— Je ne le serais pas si j'étais toi. Je ne sais toujours pas faire fonctionner cette cuisinière.

— Est-ce que Mack l'a réparée ?

— Non, nous n'avons pas eu le temps.

Elle regarda Nan avec méfiance.

— Je ne t'ai pas dit que Mack la réparait.

— Non, mais le demi-frère de Josie (c'est l'une des assistantes ici) travaille au commissariat avec Mack. Il a entendu que Mack était allé chez toi.

Doreen leva les yeux au ciel.

— Les potins dans cette ville sont pires que tout.

Au lieu d'être contrariée, Nan hocha la tête en signe d'approbation.

— Et cet endroit ici est la source de tous les potins, déclara-t-elle.

Elle se pencha en avant et, dans un murmure conspirateur, ajouta :

— Je sais que tu ne connais pas encore tout le monde en ville (ni même dans ton quartier), mais beaucoup de femmes dans les environs cherchent un mari. Plusieurs ont jeté leur dévolu sur Mack. Pourtant, Mack n'a pas de petite amie, tu sais ?

Malgré toutes ses bonnes intentions, Doreen ne put empêcher la rougeur de grimper sur son cou. Elle secoua la tête.

— Nan, nous n'allons pas parler de ça !

Nan se rassit confortablement.

— Ça ne fait rien. C'est inutile. Les potins l'ont déjà fait.

Étonnée, Doreen resta bouche bée.

— Tu ne racontes rien sur Mack et moi, n'est-ce pas ?

Nan lui lança un regard innocent qui ne trompa pas Doreen du tout.

— Non, Nan. Ne fais pas ça.

— Je n'ai pas besoin, répondit Nan avec un sourire éclatant et joyeux.

Elle saisit sa théière et remplit leurs tasses.

— Je pense juste que tu devrais savoir que les gens vous imaginent ensemble.

— Il était à la maison tout le temps à cause des meurtres de la semaine dernière. Et il y a toujours des journalistes et des voisins qui me harcèlent depuis la pelouse. J'aimerais que tout le monde oublie qui je suis.

— Non, ma chérie.

Encore une fois, Nan rit.

— Cela n'arrivera pas.

Doreen lança un regard noir à sa grand-mère.

— Regarde-toi. À la première occasion, tu fourres ton nez dans une autre affaire non résolue.

— Ce n'est pas juste, protesta Doreen. Mais elle devait admettre qu'aussitôt qu'elle avait pu se mêler de résoudre ces affaires, elle était devenue accro. Je t'ai juste demandé si tu connaissais ce nom.

— Tu m'as également interrogée sur l'affaire.

Nan but une gorgée, puis elle posa sa tasse de thé.

Doreen eut du mal à se rappeler si elle avait *vraiment* interrogé Nan sur l'affaire. Nan était tellement douée pour déformer les mots et ajouter des subtilités au contexte que Doreen ne savait plus exactement si elle avait posé des questions sur l'affaire ou non. Elle était à peu près sûre que non, mais en aucun cas elle ne discuterait ce point avec Nan.

— Corps dans le ruisseau. Corps dans le ruisseau, gloussa Thaddeus.

Doreen le dévisagea.

— Nous n'avons pas trouvé de corps dans le ruisseau.

Immédiatement, Thaddeus se retourna vers elle et lui jeta un regard perçant.

— D'accord, nous n'avons pas trouvé de corps dans le ruisseau ces derniers jours, corrigea-t-elle rapidement. Comment cet oiseau pouvait-il savoir quand elle mentait ? Mais, en vérité, elle avait honnêtement oublié *ce* corps. Elle était un peu désarçonnée à l'idée d'un autre corps. Non pas qu'elle ait trouvé rien de tel.

Nan la regarda avec une étincelle dans les yeux.

Doreen grogna.

— Thaddeus était avec moi quand nous avons trouvé la boîte en ivoire, et il était avec moi quand le voisin parlait de Betty Miles.

— Je suis ravie que Thaddeus et toi vous entendiez si bien.

Nan lança un coup d'œil à Goliath qui traquait un oiseau dans son jardin.

— Même Goliath semble avoir très bien réagi au changement de propriétaire.

— C'est parce que c'est un zoo, chez moi ! s'exclama Doreen avec exaspération. Ils mangent dans la gamelle l'un de l'autre. Ils mangent *ma* nourriture. Ils dorment dans mon lit. Le chat et l'oiseau sont sur ma table de cuisine. Mugs ne peut pas sauter aussi haut, sinon il les rejoindrait aussi. Ils sont juste partout.

Nan s'efforça de retenir son sourire, mais Doreen l'aperçut malgré tout. Elle assassina sa grand-mère du regard.

— Tu es impossible aujourd'hui.

À cela, Nan rit à nouveau.

— Tu apportes une telle joie dans ma vie !

Instantanément, Doreen se sentit mal. Elle prit la frêle main de Nan, à la peau de papier bible, dans la sienne.

— Tu as été une bénédiction pour moi.

Nan serra ses doigts.

— Toi aussi.

Les deux femmes échangèrent un regard d'entente complète. Puis Doreen s'adossa contre sa chaise à nouveau.

— Et tu n'as toujours rien dit à propos de Betty Miles.

Avec un petit rire, Nan se rassit également, les chevilles croisées.

— Parce que c'est un peu compliqué, et nous ne savons pas grand-chose.

— Qu'est-ce que tu sais ?

— Betty était une adolescente perturbée qui a eu beaucoup de problèmes. Elle venait d'un foyer difficile dans un quartier pauvre de la ville. Quand elle a disparu, personne ne s'en est soucié parce qu'elle fuguait toujours de la maison. C'est ce que la plupart pensaient. Et, en plus de ça, ils disaient « Bon débarras ! »

Nan haussa les épaules.

— Je ne la connaissais pas très bien, mais j'ai entendu tous les potins. Je ne partageais pas leur avis parce que je ne la connaissais pas. Je pensais juste qu'il était difficile de comprendre les actions de quelqu'un sans en savoir plus sur son compte. Je ne me serais pas comportée ainsi, mais nous sommes tous différents.

— Quelles difficultés ?

Comme Doreen le savait bien, les motivations contribuaient grandement à déterminer ce que quelqu'un faisait et ferait de sa vie.

— Qu'est-ce qui s'est passé qui l'a fait dérailler comme

ça ?

— Ses parents se sont séparés, ou ont divorcé, ou ont tout simplement cessé de vivre ensemble. Il y a trente ans, le divorce n'était pas très courant, pas comme aujourd'hui.

Elles réfléchirent toutes les deux à l'état actuel du mariage et à la rareté d'un bonheur conjugal durable.

— Mais quel qu'ait été leur statut matrimonial, ce n'était pas une mauvaise séparation, ajouta lentement Nan. Ou c'est ce qu'il semblait de l'extérieur.

— Les adolescents ont tendance à réagir lorsque leurs parents se séparent. Cependant, ces fugues semblent être une réaction disproportionnée, alors peut-être que ça ne se passait pas aussi bien que tout le monde le pensait.

— Exactement. C'est aussi ce que j'ai pensé à l'époque, s'exclama Nan. Rien ne semblait justifier tout ce qu'elle faisait.

— Que faisait-elle exactement ?

— Eh bien, elle entrait par effraction dans des habitations. Avec des voleurs de seconde zone. Elle avait plusieurs petits amis, donc elle se comportait mal de ce point de vue-là aussi. Elle volait à l'étalage dans le centre commercial.

Doreen fronça les sourcils.

— On dirait qu'elle avait besoin d'aide.

— C'est vrai, mais souvent, lorsqu'un adolescent a besoin d'aide, il ne l'obtient pas. Quand ils entrent dans la voie criminelle, tout le monde s'en lave les mains. La société aurait dû aider Betty avant que cela ne devienne si grave.

Doreen était d'accord.

— Alors, pourquoi est-elle morte ?

— Eh bien, c'est ça le problème. On n'a plus entendu parler d'elle pendant des semaines et des semaines. La plupart d'entre nous l'ont oubliée. Et puis ce bras s'est échoué dans le ruisseau environ un an après la disparition de Betty. De fortes crues l'ont fait remonter à la surface. C'était après le dégel printanier, et tu sais que le ruisseau peut monter plus haut, n'est-ce pas, ma chérie ?

Nan se pencha en avant.

— Tu devrais peut-être déplacer certains des bosquets parce qu'à chaque printemps l'eau s'infiltre sous la clôture. Il arrive que le jardin soit inondé par la montée des eaux souterraines, les mauvaises années.

Doreen hocha la tête au changement de sujet impromptu.

— Je m'en souviendrai. Elle fronça les sourcils : Tu n'en as jamais parlé avant.

— Nous n'avions jamais parlé de corps flottant dans le ruisseau en crue auparavant, répondit Nan du tac au tac.

— C'est vrai. À mon retour, je regarderai où se trouvent les lignes de crue.

— Pour ça, tu devras remonter la clôture. Les marques de niveau sont dessus.

Nan lui sourit avec une étincelle dans les yeux.

— Je dis ça…

Doreen croisa les bras sur la poitrine.

— Alors, que sais-tu d'autre ?

— Pas grand-chose. Personne n'a su à qui appartenait le bras pendant longtemps. Jusqu'à ce qu'ils fassent les radios et confirment que c'était Betty. Et, bien sûr, quand ils ont finalement publié un article dans le journal, cela a délié les langues de la plupart des habitants. Et finalement, Hannah, la meilleure amie de Betty, a identifié la bague.

Nan hocha la tête.

— Voilà. Betty était une enfant sauvage. Elle avait été prise en flagrant délit de vol à l'étalage, avait reçu plusieurs avertissements sans répercussion. Mais, après avoir volé un couple, ses empreintes digitales ont été enregistrées et elle devait passer en jugement lorsqu'elle a disparu. Tout le monde pensait qu'elle avait quitté la ville. Jusqu'à présent, même après toutes ces années, le reste de son cadavre n'est jamais réapparu.

— Eh bien, déclara Doreen, où qu'elle soit, elle est probablement par ici. Je doute fort qu'ils aient enterré son corps, qui est beaucoup plus lourd et plus difficile à manier, bien loin.

Nan regarda sa petite-fille avec surprise.

— C'est une réflexion très intéressante. Tu te rends compte qu'elle était toute petite ?

— Petite comment ?

Nan pinça les lèvres et regarda au loin.

— Si je me souviens bien, elle était minuscule, moins d'un mètre cinquante.

— Eh bien, la police a évidemment toutes ces informations.

— Tu devrais demander à Mack, dit Nan avec enthousiasme. Lorsque Doreen tourna son regard sombre vers elle, Nan dégrisa légèrement. Elle leva les mains, paumes vers le haut.

— Tu ne peux pas t'attendre à ce que je ne sois pas heureuse d'apprendre que tu pourrais avoir une relation à l'horizon.

— Non, la dernière chose que je souhaite, c'est une relation, déclara Doreen fermement. Il m'a aidée, c'est tout.

— Peu importe que tu le veuilles… ou non. Parfois, cela arrive, tout simplement.

Doreen demanda d'une voix empressée :

— Et *toi*, tu as eu beaucoup de relations au cours des

trente dernières années ?

Nan gloussa.

— Oh, non, ne prends pas ce chemin. Ma vie personnelle est un livre ouvert. Tu as vu certains des hommes de passage, ou du moins ceux dont je t'ai parlé. Mais je n'ai jamais trouvé quelqu'un avec qui j'aurais eu envie de passer tous les jours de l'année.

— Est-ce que ça te dérange ? De n'avoir jamais trouvé le véritable amour ?

Le rire de Nan retentit à nouveau sur le patio.

— Bien sûr que non. J'ai trouvé le véritable amour encore et encore, s'écria-t-elle avec un large sourire. Ce que je n'ai pas trouvé, c'est quelqu'un avec qui j'aurais envie de me lever tous les matins et qui cuisinerait pour moi tous les jours de la semaine, ferait la lessive et le lit tous les jours de la semaine, parce qu'il n'existait pas. Ou du moins je ne l'ai pas encore trouvé.

À cette réponse, Doreen se mit à rire.

— Quelle *Femme actuelle* tu fais.

Nan hocha la tête.

— J'ai toujours été en avance sur mon temps.

Elle se pencha en avant et joignit ses doigts.

— Alors, dis-moi ce que tu as trouvé d'autre.

— Je te l'ai dit. J'ai trouvé cette boîte en ivoire avec le nom écrit en dessous.

— Et pourtant, Mack et toi avez été aperçus au ruisseau.

Doreen fronça les sourcils.

— Comment sais-tu ça ?

— Parce que quelqu'un ici vous a vus, ou un membre de la famille de quelqu'un vous a vus.

— Nous n'avons vu personne à la maison ni au ruisseau, avança Doreen.

— Tu dois toujours t'attendre à être surveillée par quelqu'un dans cette ville.

Doreen rangea cette bribe d'information dans son esprit.

— C'est bon à savoir.

— Tu éludes la question, dit doucement Nan.

— Pas tellement. Je sais que Mack ne voulait pas que je dise quoi que ce soit. Mais, près du même endroit, nous avons trouvé un bijou. Encore une fois, nous ne savons pas à qui il appartient. Cela pourrait n'avoir aucun rapport.

— Intéressant, répondit Nan. Parce que l'une des meilleures amies de Betty, Hannah, lui aurait donné une bague avant qu'elle ne disparaisse. Et ce qui est encore plus intéressant, c'est que tu sembles toujours être au bon endroit au bon moment.

Chapitre 11

DOREEN SECOUA LA tête.

— Ce n'est pas vrai du tout, protesta-t-elle. Elle se leva et replaça la petite chaise à l'écart de la table, là où Nan la rangeait normalement.

— Mais, sur cette note, il est temps pour nous de rentrer à la maison.

Nan sourit. Elle enfonça la main dans sa poche et en sortit quelque chose qu'elle tendit à Doreen.

Doreen fronça les sourcils alors que sa grand-mère lui plaçait quelque chose de petit dans la paume.

Nan lui fit signe de la main.

— Ne regarde pas maintenant. Tu verras ça plus tard.

Doreen fourra l'objet dans sa poche en haussant les épaules, souleva Thaddeus pour le percher sur son épaule et attacha la laisse sur le collier de Mugs.

— Goliath, allez. Il est temps de rentrer à la maison.

Il ouvrit un œil et la regarda, puis laissa retomber sa paupière et s'étira davantage.

Elle gémit.

— Comment se fait-il que Goliath ne soit pas éduqué comme les deux autres ?

— Oh, il *est* éduqué, et il t'a éduquée aussi, déclara Nan en riant.

Doreen regarda des deux côtés avant de traverser l'herbe jusqu'au bord de la route, avec Thaddeus et Mugs. Une fois que Goliath se rendit compte qu'il était laissé en arrière, il se précipita vers eux et les dépassa.

Nan se leva et attendit qu'ils aient traversé la rue, puis cria :

— J'ai été heureuse de te voir aujourd'hui.

Doreen se retourna et sourit.

— C'est toujours un plaisir de te voir.

Et après un geste de la main, elle et son étrange famille remontèrent la rue en direction du ruisseau.

Elle préférait de loin emprunter le chemin qui passait derrière toutes les maisons et menait au ruisseau plutôt que de parcourir les rues. C'était aussi beaucoup plus sûr, étant donné que Goliath n'était pas tenu en laisse. La simple pensée d'essayer de mettre une laisse à ce monstre et de le faire marcher docilement à côté d'elle la fit sourire.

— Je devrais te mettre une laisse, n'est-ce pas, Goliath ?

Il l'ignora, comme il le faisait toujours. Il leur fallut plusieurs minutes pour arriver au bout du pâté de maisons, puis ils tournèrent au coin de la rue pour se diriger vers le chemin qui les conduirait finalement jusqu'au ruisseau. C'était quand même une belle journée. Pourtant, il était tard, car elle était restée chez Nan plus longtemps qu'elle ne l'avait prévu. Mais ce n'était pas grave. Elle avait du temps à revendre maintenant.

Doreen sortit son téléphone portable de sa poche et composa le numéro de Mack.

— Hé, Mack. Quand souhaitez-vous que je déplace le massif de bégonias de votre mère ?

— Euh, ce week-end ?

Sa voix semblait distraite, comme si elle l'avait appelé au mauvais moment.

— C'est déjà jeudi, n'est-ce pas ? sourit-elle.

— Oui. Alors, après-demain, je peux vous y retrouver. Est-ce que neuf heures du matin, ça convient ?

— Bien sûr, mais je peux me débrouiller sans vous. Enfin, si vous me faites confiance pour gérer le jardin de votre mère. Et peut-on réellement y travailler ? Ou est-ce interdit d'accès après notre découverte d'hier ?

— Je ne pense pas que c'était un os humain, alors oui, et je vous fais confiance pour gérer le jardin de maman, pas de problème.

Son ton était plus actif, comme s'il avait détourné son attention de ce qui se trouvait sur son bureau à son appel téléphonique.

— C'est pour vous-même que je ne vous fais pas confiance.

— Hé ! hoqueta-t-elle d'indignation.

Il ricana.

— Je veux dire que je ne vous fais pas confiance pour *ne pas* chercher les ennuis. Et si vous êtes chez ma mère, je préférerais que vous n'ayez pas d'ennuis là-bas. J'essaie de garder sa vie agréable et paisible.

— Eh bien, je ne le ferai pas exprès.

Fronçant toujours les sourcils, elle vérifia la circulation alors qu'elle traversait la dernière rue.

— Bien que je sois convaincue que c'était un os humain que nous avons trouvé là-bas. Et probablement appartenant à Betty.

— Ne sautez pas sur les conclusions. Nous devrions avoir les résultats du laboratoire dans un jour ou deux.

Une fois de l'autre côté de la route, Mugs voulut courir librement. Elle se pencha et détacha la laisse de son collier.

— Puis-je amener les animaux ?

— Oui, sans problème. Ce serait probablement mieux qu'ils soient là. Sinon, ils vous suivront tout seuls.

— C'est vrai, dit-elle. Nous revenons de chez Nan. La maison de votre mère n'est pas très loin.

— Rien n'est très loin dans cette partie de la ville, dit-il sèchement. Assurez-vous de rentrer chez vous sans rien trouver d'inhabituel, d'accord ?

— D'accord, dit-elle aimablement. Et si je trouve quelque chose d'étrange, je ne vous en parlerai tout simplement pas. Vous vous sentirez mieux comme ça.

Elle appuya sur le bouton « Raccrocher » de son téléphone et le laissa tomber dans sa poche, souriant comme une idiote.

Au moins, sa vie contenait plus de rires maintenant. Et plus d'amour, à bien y penser. Surtout avec Nan au coin de la rue et ses trois animaux à la maison. C'était agréable de passer autant de temps avec sa grand-mère. Doreen n'avait pas réalisé à quel point sa famille lui avait manqué durant toutes ces années. Ce n'était qu'au moment où son mariage s'était brisé qu'elle avait compris à quel point elle s'était isolée. C'était ce que son ex-mari avait souhaité. Et elle avait apparemment été une victime consentante de ses stratagèmes. Ou un pigeon aveugle…

En y repensant, cela la mettait en colère de voir tout ce qu'elle avait perdu au fil des ans. Qu'est-ce que ça lui aurait fait de la laisser voir Nan plus souvent ? Rien. Mais il n'aimait pas partager. Et qu'est-ce que cela lui aurait fait, *à elle*, de lui tenir tête plus souvent ? Peut-être quelque chose, mais ça aurait été mieux pour elle *et* Nan en général.

Doreen tourna sur le chemin qui longeait l'ensemble des propriétés entourant le ruisseau. Le chemin était à peine praticable car il était envahi par la verdure. Son esprit divagua distraitement en envisageant ce qu'il faudrait pour l'entretenir, mais elle prit ensuite conscience qu'il deviendrait plus fréquenté, et elle ne le voulait pas vraiment. Elle aimait avoir l'endroit pour elle seule.

Elle pouvait traverser le ruisseau à plusieurs endroits lorsque le niveau d'eau était bas et, si elle avait le choix, elle se plaçait toujours de l'autre côté, loin des maisons. C'était agréable de savoir que ce coin de paradis n'était qu'à quelques pas de la civilisation.

Elle sifflota en marchant. Elle n'avait peut-être pas d'argent, et elle n'avait peut-être pas de travail, mais elle souriait beaucoup plus qu'avant. Elle fourra ses mains dans ses poches, ses doigts s'enroulant autour du petit rouleau que Nan lui avait donné. Elle le sortit et fronça les sourcils.

— Nan…

Nan lui avait glissé un billet de cent dollars enroulé bien serré. Doreen le déroula soigneusement, déconcertée et pourtant souriante.

— Merci, Nan. J'en ai bien besoin. J'aimerais vraiment que tu ne te sentes pas obligée de faire ça.

C'était un geste si bienveillant de la part de Nan qu'il fit presque monter les larmes aux yeux de Doreen.

Elle ne se souvenait pas que Nan ait été si généreuse les années précédentes, mais Doreen n'avait pas eu besoin d'argent pendant son mariage. Maintenant, bien sûr, cent dollars, c'était énorme. Ce billet pourrait payer des factures et acheter de la nourriture.

Rien que de penser à la nourriture lui donnait envie de retourner en ville pour acheter quelque chose de plus substantiel pour ses repas. Le fromage et les crackers ne la rassasieraient pas longtemps. Elle devait vraiment s'occuper du fourneau du diable.

Elle prit son téléphone portable et appela rapidement Nan. Comme il n'y avait pas de réponse, elle laissa un message : « Merci beaucoup pour le cadeau, Nan. J'apprécie vraiment. J'aimerais que tu ne te sentes pas obligée de m'aider, mais, compte tenu de la réalité de ma nouvelle vie, j'en ai besoin en ce moment. Donc merci beaucoup. » Doreen parcourut le reste du chemin, ravie de ce rayon de soleil dans son monde.

En regagnant sa propriété, elle traversa le petit pont et entra dans son jardin. La vue de la clôture abattue la fit grimacer.

— J'aurais dû continuer à déblayer tout ça aujourd'hui.

Mais elle ne l'avait pas fait. Elle s'était laissé distraire. Elle était trop fatiguée maintenant pour s'en occuper, et le soleil allait bientôt se coucher. Alors qu'elle se dirigeait vers sa maison, elle se rendit compte que quelqu'un était à l'intérieur. Elle se figea, puis se cacha rapidement sur le côté de la maison. Mugs, sentant qu'il se passait quelque chose, jeta un coup d'œil à la porte arrière et grogna. Elle savait ce qu'il ressentait.

— Quel genre de chien de garde es-tu, Mugs ? Tu es censé me le dire avant que je le découvre.

Mais, bien sûr, il l'ignora. Cette fois, il se précipita furieusement sur la porte de la cuisine. Eh bien, si elle avait voulu rester discrète et ne faire savoir à personne qu'elle était rentrée, c'était fichu.

Thaddeus ébouriffa ses plumes contre son épaule. Elle savait, à l'expression dans ses yeux, qu'il n'était pas content non plus. Il n'y avait aucun signe de Goliath. *Allez savoir.*

Quand les ennuis arrivent, il n'est nulle part en vue.

Elle contourna la maison pour passer par l'avant et s'arrêta lorsqu'elle vit une camionnette de réparation d'appareils électroménagers. Est-ce que ce type réparait sa cuisinière ? Et qui l'avait laissé entrer ?

Fronçant les sourcils, elle s'avança vers la porte d'entrée et entra avec Thaddeus, fermant la porte et laissant Mugs dehors, aboyant toujours à la porte de derrière. Elle alla dans la cuisine pour trouver sa cuisinière complètement sortie de son emplacement. Un petit homme nerveux était allongé sur le sol à côté, derrière son four. Heureusement, elle pouvait entendre des bruits à l'arrière de la cuisinière et savait qu'il n'était pas mort.

Elle s'arrêta et dit :

— Bonjour ?

Une tête surgit. Un homme ressemblant étrangement à un singe lui adressa un large sourire, coupant son visage en deux.

Elle répondit de la même manière.

— Vous êtes entré tout seul ? lui demanda-t-elle.

Il acquiesça.

— Bien sûr. J'avais la permission de Mack, répondit-il. Vous n'étiez pas à la maison, et j'ai pensé que vous aviez vraiment besoin que ça soit réglé, alors je ne voulais pas attendre.

Il fronça les sourcils.

— Je n'ai rien volé.

Elle le dévisagea.

— Je suis juste surprise et je m'adapte toujours aux habitudes des petites villes.

Mugs continuait à aboyer à la porte arrière de la cuisine. Puis Thaddeus entra en se pavanant, regardant l'étranger.

Le réparateur devait trouver ça normal, car il lui adressa un signe de tête et continua leur conversation.

— Presque tout le monde me laisse entrer même quand il n'y a personne. Mme Bee, qui vit deux pâtés de maisons plus loin, est une de mes clientes régulières. Je suis sûr qu'elle s'attend à ce que je nettoie sa cuisinière chaque fois que je suis là. Alors elle m'appelle pour faire une mise au point rapide, afin de ne pas avoir à récurer. Et M. Argon, de l'autre côté de la ville, il me fait régulièrement venir pour son frigo. Ils laissent des messages, me demandant de passer quand je peux. Je viens quand j'ai quelques instants. La plupart du temps, ils ne sont pas à la maison.

Il parlait d'un ton si confiant qu'elle ne doutait pas qu'il disait la vérité. Elle secoua la tête.

— J'ai passé beaucoup de temps à Vancouver.

Son visage se tordit en grimaçant.

— C'est un endroit mortel, c'est bien vrai. Vous avez besoin non seulement de serrures, mais aussi de verrous. Je n'imagine pas être réparateur dans un endroit comme ça.

Thaddeus marcha jusqu'au réparateur. Distraitement, l'homme caressa doucement Thaddeus. Cette reconnaissance dut apaiser l'oiseau car il s'envola pour vérifier s'il y avait des graines pour oiseaux ou des restes sur la table de la cuisine.

— Vous avez besoin d'une autorisation de la sécurité pour entrer dans les maisons là-bas.

Le réparateur secoua la tête et replongea derrière la cuisinière, sa voix parvenant à Doreen depuis l'espace.

— Au fait, votre cuisinière est presque morte, dit-il.

Elle s'approcha, fixant la chose devant elle.

— *Presque* morte ?

Elle détestait demander, mais elle n'avait pas eu l'impression qu'elle avait été vivante en premier lieu. Elle savait que Mack se serait bien moqué d'elle à cet instant.

— Oui. Il faut en acheter une nouvelle. Je pourrais peut-être faire marcher ce truc encore un peu, mais je ne compterais pas là-dessus.

— Et juste au moment où je commençais à comprendre comment l'utiliser, dit-elle avec humour. Je n'ai pas l'argent pour la remplacer.

— Bien sûr, déclara-t-il en un commentaire surpris. C'est notre cas à tous. Les problèmes techniques n'ont jamais lieu à des moments opportuns.

Elle essaya de comprendre ce qu'il voulait dire ou s'il essayait juste de lui remonter le moral.

Il se leva.

— J'en ai une en magasin que je peux vous faire pour cent dollars.

Elle réfléchit un long moment.

— Avez-vous donné à Nan un prix similaire au cours de l'année dernière ?

Il acquiesça.

— Quelques fois. Je lui ai dit qu'elle en arrivait au point où elle ne pourrait plus l'utiliser. Mais elle secouait toujours la tête et disait « ça ira ».

— Ça ira, ça ira, répéta Thaddeus en se pavanant sur la table.

Doreen secoua la tête en direction de l'oiseau, mais au moins Mugs avait cessé d'aboyer à la porte.

— Et maintenant je suppose que nous avons dépassé les « ça ira » ?

Il rit.

— Depuis un bon moment. En fait, vous ne devriez plus du tout l'utiliser. Mais si vous n'avez vraiment pas d'argent, vous pourriez peut-être vous passer de cuisinière pendant un certain temps.

Il jeta un coup d'œil dans la cuisine.

— Mais… cette pièce est assez propre, donc je vois que vous n'êtes pas vraiment fan des gadgets de cuisine.

Elle ne savait pas du tout ce que « propre » signifiait dans ce contexte ni ce que cela avait à voir avec les gadgets de cuisine. Lorsqu'elle haussa un sourcil interrogateur, il indiqua les longs comptoirs nus.

— Vos comptoirs ne sont pas encombrés de mixeurs, de machines à pain et de cuiseurs à riz, expliqua-t-il. Donc vous avez probablement besoin de la cuisinière pour cuisiner.

Elle connaissait quelques-unes de ces machines, et certaines d'entre elles semblaient assez explicites, mais honnêtement, elles étaient presque attrayantes parce que, si quelque chose pouvait faire cuire du riz sans qu'elle ait à s'impliquer dans le processus, elle était tout à fait pour. Elle adorait le riz.

— Combien ça coûterait, ces engins ?

Il la regarda avec surprise.

— Eh bien, d'occasion, c'est assez bon marché. Un cuiseur à riz vous reviendrait à cinq dollars.

Elle le fixa avec stupeur.

— Vous avez une adresse à me donner ?

Il hocha la tête avec enthousiasme.

— Il y a de bons magasins caritatifs en ville. Mais vous devriez d'abord venir dans ma boutique et jeter un œil à ce que j'ai, afin de vérifier que ça fonctionne lorsque vous achèterez des articles d'occasion. Ma femme vend la plupart des produits remis à neuf, donc le stock change tout le temps. J'ai quelques gars qui travaillent dans le magasin, ils réparent des petits appareils électroménagers. Je suis le seul qui aille réparer les gros appareils électroménagers dans les maisons des gens.

— Je préférerais avoir celle dont vous m'avez parlé. Combien cela coûterait-il de faire livrer et installer l'une de ces… Elle fit un signe de la main vers la machine démoniaque : … choses ?

L'hilarité dans ses yeux s'accentua. Mais maintenant, il y avait aussi une certaine curiosité.

— Je vais inclure l'installation dans le coût de la cuisinière.

Elle hocha la tête.

— Merci. Mais je dois aussi vous payer pour votre temps aujourd'hui, n'est-ce pas ?

Il secoua la tête.

— Non, je tenais à venir voir à quel point c'était grave. Ça fait des années que je dis à Nan que sa machine est dangereuse. Mais elle ne voulait pas d'une cuisinière électrique. Elle disait qu'elle ne faisait pas confiance à ces nouveaux gadgets.

Doreen ne savait pas pourquoi une cuisinière électrique était considérée comme un nouveau gadget. L'électricité existait depuis longtemps. Et ça devait être bien plus sûr qu'un vrai *feu* sous une casserole sur une cuisinière. C'était incroyable. Pourtant, cela décrivait assez bien le caractère de Nan.

Doreen devait vraiment faire quelque chose à propos de cette machine infernale.

— Combien de temps cela prendrait pour remplacer celle-ci ?

Le réparateur fronça les sourcils pendant quelques instants, comme s'il réfléchissait à son emploi du temps.

— Si vous n'en avez pas besoin aujourd'hui, je pourrai probablement l'apporter samedi. Je dois m'assurer qu'elle est toujours disponible et que ma femme ne l'a pas vendue.

— Peut-être que lorsque vous retournerez au magasin, vous pourrez jeter un œil et me passer un coup de fil ?

Il acquiesça. Il tritura quelque chose derrière la cuisinière, puis tout d'un coup, il murmura :

— Oups. Bon, ça ne marchera plus.

Il brandit une chose rigide ressemblant à un câble.

— La pièce de l'autre côté, ça ne sent pas bon.

— Ça sent pas bon, ça sent pas bon, ajouta Thaddeus.

Le réparateur fronça les sourcils en regardant le câble, puis le four.

— Je ne veux vraiment pas que vous l'utilisiez à nouveau.

Elle n'allait certainement pas dire qu'elle ne l'avait encore jamais utilisée.

— Et le gaz ?

— Pas de problème, dit-il. Je suis un installateur de gaz agréé. Je vais couper ça ici. Je pense qu'une cuisinière électrique sera plus sûre, à moins que vous ne vouliez vraiment une autre cuisinière à gaz, mais c'est plus cher. Bien sûr, il vous faudra les deux cent vingt volts requis pour une cuisinière électrique, marmonna-t-il à mi-voix. Il sauta par-dessus le coin du comptoir, se tenant maintenant du même côté de la cuisinière qu'elle, et la remit soigneusement en place.

— N'est-ce pas inutile ? De la remettre en place alors que vous devrez la tirer à nouveau lorsque vous apporterez la nouvelle.

Il la regarda avec surprise et haussa les épaules.

— Je déplace ces machines toute la journée. Ça ne fait aucune différence. Je me suis dit que ce serait plus facile si vous n'aviez pas à la contourner, comme vous n'avez pas encore préparé votre dîner de ce soir.

Elle hocha la tête comme si elle comprenait ce qu'il disait. Et c'était le cas, si elle suivait sa logique. Il ne pouvait pas savoir qu'elle ne faisait rien dans sa cuisine.

Il ramassa ses outils éparpillés près de la cuisinière du diable.

— Je vous passerai un coup de fil quand je pourrai revenir. Peut-être qu'à ce moment-là vous saurez ce que vous voulez faire.

— Je veux l'électrique d'occasion. Est-ce que pour cent dollars, taxes, livraison et installation incluses, ce serait possible ? Oh, avec récupération de l'ancienne ?

Dorénavant, Doreen savait pourquoi Nan lui avait donné l'argent ce soir.

Il inclina la tête, hésita, examinant la cuisinière.

— Allez. Oui, je peux le faire pour cent dollars. Mais ça doit être la cuisinière que j'ai réparée. Et, si ma femme l'a vendue, je ne pourrai pas vous en fournir une tout de suite, l'avertit-il. Il faudra également tirer une nouvelle ligne électrique pour la cuisinière.

— Combien pour ça ? demanda-t-elle avec hésitation.

— Pas sûr, mais ça ne devrait pas être grand-chose. Dans ces vieilles maisons, le compteur électrique se trouve généralement au sous-sol ou dans le vide sanitaire, déclara-t-il avec un sourire.

Elle hocha la tête alors que le soulagement déferlait sur elle. Dans l'immédiat, elle pouvait se passer de la cuisinière à gaz démoniaque. Mais il lui en fallait probablement une autre pour manger correctement, selon Mack. Et c'était sûrement moins cher que les plats à emporter et bien mieux pour elle de manger à la maison aussi. De plus, la cuisinière électrique ne lui ferait pas peur, alors elle pourrait l'utiliser.

Les bons plats de son passé étaient loin, mais si elle pouvait se préparer une simple soupe correcte, cela l'aiderait à avoir l'impression d'avoir accompli quelque chose et à élargir son choix de menus.

En quelques minutes, le réparateur avait fait son sac et était sorti par la porte d'entrée. Doreen le suivit et le remercia à nouveau. Elle trouva Mugs qui attendait tranquillement sur le perron. De toute évidence, il avait renoncé à ce qu'elle lui ouvre la porte de derrière. Elle laissa la porte d'entrée ouverte pour lui alors qu'elle se tenait sur les marches du porche, réalisant que la foule était partie. Elle jeta un coup d'œil au réparateur.

— Il y avait quelqu'un ici lorsque vous êtes arrivé ?

Il fronça les sourcils.

— Où ?

Elle fit un signe de la main vers la cour devant, où tous les curieux s'étaient rassemblés.

— Dans l'allée et le long de la route, agglutinés et regardant ma maison ?

Il l'étudia comme si elle avait perdu la tête.

Peut-être qu'il n'avait pas entendu parler des meurtres récemment résolus. Certaines personnes refusaient de lire les journaux, disant qu'ils n'apportaient que de mauvaises nouvelles et qu'elles pouvaient se renseigner en dix secondes via Internet. Malheureusement, Doreen n'avait pas pu éviter les cadavres qu'elle avait trouvés la semaine dernière. Ni les journalistes fouineurs et les voisins bavards par la suite.

— Non, je n'en ai vu aucun. Il sourit : Je vous appelle.

Et sur ces mots il fut parti.

S'il était sorti de l'allée un peu trop vite, c'était peut-être à prévoir. Il pensait probablement qu'elle était tarée. Et puis, il essayait de convaincre Nan de remplacer cette cuisinière depuis des années. Il comprenait donc exactement à quel point Nan était libre d'esprit et se disait probablement que Doreen était pareille.

Puis un gros chat jaune sortit de nulle part et entra dans la maison. Goliath était de retour. Doreen soupira. *Et c'est ma nouvelle vie.*

Alors qu'elle se tournait pour pénétrer dans sa maison, elle avisa une femme d'âge moyen remontant son allée. Sa démarche était déterminée, comme si elle avait vu Doreen debout sur le perron. Doreen fronça les sourcils, mais cela ne sembla pas arrêter la femme. Elle monta en trombe les marches du perron où Doreen se tenait, la regardant d'un air hébété.

— Puis-je vous aider ?

— Oui. Vous pouvez arrêter de poser des questions sur Betty Miles.

La femme tendit la main et frappa durement Doreen au visage. Puis elle se retourna et partit.

Doreen resta là, dans l'embrasure de la porte, la main sur la joue, les larmes au bord des yeux, fixant la femme indignée qui s'éloignait. Elle était d'âge moyen, dodue, vêtue d'une jupe à l'ancienne. Ses cheveux mi-longs se balançaient à chaque pas.

— C'était pourquoi, ça, bon sang ? chuchota-t-elle. Mais Mugs, Thaddeus et Goliath n'avaient pas de réponse.

Chapitre 12

DOREEN CLAQUA LA porte d'entrée rageusement, sa joue la brûlant toujours. Par la fenêtre du salon, elle fixa la femme qui partait en trombe, essayant de se faire une idée sur qui elle était et quel était son problème. L'inconnue avança jusqu'au bout de la rue, tourna à gauche et continua. Son dos était raide d'indignation et ses pas étaient chaloupés, ses bras se balançant à ses côtés alors qu'elle martelait la route sur son chemin. La moitié des voisins de Doreen avaient sans aucun doute vu l'altercation ou au moins le départ houleux de la femme.

Tant de choses dans la vie de Doreen étaient minables en ce moment ! Cela avait été un beau début de journée, mais la fin laissait à désirer.

Elle retourna dans la cuisine, réalisant que toute sa joie d'avoir cent dollars à dépenser avait également disparu. Elle devrait probablement être reconnaissante que le réparateur ait accepté le marché ; du moins verbalement. Cela ne voulait pas dire que la cuisinière reconditionnée était encore disponible, mais elle l'espérait. L'idée d'avoir une gazinière cassée était encore plus terrifiante. Et si le gaz fuyait ? Il avait évoqué un diplôme d'installateur de gaz, mais cela ne signifiait rien pour elle.

Et il y avait toujours le coût surprise pour le câblage. Elle grimaça et le chassa de son esprit.

Elle savait maintenant comment faire du bon café, si elle pouvait suivre les instructions que Mack lui avait laissées. Et là, après cette gifle imméritée, elle avait besoin d'une tasse. Elle trouva son bloc-notes avec les instructions et essaya soigneusement de préparer son café en se basant sur les dernières étapes détaillées de Mack.

Elle se dirigea vers le réfrigérateur, l'ouvrit, grimaça et le referma. Il n'y avait vraiment rien à voir à l'intérieur. Comme il n'y avait plus de fromage, cela signifiait qu'elle allait manger ses crackers avec du beurre de cacahuète. Elle se dirigea vers le placard. Même les animaux mangeaient mieux qu'elle. Elle s'assit à la table à manger vide avec son repas.

Son téléphone sonna à ce moment-là. Elle jeta un coup d'œil au nom qui s'affichait et grogna.

— Qu'est-ce que vous voulez ? répondit-elle.

Après un silence apparemment surpris à l'autre bout du fil, Mack demanda :

— Vous n'auriez rien à me dire ?

Elle appuya son menton sur sa main libre et se redressa sur la table.

— Je me suis dit que c'était pour ça que vous m'appeliez. La nouvelle doit déjà vous être parvenue.

— Quelle nouvelle ? gronda-t-il.

Elle leva ses pieds sur la chaise d'à côté et se pencha en arrière.

— Une étrangère m'a abordée sous mon porche pendant que je disais au revoir à votre ami réparateur, et elle m'a dit d'arrêter de poser des questions sur Betty Miles. Puis elle m'a giflée au visage.

Elle entendit Mack inspirer bruyamment.

— Est-ce que ça va ?

Félicitations à lui de se soucier avant tout de sa sécurité. C'était aussi ce qui faisait de lui un homme si gentil.

— Oui. Ça brûle encore quand même. Je ne sais pas pourquoi elle a fait ça. Je ne sais même pas qui c'est.

— Pouvez-vous la décrire ?

— Des airs de matrone, probablement quinze kilos de trop, environ quarante-cinq ans, portant une jupe, un chemisier et un long cardigan. Elle haussa les épaules : Je ne peux pas vous en dire beaucoup plus.

— Cela décrit un bon quart de la population de Kelowna.

Il rit.

— Ça n'a rien de drôle, dit-elle d'un ton morose. Ça m'a fichu un choc terrible.

— Vous voulez porter plainte ? demanda Mack, sérieux tout d'un coup.

— Non, elle était visiblement désemparée. Je ne sais tout simplement pas à propos de quoi.

— Si elle vous a dit d'arrêter de poser des questions sur Betty Miles, il y a de fortes chances pour qu'elle soit apparentée à Betty d'une manière ou d'une autre.

— Mais Betty a disparu il y a trente ans, Mack.

— Si c'est un membre de la famille, ou une bonne amie, ou quelqu'un qui a été impliqué dans cette enquête, que trente ans se soient écoulés n'a pas d'importance. Ça fait encore mal aujourd'hui, dit-il doucement. Je sais que pour vous c'est une énigme amusante à résoudre, cela vous distrait des maux de votre propre vie, mais vous fouillez dans un passé qui peut être douloureux pour certaines personnes.

— Je n'y avais pas pensé, dit-elle doucement, tournant

son attention vers le ciel qui s'assombrissait de l'autre côté de la fenêtre de sa cuisine. Juste à ce moment-là, la cafetière émit un bip. Elle sauta sur ses pieds.

— J'espère avoir fait une bonne tasse de café. J'ai suivi vos instructions.

— Bien. On dirait que vous en avez besoin en ce moment.

— Oui, sans parler du fait que la cuisinière à gaz n'est pas réparable.

— Aïe, grimaça-t-il. Ça craint. Vous a-t-il donné une estimation du coût de remplacement ?

— Il m'a dit qu'il en avait une électrique d'occasion, si sa femme ne l'a pas vendue, et qu'il s'occuperait de tout, y compris de l'installation et de la récupération de l'ancienne, pour cent dollars.

— Ce n'est pas cher, *vraiment* pas cher, déclara Mack avec surprise. Normalement, je lui fais confiance, mais cela semble très bon marché. Peut-être que je devrais l'appeler et voir si cette cuisinière électrique marche correctement.

— Cela pourrait être dangereux ? Je pensais que la cuisinière à gaz était pire. Je ne veux même pas être dans la cuisine en ce moment. Et si le gaz fuit ?

Elle pouvait entendre le rire de Mack gronder dans sa poitrine. Elle fronça les sourcils, espérant qu'il le sentait à travers le téléphone, alors qu'elle se versait une tasse de café et la levait vers son nez pour la renifler.

— Je sais que je dis souvent des choses stupides, mais ce n'est pas juste que vous vous moquiez de moi quand je m'inquiète.

— Désolé, c'est juste la façon dont vous dites les choses qui me fait sourire.

— Alors, qu'est-ce qui est si drôle là-dedans ?

— Il est installateur de gaz. Il a sûrement bouché la conduite de gaz et vous êtes en sécurité. Compte tenu de l'âge de cette maison, peut-être qu'une cuisinière électrique est plus sûre. Mais, encore une fois, je ne sais pas à quoi ressemble l'installation électrique.

— Installation électrique ?

Elle se tourna pour regarder la cuisine.

— Je sais que c'est une vieille maison. Donc, vous pensez que l'installation électrique n'est pas sûre non plus ?

— Je n'ai rien dit de tel, dit-il précipitamment. Ne vous inquiétez pas pour ça maintenant.

Elle but une gorgée de son café pour tester. Pas mal. Elle n'avait fait que deux tasses, au cas où il se révélerait être mauvais. De plus, elle ne pouvait pas en boire plus, au risque de ne pas dormir ce soir. Elle ne mentionnerait pas tout cela à Mack car il se moquerait d'elle à nouveau.

— Par contre, je m'inquiète des étrangers qui viennent chez moi et me frappent au visage, grommela-t-elle. Et comment a-t-elle pu savoir que je posais des questions ?

— Vous savez comment circulent les potins de la Mission, surtout avec votre notoriété actuelle.

— Je n'en ai parlé qu'à vous. Et à Nan aujourd'hui.

— Voilà ! dit-il avec exaspération. Cette maison de retraite est la pire des sources de commérages.

— Et de jeux d'argent. Bien que je n'aie pas entendu Nan en parler cette semaine.

— Je suis surpris qu'elle l'ait mentionné. Vous a-t-elle dit que je lui ai donné l'ordre d'arrêter ?

— Officiellement ? Elle a fait quelque chose d'illégal ? Elle secoua la tête : Ça ne ressemble pas à Nan.

— Que pensez-vous des paris sur la vie amoureuse des gens ? Ou des paris sur qui aura un bébé en premier ? Ou des paris sur la mort de quelqu'un ?

— D'accord, les paris sur la mort des gens, ce n'est pas très sympa. Mais ceux sur les bébés, c'est plutôt gentillet.

— Très gentil, jusqu'à ce qu'elle se transforme en bookmaker de maison de retraite.

À cela, Doreen se radossa et réfléchit ; puis elle éclata de rire. Et continua de rire jusqu'à ce que les larmes coulent sur son visage.

— Oh mon Dieu. Je la vois *totalement* faire ça.

— Exactement. Et quand les gens perdent, ils s'énervent. Et quand Nan gagne de l'argent, d'autres personnes perdent leur argent, et c'est à ce moment-là que les gens se fâchent et se plaignent.

— J'imagine plutôt que tout l'argent qu'elle gagne sera utilisé pour aider les autres d'une manière ou d'une autre, déclara-t-elle avec un sourire. Elle m'a donné cent dollars aujourd'hui.

— Oui, mais c'était probablement parce qu'elle a entendu dire que votre cuisinière à gaz était hors service.

— Je doute qu'elle ait besoin d'entendre quoi que ce soit, avança Doreen. Elle n'en avait pas besoin. Elle le savait déjà. Apparemment, votre réparateur lui a seriné pendant des années de changer de cuisinière. Il a dit qu'il lui avait mentionné le devis de réparation de cent dollars plusieurs années de suite.

Elle fronça les sourcils.

— Est-ce que je dois vous donner les cent dollars parce que ce sont peut-être les gains de Nan ?

Il gloussa.

— Non, vous n'avez pas à me donner de l'argent.

— Bien. Parce qu'il m'en manque pour couvrir les frais du réparateur pour l'installation.

Elle rétablit le fil de la conversation.

— Au fait, pourquoi m'appelez-vous ?

— Pour voir si vous n'avez pas eu d'ennuis cet aprèsmidi. Mais je suppose que non. Et aussi pour savoir ce que Willie a dit.

— Qui est Willie ?

— Le réparateur, dit Mack, agacé. Puis il changea complètement de sujet. Avez-vous découvert quelque chose sur Betty Miles ?

— Oh, alors maintenant, vous souhaitez savoir ce que j'ai découvert ?

— Doreen, dit-il en guise d'avertissement. Ne commencez pas.

Elle leva les deux mains en signe de frustration, même s'il ne pouvait pas les voir.

— Seulement ce que Nan m'a dit. Que Betty était une adolescente fugueuse, bla-bla, bla bla.

Il rit.

— Donc, en d'autres termes, ce que vous saviez déjà.

— Oui. Je vais aller voir à la bibliothèque. Ils devraient avoir les journaux de l'époque encore sur microfiche.

— Est-ce vraiment si important pour vous ?

— Je suis curieuse. J'ai l'impression d'avoir trouvé un morceau de son histoire, dit-elle doucement. Et je ne pense pas que des choses comme ça devraient être oubliées. Elle n'a jamais été retrouvée, n'est-ce pas ? Juste son bras ? Personne n'a été accusé de son meurtre ?

— Non, oui et non. Mais cela ne veut pas dire que l'affaire est classée. Aucune affaire de meurtre non résolue n'est jamais classée. Enfin, nous présumons qu'elle a été assassinée.

— Elle ne s'est certainement pas coupé le bras, déclara

Doreen d'un ton sarcastique. Mais je suppose que vous dites qu'elle est peut-être morte dans un accident.

— Ou de cause naturelle. Et quelqu'un a voulu cacher sa mort. Nous ne pouvons rien supposer à ce stade.

— Eh bien, si je trouve quelque chose à la bibliothèque, je vous le dirai. Mais, en attendant, ce serait formidable si vous pouviez examiner cette affaire et me communiquer les détails. Comme pour cette bague.

Elle prit une longue gorgée de son café.

— Ce que j'ai déjà fait, répondit-il.

— Oui, vous avez trouvé quelque chose et vous ne m'avez rien dit, c'est bien ça ?

— Je suis le détective. Vous êtes la fouineuse, vous vous rappelez ?

Mais il avait dit ça sans rancune.

— Peut-être, mais, juste pour clarifier, je vous ai aidé la dernière fois. Je pourrais vous aider aussi cette fois.

— Il n'y a pas de *cette fois*, martela-t-il.

— Est-ce que vous allez me dire ce que vous avez trouvé ?

Elle se versa le reste du café. Elle n'allait absolument pas tenir compte de sa demande de ne pas se mêler de l'affaire. S'il y avait une chose dans sa vie dont elle avait besoin en ce moment, c'était d'une occupation.

De quelque chose qui lui apportait un sentiment de satisfaction : quelque chose d'intéressant et d'excitant. Elle en avait assez des dîners d'affaires passionnants de son futur ex-mari depuis longtemps. Tout ce qu'elle désirait maintenant, c'était quelque chose d'amusant. Elle se disait que peut-être elle devrait rejoindre un club de tricot, où tout le monde s'assiérait en rond pour discuter des preuves. Mais elle ne le ferait pas. Elle ne savait même pas tricoter. Et elle ne connaissait personne d'autre qui voudrait se plonger dans ces meurtres avec elle, à part Nan.

— La bague, dit Mack. Elle est mentionnée dans l'un des vols de l'époque, et la description correspond à celle que j'ai trouvée.

— C'est-à-dire que tout est connecté. Pensez-vous que Betty l'aurait volée ?

— C'était un vol très sophistiqué. Si elle était impliquée, elle n'était certainement pas seule.

— Mais, ajouta Doreen, Nan m'a dit qu'il y avait des rumeurs selon lesquelles la meilleure amie de Betty, Hannah, lui aurait donné une jolie bague.

— C'est d'ouï-dire, Doreen. N'y prêtez pas trop attention.

— Pourtant, si Hannah a donné la bague à Betty, alors Betty n'était pas forcément impliquée dans les vols de bijoux.

— Nous suivons certaines pistes et nous verrons où les preuves nous mèneront.

— Alors vous me direz ce que vous découvrirez ?

— *Enquête en cours*, Doreen, déclara Mack avant de raccrocher.

Chapitre 13

Vendredi...

LE MATIN SUIVANT, Doreen se réveilla après une nuit passée à rêver que des gens la giflaient sans raison. Sa joue lui faisait encore mal et elle se demanda combien de fois elle s'était giflée pour que cela semble réel ou si elle avait essayé de se réveiller d'un de ces horribles cauchemars.

Alors qu'elle se douchait et s'habillait (tous les animaux la rejoignant dans la salle de bains, ce qu'elle remarqua avec un hochement de tête), elle ne put s'empêcher de penser à la folle qui l'avait giflée au visage. Elle pouvait presque entendre les voisins dans son impasse ricaner. Mais elle ne pouvait pas les voir... Ils étaient trop intelligents pour ça. Comme si ces dernières semaines n'avaient pas été suffisamment difficiles, il fallait que ce genre d'incident se produise... Quand bien même elle aurait préféré que personne n'ait vu cette action, elle savait que c'était impossible. Selon Nan, rien ne restait secret ici, du moins, pas longtemps. Doreen était d'accord avec sa grand-mère.

Mais, si c'était le cas, pourquoi personne n'avait vu ce qui était arrivé à Betty Miles ? Car, si la logique du « rien ne passe inaperçu » s'appliquait aujourd'hui, elle s'appliquait encore plus il y a trente ans. Les gens d'aujourd'hui étaient beaucoup moins enclins à parler à leurs voisins.

Il y a trente ans, les voisins étaient beaucoup plus soudés. Ils faisaient des choses ensemble ; ils veillaient sur les enfants les uns des autres. Il existait une certaine innocence à l'époque. Mais maintenant, avec Internet, les journaux, les médias et les histoires d'horreur quotidiennes sur les pédophiles, les tueurs en série et les enlèvements, les gens étaient beaucoup plus prudents, ils se refermaient sur eux-mêmes. C'était une pensée déconcertante. Et cela provoqua une autre vague de déception concernant sa propre vie.

Elle n'avait jamais eu d'enfants. Elle n'était pas sûre d'en avoir un jour, mais son horloge biologique tournait sans aucun père potentiel en vue. Et, non, elle ne pensait pas à Mack. Elle pouvait avoir des enfants à son âge et même plus tard, mais lorsqu'elle se marierait et aurait un bébé, elle serait beaucoup plus âgée. Et en plus, quel genre de mère ne savait même pas cuisiner ?

Elle secoua la tête et revint au présent, réalisant qu'elle n'avait toujours pas de réponses à l'énigme du jour. Elle descendit les escaliers, les animaux la suivant de près parce qu'ils voulaient tous manger. Elle avait compris que, si elle nourrissait les trois en même temps, cela créait moins de problèmes et que le chat ne mangeait pas la nourriture du chien ni l'oiseau la nourriture du chat *et* du chien… De plus, séparer leurs gamelles aidait grandement.

Doreen avait mis trois des vieilles tasses à thé de Nan dans le sac de nourriture de chaque animal dans le placard du couloir. Elle en prit une de chaque, les apporta à la cuisine et les distribua aussi rapidement qu'elle le put, puis replaça les tasses à thé dans le placard.

Maintenant, elle pouvait réfléchir relativement tranquillement alors qu'elle retournait dans la cuisine. C'était tellement stupide ! Si seulement elle savait pourquoi cette femme était si en colère contre elle. Ce n'était pas comme si Doreen avait parlé de Betty Miles à quelqu'un d'autre que Nan. Si cette femme était de la famille ou une amie de la défunte, on aurait pu croire qu'elle voudrait faire son deuil.

Le regard de Doreen se posa sur la cuisinière, toujours là, à la regarder (oserait-elle le dire) d'un air narquois ? Elle secoua la tête. Ce dont elle avait vraiment besoin, c'était d'une bonne nuit de sommeil, pas une nuit passée à se faire gifler encore et encore par l'étrangère.

Gémissant sur son incapacité à trouver des réponses claires, Doreen s'installa finalement avec son ordinateur portable alors que le premier café de la journée était en préparation. Elle regarda l'horloge avec horreur. Il était déjà neuf heures, un vendredi matin. Ce n'était pas comme si elle avait quelque chose d'important à faire aujourd'hui qui l'obligeait à se lever de bonne heure, mais bizarrement *c'était* important.

Année après année, on lui avait fait comprendre qu'elle devait se lever tôt le matin et être parfaitement coiffée pour la journée. *On* étant son ex despotique. Et là, elle portait un pantalon confortable en coton à carreaux et un T-shirt qu'elle avait trouvé par hasard. Elle n'avait même pas brossé ses cheveux mouillés.

Elle se tourna pour regarder par la fenêtre et pensa au chemin qu'elle avait parcouru. Elle n'était tout simplement pas sûre que ce soit dans la bonne direction. Sa vie était tellement différente de ce qu'elle avait été. Cependant, compte tenu de l'endroit où elle se trouvait auparavant, elle choisirait cette situation n'importe quand.

Alors qu'elle se versait la première tasse de café, son téléphone sonna. Elle y jeta un coup d'œil. Voyant que c'était Mack, les coins de sa bouche s'inclinèrent vers le bas. Elle n'était pas sûre d'avoir envie de lui parler tout de suite. Cependant, pour qu'il l'appelle à cette heure, surtout alors qu'ils s'étaient déjà parlé tard la nuit dernière, c'était peut-être qu'il avait des nouvelles.

— Bonjour, Mack.

— Vous n'avez pas répondu tout de suite. Je pensais que vous dormiez encore.

Elle rit.

— Certainement pas. Par contre, j'ai fait ma première grasse matinée depuis longtemps.

Elle attendit une minute qu'il lui dise pourquoi il l'appelait. Comme il ne reprenait pas, elle lui tendit une perche.

— Il est encore un peu tôt pour que vous appeliez.

— Avez-vous eu des nouvelles du réparateur pour la cuisinière ?

Surprise, elle réalisa que non.

— Non, il n'a pas appelé hier après son départ. Dois-je l'appeler ce matin ?

Elle jeta un coup d'œil dans sa cuisine pour voir où elle avait laissé sa carte. Elle n'était nulle part en vue. Elle fronça les sourcils.

— Si seulement je pouvais me souvenir où j'ai mis sa carte.

— Sur la table de la cuisine très probablement, déclara Mack en riant. Mais je connais le numéro par cœur. Vous avez un stylo ?

— Oui.

Elle attrapa le bloc de papier à proximité. Il lui dicta le numéro et elle l'écrivit.

— O.K., c'est noté. Merci.

— C'est toujours bon pour neuf heures demain pour les bégonias ?

Elle hocha la tête, se rendit compte qu'il ne pouvait pas la voir et répondit :

— Oui, neuf heures, c'est bien.

— Et vous serez debout et prête à temps ? Avec quelques cafés dans le système d'ici là ?

Elle eut un petit rire.

— Je pense que c'est la première fois de ma vie que je dors tard, déclara-t-elle, confuse. Je ne sais pas si j'aime ça ou pas.

— Chaque fois qu'on change une habitude de longue date comme ça, la culpabilité peut être accablante.

— Mais pourquoi devrais-je me sentir coupable ?

Elle ne comprenait pas pourquoi, mais il avait raison, elle se sentait coupable.

— Vous ne devriez pas. Une fois que vous vous serez adaptée à ce nouveau style de vie, vous vous y habituerez.

— Je ne suis pas sûre que ce soit une bonne idée.

Elle repoussa ses cheveux ébouriffés de son front.

— Vous avez des nouvelles ?

— Si vous parlez de Betty Miles, la réponse est non. Je ne m'attends pas vraiment à en avoir après trente ans.

— Bien sûr, mais la femme qui m'a frappé, ce n'est apparemment pas si vieux que ça.

— Maintenant, ce qu'il nous reste à faire, c'est de découvrir qui c'était et lui demander pourquoi elle a réagi comme ça, indiqua Mack gentiment. Mais, si vous ne savez pas qui c'est, comment suis-je censé lui parler ?

Doreen s'affala sur sa chaise et fixa l'ordinateur d'un air morose.

— J'aurais dû lui courir après, n'est-ce pas ?

— Pas nécessairement, dit Mack précipitamment. Cela aurait pu la rendre encore plus violente.

— Pouah. Je ne veux même pas penser à ça.

Elle imaginait déjà ce que les voisins auraient dit si un match de catch avait eu lieu sur sa pelouse.

— Quoi qu'il en soit, passez un coup de fil au gars de la cuisinière et voyez ce qui se passe. Je vous rappelle plus tard.

Et il raccrocha.

Elle pensait avoir entendu quelqu'un lui parler en arrière-plan, et comprit qu'il avait probablement dû l'appeler du travail. Ce n'était pas le job le plus facile au monde d'être inspecteur de police à la division criminelle de la GRC, mais au moins, cela devait payer beaucoup mieux que ce qu'elle faisait, à savoir : strictement rien. On pouvait difficilement compter les travaux bénévoles de jardinage pour la mère de Mack comme emploi régulier. C'était pourtant quelque chose. Et l'argent de Nan pour la cuisinière.

En y repensant, elle attrapa à nouveau le téléphone et appela sa grand-mère.

— Merci pour l'argent pour payer une nouvelle cuisinière, Nan, dit-elle sans un bonjour.

— Bonjour à toi aussi, Doreen. Et tu as déjà laissé ton message de remerciement sur ma messagerie. Inutile de te répéter, dit-elle d'une voix douce. Est-ce que tu as passé une bonne nuit ?

— Non. Je n'arrêtais pas de rêver de gens qui me frappaient.

Sa grand-mère eut un hoquet de sympathie.

— C'est horrible, ma chérie. Tu devrais vraiment prendre une bonne tasse de thé à la camomille avant d'aller te coucher le soir.

Doreen leva les yeux au ciel.

— Bien sûr. Je vais rajouter ça sur ma liste de trucs à acheter avec mon argent invisible, grogna-t-elle, puis elle se reprit. Désolée, Nan. Je me suis levée du mauvais pied aussi.

— C'est parce que tu as mal dormi. Pourquoi rêvais-tu que des gens te frappaient ?

Réalisant que Nan savait peut-être quelque chose sur cette femme, Doreen lui expliqua ce qui s'était passé la veille.

— Maintenant, si seulement je savais qui elle était, Mack pourrait aller lui parler.

— Intéressant ! s'exclama Nan. Tu as certainement secoué cette ville, ma chérie.

— Ce n'était pas ce que je comptais faire. J'espérais m'intégrer et devenir une gentille et charmante petite villageoise de la Mission, là où il ne se passe jamais rien.

Le rire de Nan retentit dans le téléphone.

— Tu as une idée de qui elle pourrait être ?

— Pas d'après la description que tu m'as donnée, mais laisse-moi réfléchir.

Le ton de Nan se fit plus lent, plus pensif.

— Je me demande si l'un des voisins a vu ce qui s'est passé.

— D'après toi, quelqu'un voit toujours quelque chose.

— Tu as raison. C'est exactement comme ça que ça marche, dit-elle. Merci de m'avoir donné quelque chose à faire aujourd'hui.

Et, sur ce, sa grand-mère raccrocha.

Doreen laissa tomber son téléphone sur la table et jeta un œil à ses animaux. De sa place à la table de la cuisine, elle pouvait voir Thaddeus sur son perchoir dans le salon, et Goliath avait quitté la cuisine pour des terres inconnues, ce qui était normal pour le chat. Mais Mugs était à ses pieds tandis qu'elle buvait la dernière goutte de café dans sa tasse. Elle se leva et se versa une autre tasse. Mugs sur ses talons, elle ouvrit la porte arrière et sortit sous le soleil.

Le temps à Kelowna était normalement magnifique. Il y avait quelques vagues de chaleur en été et quelques vagues de froid en hiver, mais, comparé à d'autres régions du Canada, l'est, ou le nord, ou le sud et ses fortes pluies, c'était charmant. Elle se promena dans le jardin, regardant la clôture abattue dont elle devait s'occuper au milieu de son jardin et réalisa qu'aujourd'hui pourrait être une bonne journée pour s'attaquer à ce chantier. Au moins, si Mack venait avec son camion, il pourrait faire un voyage à la décharge pour elle, si cela ne le dérangeait pas. Sur ce, elle se mordit la lèvre, craignant qu'il y ait un prix à payer pour sa course à la décharge.

Elle aurait aimé se dire que c'était gratuit, mais il semblait que plus rien dans la vie n'était gratuit. Son estomac grondant, elle rentra et vérifia le contenu des placards. Elle sut que la situation était critique lorsque les restes de nourriture pour chiens lui donnèrent envie. Elle sortit les derniers crackers. Elle avait encore du beurre de cacahuète, donc c'était suffisant pour le petit déjeuner, mais elle était affamée. Toutes les garnitures de salade et de sandwich avaient disparu, même s'il lui restait quelques pommes. En fouillant dans l'un des tiroirs de la cuisine, elle trouva plusieurs barres de céréales.

Elle allait bientôt devoir faire un voyage à l'épicerie. Alors qu'elle regardait le contenu du garde-manger, elle se dit qu'elle pourrait survivre aujourd'hui, et Mack la paierait demain. Avec un peu de chance. Mais ils n'avaient pas encore discuté du paiement. Elle était contente d'avoir encore un peu de l'argent qu'elle avait trouvé en triant les vêtements de Nan. C'était pour les vraies urgences. Comme la nourriture.

Mais son estomac gargouilla alors qu'elle contemplait son petit déjeuner. Elle s'assit et engloutit une assiette entière de crackers et de beurre de cacahuète, puis se coupa une pomme. Après cela, elle prit sa troisième tasse de café. Puis elle alla s'asseoir sur les marches du perron et mangea une barre de céréales. Quand elle eut terminé, elle rentra à l'intérieur pour poser sa tasse de café dans l'évier et cala la porte arrière pour que les animaux puissent entrer et sortir pendant qu'elle travaillait dans le jardin de derrière. Elle attrapa les gants de jardinage de Nan et se dirigea vers le garage pour récupérer la brouette afin de déplacer le reste de la clôture abattue.

Elle travailla avec constance toute la matinée. Lorsque son téléphone sonna, elle s'arrêta, essuya la sueur de son front, et vit qu'il était presque midi.

C'était Willie, le gars de la cuisinière.

— Je suis devant avec mon collègue. J'ai aussi la cuisinière de remplacement ici. Vous êtes chez vous ?

Ravie, elle lui répondit :

— Oui. Je travaille dans l'arrière-cour. J'arrive.

Elle raccrocha et accourut à temps pour voir un vieux camion de livraison reculer dans son allée.

Willie sauta du siège du conducteur et un autre homme sortit de l'autre côté. Ils lui sourirent tous les deux.

— J'ai décidé de passer avant d'aller chez un autre client.

Willie indiqua l'étranger du doigt.

— Voici Barry. Il est électricien et il va me donner un coup de main pour installer la nouvelle ligne.

Elle sourit.

— C'est très sympa.

Du moins, ça le serait si elle savait comment utiliser ce fichu truc et pouvait se permettre de payer les deux hommes qui travaillaient dessus. Mais les cuisinières électriques étaient beaucoup plus faciles d'utilisation que les cuisinières à gaz, n'est-ce pas ? Elle en était sûre, puisqu'elle savait utiliser une bouilloire électrique et une cafetière électrique. Une cuisinière électrique n'était qu'un niveau au-dessus, n'est-ce pas ?

Elle regarda avec stupéfaction les deux hommes manœuvrer l'énorme machine et le poser sur une sorte de petit truc à roues qu'on poussait à la main, puis ils le firent monter les marches du perron. Elle se positionna à l'écart autant qu'elle le put, mais Mugs n'était pas si facile à gérer, et se mettait continuellement entre leurs pattes. Finalement, elle finit par le rappeler depuis la porte de la cuisine, afin que les deux hommes puissent tirer la vieille cuisinière au centre de la pièce et placer la nouvelle.

Ensuite, les deux hommes se mirent à plan ventre pour trifouiller la machine jusqu'à ce que Willie lui crie :

— C'est bon, le câblage est terminé.

Il soupira en se glissant devant la cuisinière.

— Malheureusement, Barry n'a pas les bons disjoncteurs pour la cuisinière.

Il retourna derrière, vérifia l'arrière de la nouvelle machine, puis se tourna vers elle.

— Est-ce que ça vous va si je reviens demain avec les pièces manquantes ?

Elle acquiesça.

— C'est très bien.

Il laissa la cuisinière à moitié sortie pour pouvoir y accéder plus facilement à leur retour. Avec un salut de la main et un coup de klaxon, il décolla, la laissant seule avec deux cuisinières, aucune des deux n'étant utilisable. Au moins, la gazinière était presque hors service. Et la plus récente faisait saillie dans la cuisine, mais qu'importe ? Elle n'avait pas besoin d'être de ce côté de la pièce de toute façon. À moins qu'elle ne s'intéresse à sa nouvelle cuisinière.

Câblage ? Disjoncteurs ? Elle se pencha sur la cuisinière pour regarder derrière et avisa une partie du mur éventré, et des fils, un en particulier, sortant du mur avec une extrémité coupée et apparente. Il y avait aussi une plaque de métal posée sur quelque chose contre ce mur. Elle supposa que c'était là que la conduite de gaz avait été coupée. Elle se demandait si cela signifiait qu'elle n'avait plus de facture de gaz à payer. Elle était stupide de ne même pas savoir ce genre de choses.

Elle retourna à son jardin, à quelque chose qu'elle comprenait et avec quoi elle pouvait composer, puis examina son ouvrage. Elle avait bien avancé. Seulement, elle avait de nouveau faim.

Thaddeus se posa sur une pile de poteaux de clôture qu'elle avait réussi à déterrer. Il secoua la tête, leva les yeux vers elle et dit :

— Thaddeus a faim. Thaddeus a faim.

Elle ricana.

— Tu as faim ? C'est plutôt moi qui ai faim.

Il n'y avait pas d'autre choix. Elle devait aller à l'épicerie et acheter à manger. Elle rameuta les animaux à l'intérieur, se lava les mains et le visage et lissa rapidement ses cheveux. Après avoir attrapé ses clés, elle sauta dans la voiture et parcourut les quelques pâtés de maisons jusqu'à l'épicerie. Un jour normal, elle aurait marché jusque-là, mais aujourd'hui, ses courses seraient beaucoup plus importantes et elle ne pourrait pas les rapporter à pied.

Elle attrapa un chariot et entra dans le magasin. Elle prit

des fruits frais, des crackers, du pain, du beurre de cacahuète, du fromage, et la liste continua encore et encore. Elle s'arrêta à mi-chemin et regarda ses achats, inquiète de ce que ça allait lui coûter.

Elle fit un rapide calcul mental, se dit qu'elle était sur le point d'exploser son budget de la semaine et se dirigea rapidement vers la viande pour regarder ce qu'ils avaient. Ce qui n'était pas utile parce qu'elle ne pouvait toujours rien cuisiner de toute façon, même si la nouvelle cuisinière était branchée. Elle se dirigea ensuite vers la section charcuterie. Là, elle acheta du poulet et du jambon en promotion. Finalement, elle se dirigea en caisse pour payer.

Elle grimaça quand elle réalisa qu'elle dépassait son budget de quarante-cinq dollars. Elle régla et se dirigea vers sa voiture.

Alors qu'elle chargeait les courses dans son coffre, elle aperçut la femme qui l'avait giflée. Doreen regarda avec ébahissement la femme monter dans une petite voiture grise et s'éloigner lentement. Elle était juste devant elle et Doreen put lire la plaque d'immatriculation. Elle l'écrivit sur sa note et, avec un sourire de satisfaction, monta dans sa voiture. Au lieu de rentrer chez elle avant d'appeler, elle composa immédiatement le numéro de Mack.

— Je l'ai vue, dit-elle avec enthousiasme.

Sur un ton d'une patience exagérée, Mack s'enquit :

— Qui avez-vous vu ?

— La femme qui m'a giflée ! s'écria-t-elle. Je suis à l'épicerie et elle vient de partir, mais j'ai sa plaque d'immatriculation.

Elle lui lut rapidement le numéro.

— Eh bien, attendez une minute. J'ai besoin d'un stylo. Maintenant, redonnez-le-moi lentement.

Elle répéta les lettres et les chiffres.

— Vous pensez pouvoir la retrouver, maintenant ?

— Peut-être. Je m'en occupe. Je vous félicite de ne pas lui avoir parlé.

— J'aurais bien aimé, mais elle m'a vraiment prise par surprise.

Elle éclata de rire.

— Mais j'ai bien fait de prendre la plaque d'immatriculation, n'est-ce pas ?

— C'est vrai. Maintenant, rentrez chez vous et mangez un vrai repas.

Il y eut une pause avant qu'il ne précise :

— Vous avez bien acheté à manger, n'est-ce pas ?

— Bien sûr que oui ! s'exclama-t-elle avec indignation.

— Il n'y a pas de *bien sûr* qui tienne. Vous êtes toujours affamée. Vous devez manger un peu mieux.

— J'achèterais bien de la viande, mais je n'ai toujours pas de cuisinière qui fonctionne.

— Sauriez-vous comment la cuisiner de toute façon ?

— Non, mais je suis prête à essayer.

— Pourquoi n'avez-vous pas de cuisinière ? Quand Willie a-t-il dit qu'il viendrait ?

Elle expliqua le problème, en ajoutant :

— Peut-être que demain soir, j'aurai une cuisinière en état de marche.

— Et quelle est la première chose que vous cuisinerez ?

Elle prit un moment pour réfléchir, puis avoua :

— Je n'en ai aucune idée.

Elle éclata de rire.

— Retournez travailler. L'un de nous a un boulot.

Elle lui raccrocha au nez, souriant comme une folle à l'idée que Mack découvre qui l'avait giflée.

Chapitre 14

DOREEN DECHARGEA SES courses et prit le temps de déjeuner. Se sentant beaucoup mieux ensuite, elle allait pouvoir se démener. Bien qu'elle n'en ait pas très envie, Doreen était déterminée à terminer d'enlever la clôture. La majeure partie des poteaux était déjà empilée, mais elle n'avait pas terminé. Elle empocha ses pinces coupantes, attrapa ses gants et sa tasse de thé et se dirigea vers l'extérieur. Mugs se précipita immédiatement dans le jardin, creusant et farfouillant dans la terre. Goliath se trouva un gros rocher, sauta dessus et se recroquevilla pour dormir. Thaddeus, de son côté, l'embêtait. Il avait insisté pour monter sur son épaule, alors même qu'elle se baissait pour ramasser les morceaux de bois, de fil de fer, la ferraille et les clous.

— Thaddeus, tu ne peux pas trouver un autre endroit pour te poser ?

L'oiseau s'écria presque :

— Non ! Non !

Elle soupira.

— Comment se fait-il que tu sois si aimable et facile à vivre la plupart du temps, et par moments capricieux comme ça ?

Il émit un drôle de son, presque comme un trille. Elle imagina qu'il riait. Elle le dévisagea.

— Ce n'est pas juste. Tout le monde se moque de moi. Tu n'as pas le droit de te moquer de moi toi aussi.

Essayant de l'ignorer, elle se pencha sur l'un des derniers morceaux de bois mort et l'ajouta sur la bonne pile. Elle devrait probablement transporter tout ça jusqu'à l'allée de devant, afin qu'ils puissent le charger plus facilement et l'emporter à la décharge.

Mais ça allait être un sacré boulot. Pourtant, elle n'avait plus grand-chose d'autre à faire. Si elle pouvait au moins déplacer l'une des piles devant dans la cour, cela serait bien. Elle choisit le bois mort parce que c'était plus léger. Quand la brouette fut pleine, elle se rendit compte qu'il lui faudrait au moins trois, voire quatre autres voyages. Elle attrapa la brouette par les poignées, déterminée à mener cette tâche à bien. Il lui fallut faire preuve de beaucoup d'efforts pour traverser le jardin accidenté, mais lorsqu'elle atteignit le chemin qui longeait la maison, cela devint beaucoup plus facile.

Elle balança tout le bois sur une bâche sur l'allée pavée. Elle ne savait pas si la bâche était nécessaire, et elle serait incapable de la soulever lorsqu'elle serait pleine de bois, mais cela aurait au moins le mérite de garder son allée relativement propre des clous et de la terre. Elle y retourna et refit le même chemin encore et encore. Lorsqu'elle eut terminé avec le bois mort, elle était épuisée.

Elle appela Mugs :

— Viens, Mugs. Allons nous promener au bord du ruisseau.

Ouaf. Et Mugs accourut vers elle, ses bajoues et ses oreilles se balançant au vent.

Elle rit, se délectant de l'expression de son visage. Dommage qu'elle n'ait pas apporté son appareil photo… Mais… Elle avait un appareil photo sur son téléphone portable. Lorsqu'elle le leva enfin, le chien se tenait déjà à côté d'elle, sa queue remuant si fort qu'elle risquait de se détacher à tout moment. Elle gloussa et se tourna pour regarder Goliath.

— Goliath, tu viens avec nous ?

Goliath ne leva même pas une paupière.

Allez comprendre. Et Thaddeus… il n'y avait aucun moyen de se débarrasser de lui, alors, accompagnée de Mugs et de Thaddeus, elle traversa son jardin et avança le long du chemin qui donnait à l'arrière des maisons des voisins.

Elle savait que Mack ne serait pas content, mais comment était-elle censée ne pas retourner à l'endroit où lui avait trouvé la bague et elle la boîte en ivoire ? Comme disait l'adage : « jamais deux sans trois », et ils trouveraient autre chose.

Elle frissonna. *Par pitié, pas un bout de cadavre.*

Avec cette pensée en tête, elle étudia attentivement le ruisseau. Elle fut soulagée de ne rien voir de déplaisant. Elle trouva l'endroit où ils avaient discuté la veille. Après un regard vers la clôture de son voisin (complètement fermée et sans trou au travers duquel le voisin aurait pu voir), Doreen s'accroupit à côté du ruisseau. Elle voyait encore le renfoncement où s'était trouvée la boîte en ivoire, mais le lit du ruisseau le remplissait lentement à nouveau. Elle remonta sa manche et plongea la main dans l'eau glacée.

Elle ne trouva que des cailloux et du sable. Se déplaçant légèrement sur le côté, elle vérifia l'endroit où s'était trouvée la bague. Et à nouveau, ne trouva rien d'inhabituel. Fronçant les sourcils, elle élargit sa recherche et continua de creuser. Toujours *rien*.

Elle s'assit sur ses talons et se renfrogna.

— J'étais tellement sûre qu'il y aurait quelque chose ici, marmonna-t-elle.

— Eh bien, c'est bien fait pour vous.

Elle poussa un cri. Et Thaddeus hurla dans son oreille. Elle perdit pied, essaya désespérément de retrouver son équilibre mais se retrouva dans le ruisseau. Elle laissa échapper un glapissement alors que l'eau froide imbibait son jean. Elle se tourna pour fusiller du regard Mack, qui l'observait avec un sourire sur le visage.

Il lutta pour ne pas rire à gorge déployée, mais il perdit la bataille. S'esclaffant toujours, il s'avança et tendit la main.

Elle la contempla avec méfiance.

— Alors pourquoi voudriez-vous m'aider maintenant ?

Elle fronça les sourcils.

— Vous êtes le seul responsable de la situation dans laquelle je me trouve.

Il lui lança un regard d'effarement total.

— Qu'est-ce que j'ai bien pu faire ? Je ne vous ai pas poussée. Vous êtes tombée dedans toute seule.

Il se pencha, l'attrapa sous les aisselles et la souleva pour qu'elle se lève dans le ruisseau.

Elle lui lança un nouveau regard incendiaire alors qu'il examinait ses vêtements trempés et souriait.

— Vous savez à quel point c'est froid ?

Il haussa les épaules.

— J'y ai mis la main hier. Mais je ne pense pas être prêt à aller nager. Il fait encore un peu trop froid pour ça.

— Alors vous trouvez ça drôle ? murmura-t-elle.

Il acquiesça.

— Plutôt deux fois qu'une.

Elle secoua la tête, puis essora l'excès d'eau de son pantalon.

— Vous savez quoi ? J'en ai marre que tout le monde se moque de moi. Même Thaddeus a ri.

À ce moment-là, Thaddeus n'était plus sur son épaule.

— Ce maudit oiseau s'est envolé. Probablement pour rester au sec.

Elle se tourna pour le chercher, le trouvant au milieu du ruisseau, coincé sur un gros rocher.

— Thaddeus, attends. J'arrive.

Il pencha la tête sur le côté.

Quand il se mit à ouvrir la bouche, elle le devança :

— Ne dis rien.

— Corps dans l'eau. Corps dans l'eau. Corps dans l'eau.

Elle gémit.

— Tu étais obligé, n'est-ce pas ?

Elle tendit la main à Thaddeus pour qu'il monte sur son bras, et il saisit son poignet et se dirigea lentement vers son épaule. À présent, ses chaussures étaient complètement ruinées et elle était plongée jusqu'aux genoux dans l'eau glacée. Elle se tourna lentement pour rejoindre le rivage, où Mack l'attendait.

Mugs était là aussi, assistant au spectacle. Elle avisa avec exaspération la présence de Goliath. Soudain, le chat fit plusieurs bonds vers la gauche et courut jusqu'à la rive sur l'un des rochers qui saillaient. Il trouva une branche d'arbre tombée, sur laquelle il sauta et descendit jusqu'à l'eau.

— Goliath, non ! s'écria-t-elle. Mais le chat n'écoutait pas.

S'attendant au pire (qu'il se jette lui-même dans l'eau), elle se précipita vers lui, s'efforçant de ne pas tomber avec le courant et les rochers glissants. Mais, alors qu'elle se rappro-chait, elle vit qu'il fixait intensément quelque chose dans l'eau.

— Mack, s'il vous plaît, dites-moi qu'il n'y a rien là-bas que je ne veux voir.

— Il ne devrait rien y avoir par là. Mon équipe a fouillé assez minutieusement cette zone l'autre jour, déclara Mack. Il voit probablement juste un vairon ou une grenouille.

— Un vairon ?

— Bien sûr, le ruisseau est rempli de toutes sortes d'animaux sauvages. Goliath est un prédateur dans l'âme.

Compte tenu du feu dans les yeux de Goliath, elle se dit que Mack devait avoir raison. Mais elle ne serait pas satisfaite tant que Goliath ne se serait pas éloigné de l'eau. Les chats détestaient l'eau, alors elle ne comprenait pas pourquoi Goliath se tenait si près. Tandis qu'elle s'approchait, elle aperçut du coin de l'œil quelque chose de blanc dans le ruisseau. Elle se figea, son esprit imaginant ce que ça pourrait être. Elle secoua la tête.

— C'est impossible.

Mack se précipita vers elle.

— Quoi ?

Elle se tourna pour le regarder.

— S'il vous plaît, dites-moi que ce n'est pas ce que je crois ?

Mack se déplaça rapidement et monta sur un affleurement rocheux dans le ruisseau, étudiant attentivement l'eau.

— Je ne vois rien.

Elle calcula la distance entre la branche d'arbre qui était tombée dans le ruisseau et sa position. C'était à presque deux mètres de l'endroit où il se trouvait.

— Je ne suis pas sûre que vous puissiez le voir de là. Mais je ne pense pas que cette branche supportera votre poids. Attendez.

Elle fit un autre pas en avant et faillit tomber lorsque le rocher sous son pied céda. Elle cria alors qu'elle vacillait. Thaddeus ouvrit ses ailes, la frappant au visage.

— Calme-toi, Thaddeus. Doucement. Je vais bien.

— C'est vrai ? demanda Mack.

Au moins, il ne se moquait plus d'elle. Elle essaya de saisir la branche pour se redresser.

— C'est définitivement plus profond ici, déclara-t-elle, comme si quelque chose avait créé une mare sous la branche. Elle étudia le lit du ruisseau pendant un long moment, cherchant ce qui avait attiré son attention. C'était petit, du moins elle le pensait. En marchant, elle avait créé une vague de vase qui bouillonnait, salissant l'eau.

— Je l'ai vu juste ici.

Mack s'accroupit en utilisant la branche pour garder l'équilibre, et ils ne furent plus qu'à un mètre l'un de l'autre, à fixer le ruisseau autour d'elle.

— Une idée de ce que c'était ?

— Petit et blanc, dit-elle vivement.

— Cela décrit beaucoup de choses.

Elle écarta légèrement la branche d'elle et crut voir quelque chose de blanc apparaître à la surface. Elle tendit la main et l'attrapa.

— Je l'ai.

Mack lui tendit la main et elle lui lança un regard sombre.

— Vous pourrez le voir après que j'y aurai jeté un coup d'œil, dit-elle sèchement. Je dois en tirer mon compte d'être trempée et gelée.

Elle ouvrit la main et regarda l'objet dans sa paume. Son estomac se noua. Elle ferma le poing et le tendit à Mack.

Il dut s'étirer et parcourir le mètre qui les séparait, en

utilisant la branche comme support.

Une partie d'elle désirait vraiment voir la branche céder et qu'il tombe à plat ventre dans ce ruisseau glacé. Mais, étant donné ce qu'elle tenait dans la main, ce n'était pas une bonne idée. Elle laissa tomber la chose dans la paume tendue de Mack et attendit sa réaction.

— Qu'est-ce que… ?

Elle lui lança un regard terrifié.

— C'est humain, n'est-ce pas ?

Il fronça les sourcils.

— Je ne peux pas le confirmer. Cela peut être n'importe quoi.

Mais elle savait. En son for intérieur, elle savait.

— Il faut le faire analyser. Et avez-vous eu des nouvelles de ce que nous avons trouvé dans le jardin de votre mère ?

Elle baissa les yeux vers la zone où elle avait vu la chose blanche à l'origine. Maintenant que le lit du ruisseau était un peu plus clair, elle voyait mieux. Et ce qu'elle voyait n'était pas vraiment impressionnant.

— Vous voulez bien me passer ma pelle ?

Il se leva.

— Êtes-vous en train de suggérer qu'il y a autre chose ?

Elle lui lança un regard sinistre.

— Prenez la pelle, et laissez-moi regarder.

Il se dirigea vers le jardin, et elle attendit, cherchant le meilleur moyen de procéder sans rien détruire. Elle n'était pas sûre de ce qu'elle avait trouvé exactement.

À son retour, il enleva ses chaussures et ses chaussettes et retroussa les bords de son pantalon. Il contourna la zone qu'ils regardaient jusqu'à arriver à côté d'elle. Elle indiqua l'eau et l'entendit marmonner dans sa barbe.

— Mince, j'espère vraiment que ce n'est pas ce que je

crois.

Il se déplaça sur le côté.

— Écartez-vous, s'il vous plaît.

Elle se posta de l'autre côté de la branche, juste au cas où quelque chose se déplacerait et viendrait flotter dans le ruisseau. La dernière chose qu'elle souhaitait, c'était attraper d'autres morceaux, mais l'alternative était bien pire.

Il manœuvra la pelle sous l'objet et le souleva doucement jusqu'à la surface. Lorsqu'il fut libéré de la vase, il n'y eut plus aucun doute. C'étaient des os. Presque complètement polis. Légèrement difformes mais sans équivoque.

— C'est une main, déclara Doreen. Elle avait envie de vomir dans le ruisseau mais savait que Mack s'énerverait contre elle pour avoir contaminé la scène, sans parler des autres propriétaires, qui n'apprécieraient pas son ajout au ruisseau. Mais là, on atteignait le comble. Trouver un homme noyé dans le ruisseau, c'était une chose. Là, il s'agissait d'une main, juste d'une main.

— Je crois qu'il y a autre chose ici aussi.

Il souleva la pelletée d'os et les posa doucement sur la terre ferme. Lorsqu'il replongea dans l'eau, quelque chose s'échappa. Il souleva deux petits os, chacun d'environ vingt à vingt-cinq centimètres de long. Il les souleva avec précaution et les posa aussi sur la berge du ruisseau.

— Nous allons fouiller toute cette zone. Je ne devrais même pas les déplacer, mais j'avais peur que le courant ne les emporte.

— Qu'est-ce que c'est ?

— Les os du bras. On dirait que nous avons trouvé un autre bras.

Elle le dévisagea.

— Quelles sont les chances que le deuxième bras vienne

d'une personne différente ?

Il lui jeta un coup d'œil.

— Quelles étaient les chances que vous trouviez un autre cadavre en une semaine ?

Cela la fit taire, un instant.

— Ce sont ses os, n'est-ce pas ?

Il haussa les épaules.

— C'est bien trop tôt pour le dire. J'espère que c'est son cadavre. Parce que je ne veux pas m'attarder sur l'idée que nous ayons trouvé un deuxième corps démembré.

Il sortit son téléphone de sa poche et appela son équipe.

Elle regarda ses vêtements, complètement trempés par l'eau du ruisseau, sachant que cet endroit était sur le point d'être envahi par les forces de l'ordre. Elle fit un pas en arrière, oublia le trou le plus profond et tomba dedans. Elle cria, Mack se retourna d'un bloc vers elle tandis qu'elle flottait très légèrement en aval. Elle s'agrippa à la branche pour s'arrêter. Et, bon sang, la branche céda et la moitié de la rive s'effondra.

— Arrêtez, rugit Mack. Nous devons préserver la scène le plus possible.

Elle avait envie de rire et de pleurer en même temps.

— C'est incroyable que ces os, s'ils appartiennent à Betty, soient là depuis trente ans. Alors, quelles sont les chances qu'on retrouve quoi que ce soit d'autre ici ? Ça n'aurait pas dû être emporté par les inondations de fin de printemps chaque année ? demanda-t-elle en reprenant pied.

Elle laissa la branche où elle se trouvait même si elle savait qu'il y avait de fortes chances que le morceau de bois ne bouge plus, d'autant plus qu'elle ne tirait plus dessus. Mais l'eau bouillonnait à nouveau. Puis elle pensa à la barrière de rétention qu'elle avait trouvée au fond de son jardin. Elle avança en trébuchant vers le rivage, se hissa difficilement et franchit les quelques mètres jusqu'à son jardin, évacuant de la boue et de l'eau à chaque pas. La barrière de rétention en main, elle retourna un peu plus loin en aval (à environ deux mètres de la branche d'arbre près de laquelle ils avaient vu la main) et la plaça dans le ruisseau. Ainsi, si quelque chose se détachait, il serait piégé par la barrière.

Il la regarda avec surprise, puis hocha la tête d'un air approbateur.

— C'est une bonne idée.

— C'est peut-être déjà trop tard, maintenant. J'aurais dû y penser avant.

— Oui, bien sûr… quand vous y êtes allée la première fois ou la deuxième ?

Et puis il gloussa.

Elle le dévisagea.

— Vous êtes la seule personne que je connaisse qui puisse rire des cadavres.

Son sourire fondit comme neige au soleil et il lui adressa un hochement de tête sec.

— Vous avez raison. C'est complètement inapproprié de rire.

La rivière tourbillonnait autour d'eux, et elle jeta un coup d'œil aux os de la main.

— Je me demande depuis combien de temps elle est ici.

Elle était désolée d'avoir éteint son humour. Il ne se moquait pas du cadavre ; il avait certainement du respect pour la situation. Il s'était moqué d'elle. Et, pour une fois, cela ne la dérangeait pas du tout.

— Vous pensez que je peux rentrer chez moi et rester en dehors de ça ? demanda-t-elle avec espoir.

Il lui lança un regard en coin et secoua la tête de façon

très définitive.

Ses épaules s'affaissèrent.

— Je pourrais rentrer chez moi et me changer ?

Au loin, elle entendait les véhicules d'urgence. Elle gémit.

— Je vais encore faire la première page du journal, n'est-ce pas ?

— Eh bien, vous vivez dans une zone au passé douteux.

— Je n'ai rien à voir avec ça ! s'écria-t-elle. N'importe qui aurait pu trouver cette boîte en ivoire. Et vous avez trouvé la bague.

— Et puis vous vous êtes sentie obligée de revenir jeter un autre coup d'œil, même si je vous ai dit que mon équipe devait arriver.

Elle indiqua un point en amont.

— Mais c'est là que se trouvaient la boîte et la bague. Auriez-vous trouvé ça ?

Il regarda au loin puis répondit :

— J'espère. Mais peut-être que lorsque vous êtes tombée dedans, vous avez délogé la vase et fait remonter les os à la surface.

Il haussa les épaules.

— Impossible de savoir.

— C'est vrai. Donc, en d'autres termes, je n'ai pas d'ennuis. Vous auriez juste préféré que je ne sois pas là.

— J'aimerais que vous suiviez les ordres, pour une fois.

— Vous pourriez me dire de rentrer et d'aller me changer, dit-elle gaiement. Je promets de suivre ces instructions-là.

Il la dévisagea.

— Si je dois rester ici dans le froid à cause de vous, alors vous resterez aussi ici dans le froid, martela-t-il. En plus, l'eau se réchauffe. Le soleil est là, et c'est un bel après-midi de printemps.

— Je me fiche de la chaleur qu'il fait dehors. C'est toujours le cours d'un ruisseau alimenté par les glaciers.

Il sourit.

— Tout à fait vrai.

Avant qu'elle n'ait eu la chance de dire quoi que ce soit de plus, des voix les hélèrent depuis son jardin.

Mack se retourna, mit ses mains en porte-voix autour de sa bouche et cria :

— Par ici, au fond du jardin.

Sous son regard et celui de Mack, plusieurs officiers apparurent. Ils s'arrêtèrent, jetèrent un coup d'œil, puis se précipitèrent vers eux.

— Qu'avez-vous trouvé ?

— Vous avez appelé le médecin légiste ?

L'un des officiers hocha la tête.

— Il est en route.

L'homme s'accroupit près de la pelle, nota la barrière de rétention plus loin dans le ruisseau, puis examina les trouvailles qu'ils avaient faites jusqu'à présent rassemblées sur la rive.

— Une main ? Un bras ?

Mack hocha la tête.

— On dirait.

Les deux officiers se dirigèrent vers l'endroit où se trouvait Doreen.

— Est-ce qu'il y a d'autres restes ici ?

Elle haussa les épaules.

— Je n'en ai aucune idée. Mais nous avons remué le lit du ruisseau, donc quelques morceaux ont pu flotter plus loin.

Elle inclina la tête en direction de Mack.

— Il a aussi un os de doigt dans la main. J'ai mis la barrière ici pour empêcher que quoi que ce soit d'autre n'aille trop loin.

Après cela, le chaos emplit de nouveau sa cour. Elle jeta un coup d'œil à Mack.

— Maintenant que les renforts sont arrivés, je peux probablement quitter le ruisseau.

Reprenant sa casquette d'enquêteur, il hocha la tête.

— Oui. Rentrez et réchauffez-vous.

Elle s'extirpa de l'eau sans aucune aide. Alors qu'elle se dirigeait vers sa maison, les aboiements de Mugs rajoutèrent au tumulte ambiant.

Mack s'écria derrière elle :

— Assurez-vous de prendre les animaux aussi.

Elle acquiesça.

— Mais je ne vois pas Goliath.

L'un des officiers se trouvant avec Mack demanda :

— Où avez-vous mis l'os du doigt ?

Mack montra la pelle qui tenait la main.

— Il devrait être juste là.

En s'éloignant, elle les entendit discuter de la disparition de cet os. Elle enfonça la tête dans les épaules. Elle avait un mauvais pressentiment à ce sujet.

— Doreen, appela Mack, vérifiez que Goliath et Mugs n'ont pas l'os du doigt.

— O.K.

Elle secoua la tête.

— Mais vous savez que je ne peux pas les surveiller à tout moment de la journée.

Soudain, il y eut un ébouriffage de plumes, et Thaddeus décida que marcher était trop dangereux. Il vola jusqu'à son épaule et se percha là, ses serres s'enfonçant dans sa chair.

— Froid. Froid. Froid.

Elle tendit la main et caressa doucement ses plumes.

— Tu as raison. J'ai très froid.

— Thaddeus froid. Thaddeus froid.

Elle gémit.

— C'est vrai, mon petit. Tes plumes sont mouillées aussi, n'est-ce pas ?

Devant, Mugs courait d'avant en arrière alors que d'autres officiers affluaient sur sa propriété. Elle attrapa l'un des agents et indiqua du doigt deux personnes debout au coin de son jardin, reconnaissant Sibyl et son cameraman. *Encore.*

— C'est la presse. Chassez-les de ma propriété. Vous ne voulez pas du tout d'eux ici.

Lorsque les journalistes réalisèrent qu'ils avaient été pris en flagrant délit, ils reculèrent.

Elle s'écria :

— Si vous remettez les pieds chez moi, Sibyl, je vous poursuivrai en justice.

Ils lui jetèrent un regard horripilé et reculèrent jusqu'à la route, Goliath arrivant bien en vue de la direction opposée. *Bien, j'espère qu'il les a fait trébucher.* Elle se tourna vers l'officier.

— Vous postez quelqu'un devant et qu'il ne bouge pas. Assurez-vous que personne ne met les pieds chez moi. Vous m'entendez ?

L'officier fronça les sourcils et se tourna vers Mack. Ce que Mack lui avait dit satisfit manifestement l'officier car il hocha la tête, sortit son téléphone et lui dit :

— Nous allons nous en occuper.

Au moins, son coup de sang avait repoussé le froid qui envahissait son corps. Elle fit irruption dans sa maison et, une fois les trois animaux à l'intérieur, elle claqua et verrouilla la porte. Puis elle avança prudemment, jetant quelques torchons de cuisine sur le sol pour arriver au bas des escaliers sans laisser de trace d'eau derrière elle.

Elle renonça à essayer de réduire au minimum les gouttes, attrapa les serviettes et courut à l'étage. Dans la salle de bains, elle se déshabilla rapidement et sauta dans la douche. Elle resta plusieurs minutes sous le jet chaud avant de se réchauffer enfin.

Elle n'arrivait pas à croire qu'ils avaient trouvé d'autres os. La dernière chose qu'elle souhaitait, c'était trouver un autre corps. Heureusement, cette découverte-ci était beaucoup plus facile pour elle à gérer. Les vieux ossements étaient juste blancs et ressemblaient un peu à des bâtons séchés. Le fait qu'ils aient été humains à un moment donné était désolant, mais c'était beaucoup plus facile à accepter que le sang et les tissus trouvés sur les os d'un cadavre plus récent.

Était-ce étrange qu'elle en sache autant sur les os en décomposition après si peu de jours passés ici à la Mission ? Mais, plus elle y pensait, mieux elle se sentait à propos de ses nouvelles connaissances. *Après tout, Mack a besoin de savoir ce genre de choses. Et je suis comme sa… partenaire. Non ?*

Soupirant à cette réflexion, elle se lava rapidement les cheveux, une première fois puis une seconde, avant de sortir de la douche et de se sécher. D'avoir trempé dans le ruisseau avec ces os était beaucoup plus dérangeant que les vairons, grenouilles et autre faune qu'on pouvait trouver dans l'eau. Elle trouva une tenue sèche, s'habilla, puis attrapa tous les vêtements mouillés. De retour en bas, alors qu'elle allait mettre les affaires mouillées dans la machine à laver, elle remarqua la taille de la foule rassemblée devant chez elle. Elle regarda par la fenêtre de la porte d'entrée. Effectivement, l'attroupement remplissait complètement l'impasse.

Le véhicule du légiste était garé en partie dans son allée et en partie dans la rue, avec plusieurs autres véhicules de la GRC, tout cela parce qu'une bâche pleine de bois occupait une grande partie de son allée. Il y avait au moins cinquante personnes présentes et, *évidemment*, la presse avait installé des caméras et des microphones, prête à alpaguer n'importe qui allant ou venant.

— Comment ont-ils pu être au courant si vite ? Zut !

Elle se dirigea vers la buanderie à côté de la cuisine pour mettre ses vêtements mouillés à laver, puis sortit son téléphone portable et découvrit qu'elle avait plusieurs appels manqués.

— Parfait. Je n'ai besoin de parler à personne.

Mais à ce moment-là, le téléphone sonna dans sa main. C'était Nan. Avec un gros soupir, Doreen entra dans la cuisine et décrocha.

— Bonjour, Nan.

— Oh, ma chérie, tu animes cette ville comme personne.

Sa grand-mère semblait ravie.

— J'aurais bien aimé que ça ne soit pas le cas.

Doreen prit la bouilloire électrique et, le téléphone coincé contre son épaule, se dirigea vers l'évier et la remplit.

— Honnêtement, cela n'a rien à voir avec moi.

— Les autres ne sont pas du même avis, déclara Nan avec enthousiasme. Alors, donne-moi les détails.

— Je ne peux pas. Tu vas raconter ça à tout le monde.

Il y eut un silence gêné à l'autre bout du fil.

Doreen soupira.

— Tu sais que c'est comme ça que ça marche, Nan. J'ai des policiers partout. J'ai la presse partout. Et tous les voisins à des kilomètres à la ronde se trouvent devant dans la cour.

— Est-ce qu'ils piétinent l'herbe ? s'écria Nan.

— Non, j'ai demandé à la police de les repousser hors de la propriété.

C'était un petit mensonge. Parce qu'elle en avait vu certains se faufiler à nouveau sur la pelouse de devant.

— Dès que j'aurai le droit de te dire quoi que ce soit, je le ferai.

— Eh bien, d'après la rumeur, tu as trouvé un corps.

— Je n'ai pas trouvé de corps, protesta Doreen. Je ne trouve pas de corps tous les jours, tu sais. Voyons, Nan.

— Eh bien, beaucoup de gens ont disparu au fil des ans. Et, depuis que tu es en ville, il semble que tu es au cœur de tout.

— Mais ils ne pensent pas que j'ai fait quelque chose, n'est-ce pas ? gémit-elle.

Le rire de Nan résonna dans le téléphone.

— Oh, chérie, bien sûr que non ! Tu n'es pas assez vieille, pour commencer. Et, deuxièmement, tu n'es pas là depuis assez longtemps.

— Peut-être que je les ai tués il y a trente ans, et je suis maintenant revenue pour retrouver les corps et faire amende honorable.

D'autres éclats de rire se firent entendre dans le téléphone.

Doreen sourit.

— D'accord, c'était un peu tiré par les cheveux.

— Juste un peu. Donc, si tu n'as pas trouvé de corps, qu'as-tu trouvé ?

— Une partie de corps, mais ne le dis à personne.

Et Doreen raccrocha.

Elle savait que c'était une erreur. Nan allait le dire à tout le monde. Au moins, il n'y avait qu'une moitié de vérité et pas de détails. Doreen se tenait sous son porche à l'arrière, attendant que la bouilloire siffle. Elle avait tellement froid dedans comme dehors qu'elle se demanda si elle se réchaufferait un jour. La douche avait aidé, mais voir la foule rassemblée devant chez elle avait soufflé sa chaleur.

La police allait devoir draguer les endroits dans le ruisseau où elle avait trouvé la boîte en ivoire, où Mack avait trouvé la bague et où maintenant les ossements avaient été déterrés. S'il y avait un bras, il pouvait y avoir tellement plus…

Et puis elle pensa à la façon dont la rive avait été constituée, dont une partie en avait été emportée. Ce que la police aurait vraiment dû faire, c'était creuser cette rive sur au moins trente centimètres. Voir ce qui pouvait être enterré là-dessous. Bien sûr, ils n'avaient pas le droit de le faire. Cela compromettrait l'écosystème ou une autre absurdité de ce genre. Tout le monde avait une excuse pour tout.

Pourtant, elle ne tenait pas à être celle qui aurait des ennuis avec la municipalité à cause de cette zone riveraine contre laquelle Mack l'avait mise en garde. Une enquête pour meurtre prenait sûrement le pas sur un problème de zonage, n'est-ce pas ? Et, oui, elle avait trouvé la boîte, ce qui avait conduit aux autres trouvailles… Mais c'était pour résoudre, espérons-le, un meurtre datant de trente ans. C'était le but. Dans son esprit du moins.

La bouilloire siffla enfin derrière elle. Elle se retourna, rentra et se prépara une tasse de thé.

Elle se demanda si Mack avait besoin d'une tasse. Bien sûr que oui. Il était resté dans le ruisseau pendant tout ce temps. Mais, si elle lui offrait du thé devant son équipe, le légiste et les curieux, cela mettrait Mack en mauvaise posture et elle ne voulait pas courir ce risque. À l'heure actuelle, il était enquêteur. Il n'avait rien à voir avec le taquin de tout à l'heure. Elle ne savait pas quel genre de relation ils entretenaient, mais elle ne voulait pas tout gâcher. Tant qu'elle continuait à trouver des cadavres, ou des bouts de cadavre, c'était une bonne excuse pour le garder dans les parages. C'était tellement triste…

Sa tasse de thé à la main, elle entra dans le salon pour voir la taille de la foule massée à l'extérieur. Ils avaient fait un pas en avant, les pieds bien plantés dans sa cour, et les deux policiers de garde plus tôt étaient en tête. Elle posa son thé, attrapa son appareil photo et sortit, prenant des photos, se concentrant sur ceux qui se trouvaient devant son jardin. Ils avaient également renversé son panneau « propriété privée ».

Elle leur hurla :

— Mon avocat prendra contact avec vous.

Heureusement, la foule sortit de sa propriété. Le flic se tourna vers elle et sourit. Elle lui adressa un petit signe, le prit en photo, puis entra dans la maison. Hors de question de les laisser à nouveau envahir son chez elle. Elle avait été la nouvelle sensationnelle de la ville la semaine dernière. La dernière chose à laquelle elle s'attendait était d'être la nouvelle sensationnelle de la ville *cette semaine aussi.*

Elle retourna à son thé, s'assit dans le grand canapé confortable et leva ses pieds. Goliath lui sauta dessus et malaxa ses genoux avant de tourner sur lui-même et de s'effondrer, comme si Doreen n'avait rien de mieux à faire que de lui servir d'oreiller confortable.

Alors qu'elle caressait son long dos, elle réalisa que c'était peut-être un but décent dans la vie, après tout. Il y avait bien pire que d'avoir des animaux de compagnie qui aimaient passer du temps avec vous.

Mugs, fidèle à son habitude, bondit, jetant les pattes

avant sur ses genoux pour qu'elle le câline pendant quelques minutes, puis alla s'allonger sur son lit pour chien. Il était aussi heureux là-bas que sur le canapé avec elle.

Lui et Goliath s'entendaient incroyablement bien, tout compte fait. De temps en temps, Mugs courrait encore après Goliath ; et, de temps en temps, Goliath semblait narguer Mugs. Mais, en temps de crise, ils étaient tous deux très calmes et très patients. Ils redeviendraient eux-mêmes le lendemain matin. Voir plus tôt…

D'ici là, peut-être que ce battage médiatique se serait calmé. Elle craignait que ce soit un espoir peu réaliste. Maintenant qu'elle avait trouvé un deuxième corps (non, plutôt les morceaux de son quatrième cadavre) en moins de deux semaines, elle savait que c'était terminé pour elle. À la poubelle, ses espoirs d'un nouveau départ en déménageant.

Thaddeus entra dans le salon, sauta sur le canapé à côté d'elle, puis monta sur son épaule. Il effleura sa joue du bec. Elle sourit et pencha la tête pour appuyer ses douces caresses.

— Merci, mon cœur. Je vais bien, Thaddeus. C'était juste une journée très frustrante.

Il roucoula dans son oreille, et elle se radossa contre le canapé, profitant de son premier moment de bonheur en famille. Les circonstances extérieures laissaient beaucoup à désirer. Mais à l'intérieur ? Eh bien, son monde pourrait être bien pire qu'il ne l'était. Elle sourit, prit son thé et se détendit.

Chapitre 15

D OREEN SE LEVA de bonne heure le lendemain matin, enfila ses gants pendant que le café coulait et se dirigea vers le jardin de derrière. Il était heureusement vide. Ce qui n'était pas le cas de sa cour, toujours remplie de monde. Elle n'avait aucune idée du temps que la police était restée la nuit dernière. Et elle s'en fichait un peu. Ils avaient un travail à faire et ils le mèneraient à bien, quel que soit le temps que cela leur prendrait. Mais ils ne semblaient pas être là pour le moment. Elle espérait juste que son rendez-vous avec Mack ne serait pas affecté par tout cela.

La brouette à la main, elle se dépensa, pleine d'une énergie anxieuse qui persistait en dépit de la mauvaise nuit qu'elle avait passée. Elle déplaça le fil de fer coupé vers l'avant, ignorant la foule. Elle n'avait pas eu de nouvelles de Mack et ne savait donc pas s'il serait à l'heure ou un peu en retard ce matin, ni même franchement s'il viendrait, compte tenu des événements de la veille. Elle voulait faire quelques travaux dans son propre jardin avant de se rendre chez sa mère. Elle était excitée à cette idée, principalement parce qu'elle avait besoin d'argent, mais aussi pour voir si cela lui convenait comme orientation de carrière. Si elle y restait quelques heures ce samedi, alors elle espérait que Mack la paierait aujourd'hui.

Ayant dépassé son budget courses la veille, elle devait trouver un moyen de se refaire une fortune. Ne pas avoir de salaire était vraiment nul. Une demi-heure plus tard, elle pénétra dans la cuisine par la porte arrière, prit une tasse de café et s'assit à la table de la cuisine, attendant que la sueur s'évapore de son dos et de son visage. Elle avait déplacé tous les fils de fer devant, dans la cour.

Heureusement, avec sa dernière brouette, Doreen se rendit compte que les voisins curieux étaient partis. Était-ce l'œuvre de Mack ?

Quoi qu'il en soit, elle avait maintenant deux tas d'ordures à emporter à la décharge sur son allée principale, l'un de fil de fer et l'autre de bois mort. Il fallait encore qu'elle déplace tous les poteaux métalliques. Mais ses efforts avaient déjà fait une énorme différence, car le jardin avait l'air vraiment bien. Normalement, elle devrait bêcher tout le terrain, installer une irrigation souterraine, labourer la couche arable, et seulement après ça elle pourrait planter son jardin. Si elle ajoutait un bon engrais nutritif, elle aurait un jardin prospère.

ELLE ETAIT PRESQUE sûre que la maison de Nan ne possédait aucune irrigation, et c'était un problème. Doreen devrait se renseigner, voir si elle pouvait trouver des tuyaux d'arrosage d'occasion à placer entre les plants et les bosquets.

Alors qu'elle terminait sa deuxième tasse de café, son téléphone sonna. Le numéro de Willie apparut sur son écran.

— Salut, Willie.

— Bonjour, vous êtes chez vous en ce moment ? Je

prends la direction de Lake Country dans un petit moment. Je voulais passer et brancher votre cuisinière en chemin. Si ça marche, j'ai le disjoncteur avec moi.

— Ce serait génial. J'ai rendez-vous à neuf heures, dit-elle en prenant un ton important. Cela prend environ dix minutes pour y aller, mais, si vous pouviez venir maintenant, et si cela ne prend pas très longtemps, ce serait parfait.

— D'accord. Mon fils et moi arrivons dans une dizaine de minutes, dit-il, puis il raccrocha.

Elle rangea son téléphone portable, posa sa tasse vide et sortit à nouveau. Elle ne pourrait pas déplacer les poteaux en métal avec la brouette. Elle les porterait un par un.

Elle traînait les deux derniers gros poteaux du jardin vers la cour de devant lorsque Willie arriva. Il sortit de la voiture avec son fils, jeta un coup d'œil à la vieille rambarde délabrée et s'exclama :

— Ouah, ça fait beaucoup de bazar !

— N'est-ce pas ?

Elle lui sourit.

— Maintenant, si seulement je savais comment me débarrasser de tout ça avant que les voisins ne commencent à se plaindre…

— Il faut aller à la décharge, déclara Willie d'une voix chantante. J'y vais régulièrement. Lorsque j'aurai enlevé cette vieille cuisinière, il faudra bien qu'elle aille quelque part.

Elle le regarda d'un air rusé.

— Alors, combien ça coûterait pour que vous emportiez tout ça avec elle ?

Il fronça les sourcils.

— Je n'ai pas mon camion à benne basculante aujourd'hui. Je n'ai pas pensé à le prendre pour emporter votre cuisinière.

Il jeta un coup d'œil à sa camionnette, puis reporta son regard sur elle.

— Si cela ne vous dérange pas que je laisse la cuisinière à gaz juste ici, à côté de vos tas, demain je pourrai charger le tout et l'emporter à la décharge. Vous n'avez pas grand-chose. Si je mets d'abord les autres machines que je dois transporter sur le camion à plateau, ça devrait être faisable.

Son visage s'illumina de joie.

— Si c'est possible, ce serait génial. Merci.

Mack avait dit qu'il pourrait peut-être s'en occuper aussi. Alors peut-être qu'entre les deux hommes, elle se débarrasserait de tout ça.

Il acquiesça.

— C'est vraiment pénible de laisser traîner des trucs comme ça. Le bois est sûrement plein d'insectes.

Il désigna sa petite voiture.

— Vous ne tenez pas à mettre du fil de fer et du bois mort plein de clous dans un véhicule comme ça.

Elle acquiesça.

— J'ai remarqué les insectes.

Il hocha la tête avec satisfaction, fit signe à son fils de le suivre et se dirigea vers l'intérieur. Il avait quelques boîtes entre les mains, qu'elle présumait être des disjoncteurs ou quelque chose du genre.

Elle se rendit dans le jardin et s'assura que tout était ramassé, chargea une autre brouette pleine de petits morceaux, l'emmena à l'avant, la vida sur la bâche, puis ramena la brouette à sa place. En entrant dans la cuisine, elle vérifia l'heure. Presque huit heures et demie. Elle devait bientôt partir.

Willie venait de mettre la nouvelle cuisinière en place. Il se leva et annonça :

— Elle s'allume et tout a l'air en ordre.

— Et les conduites de gaz ont été correctement bouchées ? demanda-t-elle. Elle ne pouvait s'empêcher de se souvenir du commentaire de Mack sur les dangers du gaz.

Willie hocha la tête.

— Vous êtes en sécurité. Tout est correctement câblé. Vous devrez refaire l'installation électrique de la maison à un moment donné, mais cela a été fait correctement à l'origine. Les réglementations ont changé au cours des cinquante dernières années. Donc, lorsque vous rénoverez, préparez-vous à une facture d'électricité un peu plus élevée que ce que vous aviez prévu.

Il plaça la vieille cuisinière sur ce qu'il appelait « un diable » et, avec l'aide de son fils, la déplaça vers les piles de débris dans la cour.

Elle regarda sa pile d'ordures prendre de l'ampleur.

— Vous êtes sûr de pouvoir venir chercher ça demain ?

Elle n'osait même pas imaginer ce que diraient les voisins si son allée ressemblait à un dépotoir comme ça encore longtemps. Son ex-mari aurait eu une crise cardiaque. Il aurait fait revenir l'homme dans l'heure pour tout faire disparaître. Mais son ex détestait le désordre sous toutes ses formes.

— Pas de problème, s'exclama Willie avec un grand sourire. Sur ce, les deux hommes sautèrent dans la camionnette et s'en allèrent.

Elle regarda sa montre, entra dans la cuisine et se lava les mains. Puis elle attrapa un yaourt et du granola qu'elle avait achetés lors de ses dernières courses pour pouvoir petit-déjeuner rapidement aujourd'hui. Elle dévora tout ça bien trop vite, et crut presque entendre la voix désapprobatrice de son ex-mari concernant les bonnes manières alors qu'elle plaçait le bol dans l'évier, le trempait dans l'eau, attrapait ses gants et sortait par la porte de la cuisine. Elle allait marcher jusqu'à la maison de la mère de Mack. Ce n'était qu'à quelques rues de là. Et elle pourrait prendre le chemin longeant le ruisseau. À condition que la police n'ait pas barré la zone avec du ruban jaune – même si elle ne pensait pas que c'était possible puisque c'était l'espace de Mère Nature. Ils ne pouvaient sûrement pas tout bloquer.

Elle appela Mugs, qui accourut en aboyant vers elle, alors que Goliath arrivait nonchalamment. Thaddeus prit position sur son épaule et elle réalisa que toute la famille allait venir travailler avec elle. Goliath ouvrit la voie. Elle contourna sa propriété et s'arrêta. Mack était là avec deux policiers. Elle fronça les sourcils.

Il sourit.

— J'allais justement chez votre mère, dit-elle.

Il acquiesça.

— Je viens avec vous.

Il donna quelques instructions supplémentaires aux deux officiers, puis se retourna et s'engagea le premier sur le chemin.

Lorsqu'ils furent hors de portée de voix, elle demanda :

— Êtes-vous ici pour m'empêcher de creuser dans le ruisseau ?

Il lui lança un regard surpris.

— Non. Bien sûr que non. J'ai laissé des hommes ici ce matin, pour continuer de travailler, alors ils ne vous auraient pas laissée faire.

— Oh.

Elle n'osa pas admettre qu'elle avait prévu de jeter un coup d'œil à la zone pour voir si quelque chose avait refait surface pendant la nuit.

Son sourire narquois lui indiqua qu'il savait exactement ce qu'elle pensait.

La matinée était belle et elle avait déjà fait quelques travaux. Même si elle avait oublié de payer Willie.

— Willie était là ce matin. Il a branché la cuisinière. Mais il ne m'a pas fait payer.

Mack la regarda avec surprise.

— Il va peut-être vous envoyer une facture. A-t-il votre adresse e-mail ?

Elle réfléchit.

— Je ne sais pas.

— Il vous demandera probablement un virement.

Son cœur s'arrêta.

— Un virement ?

Elle soupira.

— Dites-moi tout. Que dois-je faire ?

Il lui expliqua le processus d'envoi d'argent en ligne à Willie via le site de sa banque.

— Je ne savais même pas que c'était possible. Et si je n'ai pas d'argent sur mon compte ?

— Comment comptiez-vous le payer ?

Elle haussa les épaules.

— En espèces. Mais je dois aussi payer Barry, apparemment, pour l'installation électrique qu'il a réalisée.

— Appelez Willie pour savoir quand il sera dans les environs, ou vous pouvez déposer l'argent au bureau.

— Il revient demain car il n'a pas amené son gros camion pour emporter la vieille cuisinière. En plus, il a un tas d'autres trucs à transporter à la décharge, et il a dit qu'il prendrait aussi la clôture que j'ai empilée devant.

— C'est très généreux de sa part.

— C'est vrai. J'ai tout empilé dans l'allée pour qu'il

puisse facilement charger.

— Vous avez déjà tout déplacé dans la cour ? demanda-t-il avec étonnement.

Elle acquiesça.

— J'y travaille depuis hier.

Ils se dirigèrent tous les cinq vers l'impasse où vivait la mère de Mack, le long du chemin menant à la route, qui dessinait une large courbe à cet endroit. La maison de sa mère était située au milieu. Quel spectacle ils devaient donner ! Ils se dirigèrent vers le jardin à l'arrière et Doreen jeta à nouveau un bon coup d'œil au massif de bégonias.

— Ce massif a définitivement souffert. Et comme nous n'en connaissons pas la raison, vous devriez augmenter leur apport en nutriments.

Elle jeta un coup d'œil aux talus des plantations, observant sa progéniture inspecter ce jardin avec curiosité.

— Si vous ne voulez pas acheter de nouvelle terre végétale, vous pourriez très probablement en prendre sur ces talus.

Il regarda les parterres de fleurs.

— Mais ça va freiner la pousse de ces plantes-là, non ?

Elle acquiesça.

— Oui, et je ne sais pas quels bulbes elle a plantés. Lorsque vous commencerez à creuser, vous endommagerez sûrement les racines.

— Je peux charger suffisamment de terre végétale avec le pick-up, déclara-t-il. Ce n'est pas grave.

Elle sourit.

— Pas pour vous, non. Mais pour quelqu'un comme moi, sans camion et sans muscle, ça l'est.

Il rit.

— Je pense que vous avez plus de muscle que vous ne le

pensez. Vous avez déplacé toute cette clôture toute seule.

Elle s'extasia.

— C'est vrai ! Avez-vous une bâche ? Je peux commencer à déterrer les bégonias et à les déplacer. C'est le début de la saison, mais, comme ils ne sont pas bien ici, nous allons couper les vieilles racines jusqu'au tubercule et les mettre dans leur nouveau parterre. Ils ne seront pas très productifs cette année, mais ils en seront très reconnaissants l'année prochaine.

— L'année prochaine. L'année prochaine. L'année prochaine.

Doreen sourit à l'oiseau en secouant la tête. Elle ne savait jamais exactement ce qu'il dirait, juste ce qu'il retiendrait.

Mack et elle se dirigèrent ensemble vers le grand abri de jardin. Il sortit une bêche pour elle et une pelle pour lui. Ensuite, il trouva une grande bâche et ils l'étendirent à côté des bégonias.

Instantanément, Goliath apparut dans un bond et atterrit sur la bâche, se délectant du bruit qu'elle faisait. Après avoir repris sa respiration, Doreen regarda avec amour son énorme chat jouer avec sa queue, comme s'il était à nouveau un chaton. Mugs était assis non loin de là, le regardant fixement. Il pensait probablement que Goliath était étrange, lui aussi.

— On ne s'ennuie jamais avec vous, déclara Mack.

Doreen se demanda s'il ne parlait que de ses animaux ou s'il l'incluait aussi là-dedans. Alors qu'elle examinait le parterre de bégonias qu'ils avaient farfouillé la première fois ici, elle demanda :

— Vous ne m'avez jamais reparlé de cet os.

— Quel os ?

Elle indiqua le bosquet de bégonias.

— Celui que nous avons trouvé ici.

— Est-ce que j'ai dit que c'était un os ?

— Oui.

Il haussa les épaules et se remit au travail.

— Ou alors vous ne savez pas encore ? Le laboratoire devrait être capable de dire presque immédiatement s'il s'agit d'un os humain ou non.

— J'ai été un peu occupé. Je n'ai pas regardé les résultats.

Il creusa dans le parterre où ils allaient replanter les bégonias. Goliath et Mugs les aidèrent en creusant leurs propres trous.

— Je ne pense pas que les animaux puissent creuser assez profondément pour nuire aux bégonias.

Puis elle hocha la tête.

— Peut-être que vous devriez appeler le labo.

Il chassa les animaux avant de planter la pelle dans la terre à côté d'elle et de demander :

— Pourquoi ?

Elle leva les yeux vers lui et haussa les épaules.

— Parce que : et s'il était humain ? On vient de trouver un bras et une main près de chez moi. Et si c'était un os d'orteil ou un os de pied, ici ?

Il la regarda avec étonnement.

— Donc, comme nous avons trouvé un bras dans le ruisseau, vous pensez que les parterres de fleurs de ma mère pourraient contenir un pied ?

D'une voix où se mêlaient la surprise et l'étonnement, il continua :

— Continuons à jardiner et laissez-moi enquêter.

— D'accord, d'accord. C'est un peu tiré par les cheveux. Mais admettez que c'est intéressant.

— Qu'est-ce qui est intéressant ?

Il ne cédait pas d'un pouce, mais il s'était arrêté pour caresser Goliath et Mugs.

Ils se disputaient son attention. Apparemment, Thaddeus devint jaloux et s'avança en se dandinant. Mack caressa la tête de l'oiseau, lui murmurant quelque chose.

— Réfléchissez-y, dit Doreen à Mack. Quelles sont les chances que nous trouvions un autre os humain ?

— Étant donné que c'est vous…

Il laissa sa voix s'éteindre.

À cet instant, les animaux décidèrent qu'il était l'heure des câlins.

Elle renifla et ramassa avec précaution une autre grosse brassée de bulbes de bégonia. Les bulbes eux-mêmes avaient l'air en bonne santé. Mais les racines étaient petites, rabougries. Elle les déposa soigneusement sur la bâche, bien que Goliath semble déterminé à les réarranger doucement, alors elle continua à travailler. Elle regarda le parterre.

— Vous pensez que j'arriverai un jour à penser à autre chose qu'à un cadavre enterré en regardant un parterre de bégonias de presque deux mètres ?

Il rit.

— Ça m'étonnerait.

Doreen regarda avec méfiance son trio se calmer et s'allonger à côté sur la pelouse. Elle fronça les sourcils, se demandant ce qui se passait.

— Au fait, des nouvelles de la bague ?

Il s'était remis à pelleter.

— Non. Aucune.

Juste à ce moment-là, la porte de la cuisine s'ouvrit et la mère de Mack sortit. Compte tenu de la taille de Mack, sa mère était minuscule. Elle n'atteignait probablement même pas le mètre cinquante.

Doreen la salua de la main.

— Bonjour. Je suis Doreen, c'est Mack qui m'a fait entrer, dit-elle en guise d'explication.

La femme la regarda avec surprise, puis se tourna pour voir Mack avancer vers elle. Elle ne semblait pas s'inquiéter des animaux étrangers dans son jardin. Ou peut-être qu'elle ne les avait pas encore vus.

— Bonjour maman. Comment te sens-tu ?

La vieille femme d'allure frêle avait enroulé un châle autour de ses épaules. Mais elle lui adressa un sourire éclatant.

— Je me sens beaucoup mieux, merci.

Elle se tourna à nouveau vers Doreen.

— Vous êtes Madame Cadavre.

Doreen resta bouche bée.

— Je suis qui ?

Elle s'était attendue à recevoir un surnom, mais elle n'était pas du tout sûre d'aimer celui-ci.

Mack se tourna vers sa mère.

— Maman, voici Doreen. C'est la *jardinière*, souligna-t-il avec une ferme insistance.

Sa mère gloussa.

— C'est comme ça que *toi*, tu l'appelles.

Elle sourit à Doreen.

— Je suis contente que vous aimiez le jardinage. Compte tenu du nombre de cadavres que vous trouvez, je pensais que cela vous aurait peut-être dégoûtée.

Doreen lui rendit un sourire éclatant.

— Pire : cela me plaît encore plus.

Elle désigna le jardin autour d'elle.

— On voit que ce jardin a reçu beaucoup d'attention et d'amour.

La mère de Mack hocha la tête.

— Appelez-moi Millicent. Et oui, en effet. C'était un passe-temps partagé avec mon mari. Cela me rend triste de ne plus pouvoir jardiner comme avant.

— Je comprends. Je vis maintenant dans la maison de Nan. Et, bien sûr, c'était la même chose pour elle. J'ai du pain sur la planche pour redonner à son jardin l'éclat de son époque glorieuse.

— Oh mon Dieu, vous êtes la petite-fille de Nan !

Millicent tapa dans ses mains avec délice.

Doreen la regarda et soupira.

— Je suppose que vous connaissez ma grand-mère ?

Millicent éclata de rire.

— Bien sûr que oui. Tout le monde connaît Nan.

C'était ce dont Doreen avait eu peur. Maintenant, la vraie question était : en bien ou en mal ?

Mack tapota l'épaule de sa mère et dit :

— Maman, pourquoi ne vas-tu pas te réchauffer à l'intérieur ?

Elle lui fit signe de se taire.

— Il fait beau ici.

— Mais tu ne te sentais pas bien, n'est-ce pas ? Nous ne voulons pas que tu prennes froid.

Elle le regarda et sourit.

— Je sais que tu essaies de me protéger, mais il fait vraiment bon dehors. Et j'adore jardiner.

Doreen comprenait. Ce serait dur pour elle aussi. Ça avait toujours été difficile pour elle de laisser les autres jardiner alors qu'elle en avait envie elle-même.

— Eh bien, peut-être que si vous buviez une boisson chaude et que vous vous asseyiez au soleil à proximité, vous pourriez nous regarder, suggéra-t-elle.

Millicent ignora le regard de Mack.

— C'est une merveilleuse idée. Je vais faire du thé, puis je sortirai.

Doreen sourit et se remit à creuser tandis que Millicent se précipitait à l'intérieur. Doreen entendit ses animaux s'exciter à nouveau mais n'osa pas lever les yeux parce qu'elle voulait aussi ignorer Mack, qui se dressait au-dessus d'elle.

— Vous n'aviez pas besoin de l'inviter ici, vous savez ? La raison pour laquelle nous nous occupons de tout ça, c'est pour qu'elle ne le fasse pas.

— Si elle nous regarde, elle aura l'impression d'avoir plus le contrôle de la situation et non que nous prenons possession de son jardin, souligna Doreen doucement. Un jardin devient un être vivant. Elle y est attachée. Ses souvenirs sont ici. Que quelqu'un d'autre s'occupe de son jardin à son insu sera très douloureux et intrusif, elle aura l'impression que ce n'est plus le sien.

Elle perçut sa surprise. Elle se tourna pour le regarder.

— La laisser s'asseoir ici ne peut pas lui faire de mal, si ?

— Elle n'a pas le droit de se salir les mains, la prévint-il.

Doreen hocha la tête.

— Très bien.

Elle arracha un autre gros tas de racines de bégonia, mais elle sentit quelque chose de dur en dessous.

— Je suis surprise qu'il y ait des cailloux ici. Ce parterre est là depuis longtemps.

— C'est peut-être pour cela que le bosquet ne va pas très bien, suggéra-t-il. Même si je ne vois pas de cailloux. Seulement de la terre.

Elle replanta sa bêche et heurta quelque chose de solide. Elle se tourna pour le regarder.

— Vraiment ?

— Vous me rendez paranoïaque ces jours-ci.

Il se pencha à côté d'elle.

— Je ne pense pas que nous soyons paranoïaques. Simplement méfiants.

Il leva les yeux au ciel et l'aida à enlever la terre meuble.

Les animaux, à nouveau curieux, se pressèrent contre eux.

Selon le climat, les bégonias étaient généralement enlevés chaque hiver. Mais ces massifs n'avaient pas été arrachés depuis des décennies.

Le système racinaire était énorme et répandu partout. Délicatement, Doreen et Mack dégagèrent l'endroit sur trente bons centimètres.

— Je suis surpris qu'il y ait tant de bulbes ici, nota Mack.

— C'est aussi pour cela que les tubercules doivent être divisés et déplacés, approuva-t-elle. Quand ils poussent les uns sur les autres comme ça, le parterre devient trop encombré et les plantes doivent se battre pour se nourrir.

Il saisit la plus grosse pelle et, à l'aide de sa lourde botte, il l'enfonça dans la zone où elle avait heurté quelque chose de dur. Il toucha la même chose. Il souleva la pelle pour pouvoir enlever une partie de la terre qui s'était accumulée sur l'objet inconnu. En quelques minutes, il avait déblayé une plus grande surface et Doreen s'efforçait de retirer les bégonias alors qu'il soulevait la terre. Un homme, quoi. Il fallait tout faire rapidement mais sans faire attention.

Elle avait aussi enlevé un tas de pierres.

— Pourquoi a-t-on jeté des pierres là-dedans et de la terre par-dessus ?

Elle fronça les sourcils.

— Elles semblent couvrir cette zone ici. Comme un petit

cairn.

— Ne dites pas ce mot, dit-il d'un ton menaçant.

Elle fronça les sourcils à nouveau.

— *Cairn ?*

— Cairn. Cairn. Cairn, ajouta Thaddeus.

— Oui. On empile des pierres sur les corps pour empêcher les animaux de les atteindre.

Doreen regarda le tas de cailloux relativement modeste et se mit à rire.

— Si c'est un corps, c'est celui d'un chat ou d'un petit chien. Et, de toute façon, on doit enlever ces pierres avant de remettre des plantes ici.

Il apporta la brouette et enleva les pierres. Goliath sauta dans le trou, sans aucune raison. Chaque pierre faisait entre quinze et vingt centimètres de diamètre. Puis Mugs sauta à l'intérieur. Elle les souleva tous les deux, donna un coup de main à Mack pour retirer les pierres, puis se figea à la vue d'une boîte en bois.

— Est-ce que votre mère a déjà eu des chats ?

Il secoua la tête.

— Non, elle y est allergique.

— De par la taille de cette boîte, il y a sûrement un animal de compagnie enterré ici.

Les pierres ne la lestant plus, il dégagea une partie de la longue boîte, mais le fond était tout pourri et céda. Lorsqu'il la souleva, le bois s'effrita dans ses mains, laissant quelque chose à l'intérieur du trou.

Doreen tomba à genoux alors que l'air se raréfiait dans sa poitrine. Elle essaya de trouver de l'oxygène, mais en fut tout bonnement incapable. Elle s'assit sur ses talons et haleta, comme un poisson.

Une main la frappa dans le dos.

— Respirez, ordonna Mack.

Elle prit une grande gorgée d'air frais et hocha la tête.

— Je vais bien, haleta-t-elle. Je vais bien.

— Tant mieux, dit Mack d'un ton morose. Parce que moi non.

Le chien, le chat et l'oiseau se tenaient au bord du trou. Tous ensemble, les humains et les animaux fixèrent l'objet dans la boîte. Il mesurait près de soixante centimètres de long, peut-être un poil de moins. Et d'après ce que Doreen pouvait voir, c'était des os. Des os de pied.

— Êtes-vous sûr de ne pas vouloir vérifier avec le labo maintenant pour vous assurer que l'os que nous avons trouvé l'autre jour n'était pas humain ?

Il grogna.

— Et il n'y a qu'un pied ici. Cela signifie qu'il manque toujours l'autre.

Elle montra les os.

— Il manque plusieurs os, en particulier le gros orteil.

Il acquiesça.

À ce moment-là, elle se tourna pour regarder Mugs assis à proximité avec un grand sourire sur le visage et quelque chose de petit et blanc entre ses pattes avant.

— Ne regardez pas, mais on dirait que Mugs l'a trouvé.

Chapitre 16

MACK INSISTA POUR que sa mère reste à l'intérieur pendant qu'il passait les appels nécessaires.

Doreen arracha le reste des bégonias, sachant que les agents le feraient de toute façon et que, ce faisant, ils détruiraient les bulbes tout comme ils avaient endommagé les siens.

Maintenant que la boîte était découverte, les animaux étaient partis à la recherche d'autres aventures.

— Doreen, écartez-vous d'ici, lui hurla Mack.

Elle se tourna et répondit :

— Ils vont tout déterrer, de toute façon. Autant sauver d'abord les bégonias de Millicent.

Il la fusilla du regard. En arrière-plan, elle entendit sa mère le persuader de laisser Doreen continuer. Le fait était que la jeune femme ne s'était pas arrêtée. Elle avait presque fini. Et ce n'était pas étonnant que cette partie du jardin n'ait pas été très productive. Les os en eux-mêmes n'auraient pas pu détruire quoi que ce soit. Tant qu'il n'y avait pas de maladie dans la chair, cela n'aurait pas dû avoir d'impact sur le parterre. Sauf que les pierres sur la boîte pourrie avaient empêché les racines d'atteindre les nutriments du sol. Cela aurait été mieux s'il n'y avait pas eu de boîte du tout. Comme ça, les plantes auraient pu se nourrir de la chair en décomposition. De toute évidence, les bégonias n'étaient pas ravis de cette injustice.

Lorsqu'elle estima avoir déterré le dernier bégonia, elle se redressa et gémit en posant sa main sur le bas de son dos. Puis elle attrapa un coin de la bâche avec tous les tubercules et la traîna vers la section du jardin où elle les replanterait. Le chaos allait bientôt commencer. Ils devaient également récupérer l'os chapardé par Mugs, mais il n'était pas très coopératif.

Elle se dit que si elle avait l'occasion de s'approcher doucement de lui et de le distraire, elle pourrait récupérer l'os. Quand les flics arriveraient, ils voudraient sûrement attacher Mugs pour pouvoir lui enlever la preuve de la bouche. Mugs ne semblait pas le mâchouiller, seulement le protéger. Et elle appréciait cette délicatesse.

Enfin, après avoir posé la bâche de bégonias sur le côté opposé vers la clôture du voisin, là où les bulbes seraient replantés, elle se dirigea vers Mugs. Alors qu'elle se penchait avec désinvolture pour ramasser sa bêche, elle lui retira l'os d'entre les pattes. Mugs aboya après elle. Elle se pencha et le caressa doucement derrière les oreilles.

— Ce n'est pas grave mon chien. Mack a besoin de ça.

Mugs aboya et aboya encore. Elle se leva et recula de quelques pas. Cet os avait vraiment l'air de le perturber. Là encore, quelque chose à propos de cet os la perturbait vraiment aussi. Il semblait si petit, si seul ! Elle le fixa, ne sachant pas de quel os il s'agissait, mais il semblait être lié à l'orteil ou aux os plus longs du pied. Elle avait vu des images anatomiques de pieds, mais pas assez pour identifier les os pris individuellement. Elle se tourna vers le parterre de fleurs et le contempla avec attention.

Avec son téléphone portable, elle prit plusieurs photos car elle savait que Mack ne la laisserait pas en prendre plus tard. Lorsqu'elle rangea son téléphone dans sa poche, elle se dirigea vers la maison, sur le perron de laquelle se tenait le policier parlant dans son téléphone, la regardant d'un air sombre.

Il cacha le microphone de son téléphone de sa main et lui dit :

— Je vous ai vu prendre des photos.

Elle haussa les épaules.

— C'est moi qui l'ai trouvé après tout.

Elle lui tendit l'os.

— Tenez, et de rien, au fait.

Il regarda dans sa paume et hocha la tête.

— Vous l'avez récupéré ?

— Oui, il ne le mâchouillait pas. Il était entre ses pattes. Je sais que cela semble stupide, mais c'est comme s'il le protégeait.

Mack soupira.

— Avec vos bestioles, qui sait ?

Il sortit un petit sac de sa poche et le tendit. Elle y glissa doucement l'os.

— Vous ne trouvez pas ça étrange qu'ils se comportent aussi bien avec votre mère ?

— Étrange ?

— Oui. Comme s'ils étaient sous leur meilleur jour quand elle vient par ici.

Mack haussa une épaule.

— Les animaux peuvent ressentir les émotions. Certains peuvent même sentir la maladie. Je l'ai lu sur Internet. Peut-être que mes animaux comprennent que Millicent a besoin d'un environnement calme, pour guérir, pour aller mieux.

— Avec vos bestioles, qui sait ? répéta Mack avec un petit sourire.

Elle fit un signe vers la poche de Mack.

— Vous avez toujours des petits sacs là-dedans ? Au cas où vous trouveriez des preuves de crimes ?

— Normalement non. Mais quand je traîne avec vous, alors oui, exactement.

— Comment votre mère prend-elle ça ?

Il referma le sac et le glissa dans sa poche.

— Pas bien. Elle est assez bouleversée.

— Est-ce que je peux entrer et prendre une tasse de thé, ou suis-je censée rentrer chez moi et me tenir à l'écart ?

— Entrez et prenez une tasse de thé. Cela pourrait lui faire du bien.

À l'arrière-plan, Doreen entendit sa mère crier :

— Doreen, s'il vous plaît, venez prendre le thé. Je suis vraiment désolée. J'ai oublié mes manières.

Elle indiqua ses animaux et demanda à Mack :

— Je sais qu'elle est allergique aux chats, mais qu'en est-il d'un chien et d'un oiseau ? Comment votre mère réagirait-elle s'ils entraient ?

La tête de Millicent surgit au coin de la maison.

— C'est vrai. Vous avez un chien et un chat, n'est-ce pas ?

Thaddeus profita de ce moment pour atterrir sur l'épaule de Doreen.

Les yeux de la vieille femme s'écarquillèrent.

— Oh mon Dieu ! Je pensais que c'était qu'un oiseau étrange qui s'était posé sur la clôture.

Doreen éclata de rire.

— Et si on s'asseyait sous la véranda ? Comme ça, ils

n'entreront pas dans votre maison et ne mettront pas de poils partout.

Doreen chuchota ensuite à Mack :

— Cela rendra les choses plus normales pour elle.

Millicent hocha la tête avec reconnaissance.

— Mack, montre-lui la table. Je vais sortir le thé.

Mack se frotta les tempes.

— Vous réalisez que ce n'est pas vraiment le moment pour prendre le thé, n'est-ce pas ?

Doreen baissa à nouveau la voix.

— Il n'y a rien de normal ici, car, encore une fois, nous avons trouvé un membre. Mais bon, si nous avons de la chance, c'est le même corps.

Il la dévisagea.

— J'espère que c'est le même corps, mais cela n'a pas de sens. Pourquoi ? Pourquoi ici ?

— J'y ai réfléchi. Est-il possible que tout le monde ici ait utilisé le même paysagiste à l'époque ? Peut-être qu'il a découpé Betty, ou d'autres cadavres, et les a enterrés dans divers jardins ?

Mack recula légèrement.

— Vous avez entendu Maman dire qu'elle et Papa faisaient le jardin eux-mêmes. Vous ne suggérez pas que mon père ait quelque chose à voir avec ça ?

Elle rit à la suspicion dans sa voix.

— Non, bien sûr que non. Mais, si c'était le jardin de quelqu'un d'autre, vous ne remettriez même pas en question la suggestion.

— C'est vrai. Mais c'est le jardin de *ma mère*.

Doreen hocha la tête, se tourna et choisit la place à table du porche qui lui offrirait une vue plongeante lorsque les policiers arriveraient. Elle appela Mack, qui surveillait la scène de crime la plus récente.

— Peut-être qu'ils endommageront moins le jardin de votre mère si vous restez debout ici, à les surveiller.

Elle lui adressa un sourire pince-sans-rire.

— Je suis sûre qu'ils feront plus attention que chez moi.

Il grogna.

— Vous n'allez jamais laisser tomber, n'est-ce pas ?

Elle secoua la tête.

— Pourquoi le ferais-je ? Vos gars ont laissé un sacré chantier chez moi.

Millicent sortit de la maison, portant une théière, des tasses et des biscuits sur un plateau.

Mack l'intercepta rapidement et prit le plateau dans ses mains, la suivant sous le porche.

La mère de Mack s'assit à côté de Doreen et lui tapota la main en souriant.

— Comme je l'ai dit, Madame Cadavre.

Doreen secoua la tête.

— Pas par choix.

— Certaines personnes ont le nez pour ce genre de choses. Avez-vous déjà envisagé de devenir inspecteur, comme Mack ?

Mack rejoignit les dames à table, adressant un froncement de sourcils à Doreen.

Doreen gloussa.

— Je pense que votre fils serait horrifié de me voir rejoindre la police.

Mack s'assit tranquillement, secouant la tête.

— Pourquoi pensez-vous ça ? demanda Millicent.

— Je suis assez peu orthodoxe dans ma méthodologie, avoua-t-elle avec un sourire à Mack. « Peu orthodoxe » était un euphémisme. Et d'ailleurs, Mack était bien horrifiée quand elle s'approchait de l'une de ses affaires. Elle ne s'était pas vraiment avérée bonne à autre chose qu'à trouver des cadavres.

— Mais on dirait que c'est votre point fort. Vous devriez vous promener dans Kelowna et voir ce que vous trouvez, déclara Millicent.

— Je ne pense pas avoir le droit de faire ça, avança Doreen avec un sourire, essayant d'ignorer Mack, qui la regardait d'un air insistant. Doreen indiqua le parterre de fleurs.

— Quand avez-vous planté les bégonias ?

Millicent fronça les sourcils en réfléchissant aux années qui s'étaient écoulées.

— Les bégonias sont là depuis au moins vingt-cinq ou vingt-six ans, peut-être trente maintenant, dit-elle lentement. Il faudrait que je trouve mes journaux de jardinage pour savoir exactement.

— Qu'y avait-il avant les bégonias ?

— Des vieux buissons de roses, répondit pensivement Millicent. Mais elles avaient de si grosses épines ! Et elles n'allaient pas si bien que ça. Quand nous avons arraché le premier rosier, on aurait dit qu'il n'avait pas de racines du tout.

— Et depuis combien de temps étaient-ils là ?

Doreen pouvait entendre les cellules grises de Mack s'activer alors qu'il l'écoutait interroger sa mère. Mais, pour Doreen, il ne s'agissait que de deux jardinières discutant des plantes et de la façon dont elles s'adaptaient à leurs déplacements.

— C'est pour ça que nous les avons déplacés. Parce qu'ils étaient là depuis toujours. Je ne sais vraiment pas depuis combien de temps, et ils ont fleuri pendant des années et des années, puis soudainement ils ont commencé à dépérir. Je parlais de faire venir quelqu'un pour déterrer toutes ces roses. Chaque fois que nous nous approchions d'elles, elles déchiraient nos vêtements et Harold se retrouvait avec des égratignures, même si nous portions des gants lorsque nous les attachions, déclara Millicent.

— Et donc vous les avez arrachées et vous avez planté les bégonias ? Doreen sourit : Au moins, les bégonias ont un tempérament plus doux.

Millicent éclata de rire.

— En effet. Ils ne vous griffent pas et ne vous égratignent pas du tout.

Elle se pencha un peu plus près de Doreen.

— Et ils ont de si belles couleurs. Il y avait des bégonias Grandiflora. J'aurais aimé savoir que vous étiez ici plus tôt parce que j'aurais pu vous dire lesquels étaient lesquels.

Doreen plissa le visage en étudiant la bâche pleine de bégonias.

— Oh Seigneur…

Millicent suivit son regard vers la grande bâche.

— Oui, je crois que nous aurons la surprise quand ils refleuriront.

Doreen éclata de rire.

— Et ce sera peut-être une bonne surprise.

— Absolument.

— Je suis étonnée que vous puissiez les laisser dans le jardin pendant l'hiver.

— Nous les avons rentrés pendant longtemps. Mais alors j'oubliais de les sortir au printemps à nouveau. Le temps passe si vite quand on élève une famille, et nous travaillions tous les deux à temps plein. Je les ai finalement replantés et j'ai pensé : « Tant pis ! S'ils survivent, tant mieux. Et s'ils ne survivent pas, eh bien… »

Elle rit.

— Bien sûr, j'ai fini par les recouvrir de paillis du mieux que j'ai pu. Et, à ma grande surprise, ils ont repris l'année suivante.

— Avez-vous déjà ajouté de la terre végétale ?

Doreen voulait savoir exactement ce qui était arrivé aux parterres au fil du temps. Il y avait pas mal de terre sur les bulbes, et pourtant, les bégonias avaient été plantés peu profondément, comme s'ils avaient été ajoutés au-dessus d'une autre plantation. Alors qu'elle étudiait le parterre en lui-même, elle remarqua qu'il était légèrement plus haut que celui d'à côté.

Millicent hocha la tête.

— Oui, en effet. On mettait toutes sortes de terres végétales pour fertiliser les pelouses. Ce que nous avions en trop, on le jetait dans les jardins. Nous mettions du paillis tous les deux ans.

Elle agita la main.

— C'est vraiment difficile de se souvenir de tous les détails. Nous avons passé cinquante ans dans cette maison, et tout se mélange.

— C'est merveilleux que vous ayez tenu des journaux, déclara Doreen avec un sourire. Je n'ai jamais pensé à faire ça.

Millicent bondit sur ses pieds, montrant plus d'énergie qu'elle n'en avait eu jusqu'à présent.

— Je vais les chercher.

Et elle se précipita dans la maison.

Doreen jeta un coup d'œil à Mack, surprise qu'il ne la fusille plus du regard.

— Vous souvenez-vous de ce qui est arrivé à ce jardin ?

— Je l'ai écoutée se souvenir de tout ça, dit-il doucement. Mais je ne peux pas dire que j'ai moi-même des souvenirs précis. Je me souviens cependant des roses.

— Pourquoi vous vous en souvenez ?

— Parce qu'elles étaient vicieuses.

Il remonta la manche de sa chemise et lui montra une cicatrice sur le dos de sa main.

— C'est leur œuvre. Elles avaient des épines de trois centimètres, je vous jure. Il y avait comme du barbelé au bout. Trois hameçons qui, une fois que vous vous étiez fait attraper, vous déchiraient tout simplement en lambeaux.

— Bien sûr. C'est un mécanisme de défense qu'elles ont pour se protéger, expliqua-t-elle.

— Eh bien, ça ne les a pas aidées quand Papa les a arrachées jusqu'aux racines. Et les bégonias ont été plantés à leur place. C'est difficile de dire quand cette boîte en bois a été enterrée là-dedans. Vu la pourriture, cela doit faire au moins vingt ans.

— Ou pas. Ils ont été arrosés régulièrement, lui rappela-t-elle. C'est loin du ruisseau, nous ne pouvons donc pas supposer que le lit du ruisseau a débordé et a tout inondé. Ont-ils installé une irrigation enterrée ici ?

— Non, nous avions prévu de le faire, mais après le décès de mon père, nous n'y sommes jamais vraiment arrivés. Ils avaient un système de surface avec des arroseurs et des minuteries. Elle était satisfaite de ce système. Il ne servait à rien de le changer. Je suppose qu'on pourrait l'envisager, maintenant. Maman ne peut pas s'occuper de tout ce terrain à son âge. Donc ça pourrait être une solution. Même si cela coûte cher.

Il fronça les sourcils en réfléchissant.

— Il faudra tout planifier avant de creuser.

— Et en ce qui concerne les parterres et les trous, poursuivit Doreen, il est difficile de dire quand cette boîte a pu se détériorer. Il faudra demander au laboratoire de dater les os si c'est possible.

— C'est possible, confirma-t-il, mais, s'il s'agit du même corps, alors c'est évidemment plus proche d'une trentaine d'années.

Elle souhaitait ardemment que ce soit une autre partie du corps de la pauvre Betty Miles. Parce que s'ils avaient encore un corps différent, c'était tout simplement trop incroyable.

— Si c'est elle, alors nous avons d'autres morceaux à trouver. La bonne nouvelle, c'est que ce n'est pas un pied énorme, chuchota-t-elle. Elle entendait Millicent revenir.

Il secoua la tête.

— Nous n'en savons rien encore. Dix ans pourraient séparer ces morceaux, et les deux affaires pourraient être totalement indépendantes.

Elle lui lança un regard dur.

— Deux corps démembrés dans la même ville… Non seulement dans la même ville, mais au même endroit ?

Il la fusilla du regard.

— Ce n'est pas du tout le même endroit. Il y a au moins un kilomètre entre les deux maisons.

Elle ricana.

— Il y a huit cents mètres à vol d'oiseaux. Et encore. Probablement moins.

— Mais nous ne savons pas d'où le bras dans le ruisseau a pu provenir, lui rappela-t-il. À la fin du printemps, ce ruisseau n'est pas un joli petit cours d'eau tranquille, comme il l'est maintenant. Il devient une rivière déchaînée. La neige au-dessus de la rivière fond et tous les affluents se jettent dans cette rivière.

— Oh, convint-elle. Je n'y avais pas pensé.

— Exactement. N'oubliez pas que nous sommes la police.

— D'accord, et je ne suis que Madame Cadavre.

Chapitre 17

LORSQUE MILLICENT REVINT avec deux journaux en main, elle était également accompagnée de deux policiers. Ils serrèrent tous deux la main de Mack et jetèrent un coup d'œil en coin à Doreen.

Elle leva les mains au ciel, paumes vers le haut.

— Que puis-je dire ? Oui, j'ai trouvé d'autres morceaux de cadavre.

Leurs sourcils se haussèrent, mais ils gardèrent le silence. Comme ses animaux quand Millicent était présente.

Avec un soupir de dégoût, elle se rassit et saisit son thé. Elle se demandait comment incliner la tête pour pouvoir jeter un coup d'œil aux journaux, mais Millicent les tenait toujours dans ses bras. Finalement, Mack se leva et s'éloigna avec les officiers.

Lorsque les trois hommes s'en furent allés dans le jardin, Millicent s'assit et ouvrit l'un des journaux.

— Ce sont mes vingt premières années de mariage, annonça-t-elle avec un grand sourire heureux. Il y a de beaux souvenirs là-dedans.

Elle tourna quelques pages, son sourire se réchauffant en les lisant.

— On dirait qu'ils concernent plus votre vie avec votre mari que le jardinage, souligna Doreen avec un sourire tendre.

Après la légère inclinaison de tête de Millicent, Doreen demanda :

— Alors l'autre concernerait les dernières années ?

Millicent hocha la tête.

— Oui. Ce sont les quinze années suivantes. Je n'ai presque rien écrit au cours des dernières années depuis la mort d'Harold. Je suppose que je n'ai plus le cœur.

Doreen tendit la main vers le deuxième journal.

— Puis-je ?

Millicent hocha la tête.

— Bien sûr. Allez-y.

Doreen l'attrapa et l'ouvrit. Elle feuilleta les pages du milieu pour voir quel genre d'écrit s'y trouvait. En effet, Millicent avait précisé l'heure de lever du jour, le soleil, le gel, la taille des haies, et même l'arrachage des bégonias. Mais Doreen n'en était pas aux premières pages. Réalisant qu'en procédant ainsi elle risquait de se perdre dans la chronologie, elle retourna rapidement au début du livre et se mit à lire. Elle ne savait pas combien de temps il faudrait à Mack pour s'apercevoir de ce qu'elle avait dans les mains. Quand ce serait le cas, il ne laisserait pas Doreen garder le journal ; elle le savait.

— Vous avez fait un travail formidable en conservant toutes ces informations ! s'extasia Doreen avec admiration. Et elle ne disait pas ça juste pour être gentille.

Le journal contenait des rapports très détaillés sur les étapes importantes : quand Millicent et Harold avaient mis du paillis et de la terre végétale supplémentaires ou quand ils s'étaient occupés de la taille, avec la manière dont ils avaient coupé et débroussaillé, quand ils avaient divisé la clairière. Il y avait énormément de détails, dont la date du premier gel et de la première vague de chaleur en été.

Doreen scanna les jours, à la recherche d'un titre qui pourrait être en rapport avec la jambe qu'ils avaient trouvée. Il ne semblait pas y avoir grand-chose. De plus, les dates remontaient à trente-cinq ans auparavant. Betty Miles avait disparu seulement trente ans plus tôt.

Doreen continua à feuilleter les pages, essayant de ne pas montrer qu'elle cherchait une période en particulier. Quand elle arriva vers la fin du journal, elle ralentit le rythme et lut un peu plus attentivement.

— Oh, ici, il est écrit que vous êtes allés en Europe pendant deux semaines.

Doreen leva les yeux en souriant.

— Ça a dû être un beau voyage.

Millicent se lança dans le récit circonstancié de tout ce qu'ils avaient fait pendant le voyage.

Au bout d'un moment, Doreen, sentant le temps filer, interrompit Millicent.

— Ça a dû être dur de laisser votre jardin.

Millicent éclata de rire.

— Oui, en effet. Mais nous avions l'arrosage automatique, donc ce n'était pas trop grave.

— Donc personne n'a dû venir l'entretenir ? Pas bête, s'exclama-t-elle avec admiration. C'est très intelligent.

Elle se demanda si Nan avait déjà pensé à installer un arrosage automatique. Apparemment non, car il n'y avait pas trace d'installation souterraine chez Doreen.

— Cela devait être précurseur à l'époque.

— Je crois que mon mari a simplement percé des trous dans des tuyaux d'arrosage. Ensuite, nous les avons enterrés pour que l'eau se répande partout. Nous n'avions qu'à régler la minuterie pour l'allumer et l'éteindre. Aujourd'hui, l'arrosage automatique coûte très cher. Mais les tuyaux d'arrosage et les minuteries ne coûtaient rien.

Doreen se radossa à sa chaise avec un sourire.

— C'est quelque chose que j'aimerais faire aussi chez moi. Je vais essayer de percer des trous dans des tuyaux d'arrosage.

Son esprit bouillonnait d'idées, mais elle dut se refréner un peu.

— C'est chouette que vous n'ayez eu besoin de personne pour arroser votre jardin. Je me sentirais mal de demander à quelqu'un de faire ça.

— Les voisins étaient toujours là, mais nous ne nous entendions pas vraiment avec ceux de l'époque, confia Millicent. En fait, pendant un moment, nous avons eu un voisin terrible. Il n'attirait que des problèmes. Il criait beaucoup et organisait des fêtes, et, après les fêtes, il semblait redoubler de colère. Mais je pense que c'était juste un ivrogne. Mon mari et moi n'avions pas grand-chose à voir avec lui.

— Que lui est-il arrivé ?

— Honnêtement, je ne sais pas.

Son regard se perdit dans le jardin où se trouvaient les officiers, examinant la boîte en bois.

— Je crois qu'il a déménagé, mais c'était il y a long-temps.

Elle jeta un coup d'œil à Doreen.

— C'est terrible de vieillir. Lorsque votre mémoire commence à disparaître, on dirait que les réponses sont là, et puis, tout d'un coup, elles s'échappent. Vous n'avez pas voix au chapitre et vous voudriez crier : « Stop ! Donnez-moi juste une minute de plus avec cette information, afin que je puisse l'intégrer. »

Elle sourit.

— Mais cela n'arrive jamais.

Doreen se sentait désolée pour Millicent, mais elle ne pouvait pas faire grand-chose pour l'aider.

— Au moins, vous avez beaucoup voyagé avec votre mari.

— Chaque année, répondit Millicent. Parfois deux fois par an. Et comme nous avions aménagé le jardin, nous n'avons jamais eu besoin d'un gardien à temps plein. Il fallait juste que quelqu'un vienne vérifier que tout fonctionnait correctement. Bien sûr, c'était après avoir mis en place cet arrosage automatique. Nous avons eu Mack après dix ans de mariage. Donc, avant la naissance de Mack, nous avions l'habitude de payer quelqu'un pour s'occuper de la maison en notre absence.

— Et, bien sûr, le seul moyen d'entrer dans le jardin est par le côté, là où se trouve le portillon, n'est-ce pas ?

— *Maintenant*, oui, mais à l'origine, nous n'avions pas de clôture. Le quartier a changé. Il y a de plus en plus de crimes partout, et plus je vieillissais, moins je me sentais en sécurité. Lorsque mon mari est décédé, Mack a clôturé le jardin pour moi.

— Alors, c'est nouveau ?

— Eh bien, on peut dire ça.

Millicent éclata de rire.

— Elle a sept ou huit ans, je dirais.

Doreen ne pouvait s'empêcher de penser que quelqu'un avait dû découvrir que le couple partait en vacances chaque année et qu'il était facile d'entrer et d'enterrer un corps dans le jardin. Doreen feuilleta le journal et dit :

— Vous êtes partis en juin et en août cette année-là également ?

Elle tapota le journal.

— On dirait que vous avez même écrit ça là-dedans.

Millicent sourit.

— Oui, ce furent de belles années. Nous avons beaucoup voyagé après le départ de Mack pour l'université. Elle se leva et dit : Je vais chercher d'autres tasses. La police revient.

Et elle entra dans la maison.

Doreen attrapa son téléphone portable et prit diverses photos de différentes pages du dernier journal. Juste au moment où Mack était sur le point de monter les marches du perron, il se retourna pour discuter avec l'un des officiers. Elle sourit et entendit Millicent revenir. Mais Doreen avait beaucoup de pages à couvrir, à moins que, avec un peu de chance, les informations et les dates dont elle avait besoin se trouvent sur les photos qu'elle venait de prendre. Parce que, si elle pouvait faire concorder leur absence avec la disparition de Betty Miles, il était possible que Doreen ait un élément pour étayer la théorie qu'elle avait partagée avec Mack plus tôt. C'était lui qui avait dit : « vu la pourriture, cela doit faire au moins vingt ans », mais ce n'était pas exact. Si le parterre où la boîte en bois avait été enterrée avait bénéficié d'une irrigation souterraine, comme un tuyau, il avait dû pourrir beaucoup plus rapidement. Cela expliquerait également pourquoi une seule extrémité avait pourri, plus rapidement que l'autre : parce qu'elle était plus proche du tuyau. Tout ce qui se trouvait dans l'eau stagnante se détériorait beaucoup plus rapidement.

Elle replaça son téléphone dans sa poche, puis aperçut Millicent à nouveau dehors, distribuant du thé aux officiers et distrayant Mack ; alors Doreen sortit à nouveau son téléphone de sa poche et prit plusieurs autres photos du deuxième journal, feuilletant les pages jusqu'à la moitié du livre.

Millicent la rejoignit sur le perron, poussa un profond soupir et jeta un coup d'œil à Doreen.

— Est-ce que cela vous dérange ? demanda la vieille dame.

Doreen leva les yeux vers elle.

— Qu'est-ce qui me dérangerait ?

Elle avait presque terminé le deuxième journal. Mais pas le premier journal, qui était posé près du siège de Millicent sur la table. Il devait y avoir au moins un autre journal – peut-être deux pour couvrir les cinquante années que Millicent avait passées ici à jardiner.

— Trouver des corps ? demanda Millicent.

— Non, ça ne me dérange pas.

Doreen y réfléchit un long moment.

— Cela ne dit pas grand-chose sur moi. Mais je pense qu'il vaut mieux trouver ces corps et les rendre aux proches plutôt que de ne pas les trouver et de savoir que les familles n'ont jamais fait leur deuil.

— Bien. Je suis heureuse que vous compreniez.

Millicent la regarda. Et un grand sourire se dessina sur son visage.

— J'aime votre façon de penser.

Doreen sourit et agita le livre dans sa main.

— Ce journal s'arrête il y a environ trente-cinq ans.

Un froncement plissa le front de Millicent.

— Vraiment ?

Doreen lui montra les dates à la fin du livre, qui indiquaient trente-cinq ans plus tôt.

— Oh, intéressant. C'est vrai. J'en ai un autre exactement de la même couleur.

Elle ouvrit l'autre journal. Et sourit.

— J'ai le premier. Vous avez le deuxième. Je vais chercher le troisième.

Elle se précipita à l'intérieur.

Doreen attrapa son appareil photo et prit d'autres photos. C'était peut-être inutile. Comme les journaux n'étaient pas très longs et qu'elle prenait rapidement les photos avec son téléphone portable, elle eut vite parcouru le deuxième journal. Et puis elle entendit la voix de Mack.

— D'accord, je vous laisse continuer les gars, je vais m'assurer que ma mère va bien. Il faut faire profil bas autant que possible. Donc silence médiatique total.

Elle referma le deuxième journal juste au moment où il montait les marches du porche en claquant brutalement du talon de ses bottes. Elle lui jeta un regard noir.

— Bien sûr, ne vous inquiétez pas si Doreen est contrariée par le traitement que les autorités ont réservé à son jardin, mais assurez-vous que votre mère ne soit pas dérangée par cette ingérence de la police.

Il lui lança un regard dur.

— Je n'ai vraiment pas besoin de ça en ce moment, vous savez ?

Elle soupira.

— C'est bon. Votre mère est allée chercher un autre journal. Elle a oublié qu'il y en avait un troisième.

Il tendit la main, paume vers le haut. Tranquillement, sans discuter, elle saisit le deuxième journal et le lui tendit. Il la regarda avec surprise.

— Soit il n'y a rien dedans, soit vous avez un as dans votre manche, parce que je ne m'attendais pas à ce que vous me le donniez aussi facilement.

Elle lui lança un regard innocent et un grand sourire.

— Vous alliez le prendre de toute façon.

Il lui lança un regard méfiant et attrapa également le premier tome.

— Et je prendrai également le troisième quand ma mère reviendra, dit-il fermement.

Doreen haussa les épaules.

— Je m'en fiche. Je dois rentrer à la maison de toute façon.

Elle se leva, puis se tourna vers Mack, et ajouta :

— J'aimerais que vous me disiez si vous avez du nouveau, mais je sais que vous ne m'en parlerez pas.

Elle se souvint alors de la raison de sa présence ici en premier lieu.

— Il faudra que je replante rapidement ces bégonias. Si vous le souhaitez toujours…

Il fronça les sourcils en regardant les bégonias déterrés étalés sur la bâche, puis son regard passa à l'autre côté du jardin.

— Oui, si cela ne vous dérange pas. Peut-être même plus tard cet après-midi, mais je ne sais pas… Sa voix s'éteignit.

Elle rayonna.

— Je peux tout à fait. Et si je revenais seule, si vous êtes trop occupé ? Ou, si les officiers sont toujours présents, je peux revenir demain et récupérer les bégonias à ce moment-là.

Il sourit et hocha la tête.

— Merci. Demain sera peut-être mieux.

Elle sourit en retour.

— Aucun problème.

Elle se dirigea vers la maison et surprit Millicent en train de fouiller une étagère.

— C'était si agréable de vous rencontrer, Millicent ! Merci de m'avoir offert le thé et d'avoir partagé vos conseils de jardinage avec moi. Je m'en vais pour que la police puisse travailler. Mais, s'ils ont fini suffisamment tôt aujourd'hui, je reviendrai cet après-midi et je replanterai vos bégonias dans leur nouveau parterre. Même si Mack pense que ça sera plutôt demain.

Millicent lui adressa un sourire resplendissant.

— Merci beaucoup. Vous êtes charmante, Madame Cadavre.

Sur ce, Doreen éclata de rire et sortit par la porte d'entrée, appelant ses animaux.

Chapitre 18

E N RENTRANT CHEZ elle cet après-midi-là, Doreen fut un peu abasourdie par le nouvel aspect que la cuisinière électrique donnait à sa cuisine. Avec ses chromes et son verre brillant, l'appareil contemporain était un peu intimidant pour la cuisine de grand-mère. Elle était sûre que Nan désapprouverait totalement. D'un autre côté, Nan ne cuisinait plus ici.

Doreen non plus, d'ailleurs. Mais cette cuisinière lui donnait de l'espoir. C'était excitant de la contempler. Elle étudia les boutons sur le devant, déchiffrant les inscriptions pour savoir quel bouton contrôlait quel brûleur. Mais, quand elle arriva aux options « Rôtissoire » et « Gril », ou encore « Chaleur tournante », elle devint vraiment confuse.

— C'était un vieux modèle, ça ? murmura-t-elle à Mugs. Elle s'accroupit, ouvrant la porte du four pour regarder l'intérieur propre.

— Elle n'a pas l'air vieille du tout. En fait, on dirait un tout nouveau modèle. Non seulement flambant neuf, mais à la pointe de la technologie.

Mugs renifla le rebord extérieur de la porte du four et approuva. Ou peut-être rêvait-il des plats merveilleux qui pourraient éventuellement en sortir, car il savait à quoi servait un four. Contrairement à elle. Elle n'avait jamais eu l'occasion de voir de la nourriture entrer et sortir d'un four, à part dans les émissions de cuisine télévisées. C'était difficile de réaliser tout ce qu'elle avait raté dans la vie. Et pourtant, personne d'autre ne trouverait qu'elle avait raté quelque chose. Mais elle regardait quand même la porte du four avec fierté. C'était beau à voir.

— Bon, j'ai besoin d'une sieste pour pouvoir jardiner plus tard. Allez les gars. Vous voulez faire une sieste avec moi ?

Elle ne parvint pas à s'endormir tout de suite, mais, quand elle sombra enfin, elle dormit par intermittence au cours des heures qui suivirent. Elle avait besoin de deux bonnes heures de sommeil ininterrompu et reposant. Mais ce ne fut pas le cas. Son cerveau n'arrêtait pas de tourner. Elle avait aussi beaucoup de choses en tête alors qu'elle se levait et descendait les escaliers. Elle se fit du café, se demandant si elle pouvait se permettre cette nouvelle habitude de prendre autant de café. Maintenant qu'elle savait en faire toute seule, dès qu'elle en avait envie, elle avalait le breuvage.

Alors qu'elle farfouillait dans le réfrigérateur, elle entendit frapper à sa porte et Mugs devint fou. Les sourcils froncés, Doreen se dirigea vers le salon et regarda à travers les rideaux. Heureusement, la foule de curieux ne campait plus autour de sa maison. Cette fois, grâce aux nouvelles découvertes de vieux os, Mack devait faire face à ce charmant syndrome du voisin fouineur chez sa mère.

Un livreur de pizza se tenait sur son perron.

Elle ouvrit la porte.

— Bonjour. Je pense que vous vous êtes trompé.

Mugs renifla le jeune homme, puis, se levant sur ses

pattes arrière, il se hissa pour humer la pizza dans la main du livreur.

Ce dernier la regarda avec confusion, vérifia l'adresse sur le bordereau et le lui montra.

Elle le lut et hocha la tête.

— Oui, c'est bien mon adresse. Vous avez une idée de qui a commandé ça ?

Il haussa les épaules.

— Non, aucune.

Il lui tendit la pizza.

— Eh bien, je vais la prendre, mais je n'ai pas d'argent pour payer, expliqua-t-elle, légèrement embarrassée et ne sachant pas comment gérer la situation.

— Elle a déjà été réglée, marmonna-t-il. Et, comme si elle avait déjà repoussé ses limites en communiquant sans téléphone portable ni autre appareil électronique dans sa main, il s'éloigna d'elle.

Elle sourit joyeusement.

— D'accord, merci.

Il lui fit un signe de la tête et disparut dans la petite voiture bleue cabossée qu'il avait garée devant sa maison. Elle pensait que c'était une Coccinelle des années 1970, mais elle n'y aurait pas mis sa main à couper. Elle n'avait jamais été capable de donner l'âge exact des voitures ou des hommes.

Elle emporta la boîte à pizza dans la cuisine et la posa sur la table. Thaddeus sauta à côté du carton et le renifla. Quand il se mit à le picorer, Doreen le repoussa doucement.

— Ce n'est pas de la nourriture pour bestioles. C'est de la nourriture pour humains, le réprimanda-t-elle.

Mugs aboya à côté de la table. Elle se retourna et lui tapota la tête.

— Tu es un bon toutou, mais ce n'est pas pour toi non

plus.

Il n'avait pas l'air de l'écouter : il n'arrêtait pas d'aboyer. Pendant qu'elle s'occupait de Mugs, Thaddeus picora à nouveau le carton. À peine l'avait-elle repoussé que Goliath décida qu'il aurait plus de chance que ces deux-là. Il sauta sur la table et donna des coups de patte à la boîte.

Elle les regarda tous les trois avec étonnement.

— Que se passe-t-il ? Vous avez si faim que ça, les garçons ?

Elle vérifia leurs gamelles et, évidemment, elles étaient toutes vides. Mortifiée par son manque d'empathie avec le monde animal et se reprochant d'avoir oublié de les nourrir, elle remplit leurs gamelles et ils délaissèrent tous à contre-cœur l'arôme alléchant de la pizza sur la table pour manger leurs portions individuelles.

Et ils devaient avoir faim, parce qu'ils engloutirent leur nourriture puis revinrent rapidement devant sa table de cuisine.

Pendant ce temps, elle se versa une tasse de café et s'assit à table. Elle se demanda qui lui avait offert cette pizza. C'était vraiment gentil. Elle ne se souvenait pas de la dernière fois qu'elle en avait mangé une. Elle souleva le couvercle, laissant la vapeur chaude s'échapper. La pizza était *tellement* garnie ! Il ne manquait absolument rien ! Elle la regarda avec étonnement.

— Comment prendre une part avec autant de choses dessus ?

Elle ne s'imaginait pas tenir une part, même entre deux mains. Elle allait se déliter, ce qui persuaderait simplement Goliath et Thaddeus de monter sur la table. Elle se dirigea vers le placard, en sortit une assiette, puis ouvrit un tiroir pour prendre un couteau et une fourchette. Beaucoup de gens seraient horrifiés par ce qu'elle était sur le point de faire. Mais elle voulait juste manger, pas ramasser les morceaux de garniture de la table ni se battre avec Goliath et Thaddeus.

Elle saisit la plus grosse part, se sentant particulièrement satisfaite de ne pas avoir à être polie et à prendre la plus petite.

— On s'en fiche, de la plus petite part, aujourd'hui. Je vais manger jusqu'au dernier morceau.

Au moment où elle la posait dans son assiette, son téléphone sonna. Elle jeta un coup d'œil à son portable sur la table. *Mack.* Elle laissa tomber son couteau et sa fourchette et décrocha le téléphone.

— Mack, qu'avez-vous découvert ?

— La plupart des gens disent : « Bonjour, Mack. Comment ça va ? Avez-vous passé une bonne journée ? » dit-il d'une voix sardonique. Vous, tout ce que vous voulez entendre, c'est s'il y a eu des développements sur les affaires en cours.

— Vous ne pouvez pas m'en vouloir, déclara-t-elle. La pizza sous son nez contribuait grandement à ce qu'elle garde son humeur bon enfant, peu importe ce que Mack disait. J'ai la mauvaise habitude de trébucher sur des corps.

— Oui, c'est vrai, répondit-il.

Elle pouvait entendre la fatigue dans sa voix.

— Vous êtes toujours chez votre mère ?

— Non, je viens de rentrer au bureau.

Elle fronça les sourcils.

— Assurez-vous de manger, le réprimanda-t-elle.

Il rit.

— C'est l'une des raisons pour lesquelles j'appelle.

Elle regarda la pizza refroidir dans son assiette et fronça les sourcils.

— Pourquoi ?

— Vous avez reçu mon cadeau ?

Elle fixa à nouveau la pizza et eut un déclic.

— C'est vous qui m'avez fait livrer la pizza ?

— En effet. Et, si vous n'avez pas tout mangé, je pensais passer en quittant le bureau.

— Cela dépend du moment où vous quittez le bureau. Elle rit et précisa : J'ai assez faim.

— Je pars dans cinq minutes. Je serai là dans dix.

Et il raccrocha.

Elle s'adossa à son siège avec un grand sourire et se tourna vers Mugs.

— C'est très gentil, ce qu'il a fait.

Mugs aboya, et elle enleva ce qui ressemblait à un morceau de saucisse sur le dessus de la pizza et le lui tendit. Il disparut instantanément. Lorsqu'elle revint à la part dans son assiette, elle trouva Goliath essayant d'attraper un morceau de fromage qui pendouillait. Elle le chassa doucement. Il sauta en arrière et lui lança un regard de reproche. Elle sourit.

— Je vais te donner ton propre morceau de fromage. Attends.

Elle arracha une partie du fromage fondu et la plaça devant lui. Au même instant, Thaddeus attaqua un poivron vert.

— Qu'est-ce qui ne va pas chez vous aujourd'hui ? s'écria-t-elle. Finalement, elle coupa une part de pizza entre eux trois, puis se retourna vers sa propre part et prit sa première bouchée. Sa bouche se remplit d'un goût merveilleux de saucisse épicée et de tout un tas de différents légumes et fromages.

Son palais n'était pas habitué à la pizza. Elle n'en avait mangé que quelques fois dans sa vie, toutes concentrées dans le laps de temps écoulé depuis qu'elle avait quitté son ex-mari. Techniquement, son futur ex-mari, mais c'était trop long et ça lui accordait trop d'attention.

Elle était maintenant accro à la pizza, mais c'était encore un plaisir coûteux. Elle n'en était qu'à la moitié de sa première part, prenant son temps, mâchant et savourant le mets délicieux, quand elle entendit des bruits sourds à la porte d'entrée. Elle se leva pour ouvrir la porte à Mack, mais il était déjà entré avant qu'elle ne l'atteigne.

Il sourit et dit :

— Est-ce que vous m'en avez laissé ?

— J'en suis toujours à ma première part.

Elle sourit.

— Merci. C'était une belle surprise.

— Bien, dit-il en levant les sourcils, mais vous n'étiez pas obligée de m'attendre.

Elle haussa les épaules.

— Je ne vous ai pas attendu. Je savourais, admit-elle.

Il hocha la tête en signe de compréhension.

— Combien de fois avez-vous mangé de la pizza dans votre vie ?

— C'est difficile à dire, déclara-t-elle. Mais je les compte sur les doigts d'une main.

Il s'arrêta et la regarda.

— Sérieusement ?

Elle acquiesça.

— Mon ex-mari considérait cela comme de la nourriture de péquenaud. Avec les hot-dogs, les hamburgers et la bière.

Elle rit à l'expression du visage de Mack.

— L'une des premières choses que j'ai faites après l'avoir quitté, ça a été de goûter tout ça. Probablement juste pour le contrarier.

Elle retourna dans la cuisine, Mack sur ses pas. Il attendit qu'elle s'assoie, puis il la rejoignit à la table et regarda son assiette avec le couteau et la fourchette et déglutit avec difficulté.

Elle le fusilla du regard.

— Ne riez pas. Vous m'avez peut-être offert une pizza, mais je n'ai pas à la partager si vous êtes méchant.

Il secoua la tête.

— J'ai trop faim pour être méchant.

Il attrapa la deuxième plus grosse part, la porta à sa bouche et en prit une très grosse bouchée.

Elle retourna à sa propre tranche avec un sourire heureux. Lorsqu'il toussota et s'éclaircit la gorge, elle lui jeta un coup d'œil pour le voir hocher la tête en direction de la boîte à pizza.

Et, bien sûr, Thaddeus et Goliath se servaient à nouveau. Elle soupira, posa son couteau et sa fourchette, trouva des petits morceaux à leur donner et les déposa sur la table devant chaque animal.

Mack les dévisagea tous les trois.

— Vous savez que la plupart des gens ne laissent pas leurs animaux sur la table pendant qu'ils mangent, n'est-ce pas ?

— Non, je ne le savais pas, admit-elle. Je pense que j'ai des animaux en liberté.

Il l'étudia un long moment, comme s'il ne comprenait pas.

Elle s'expliqua.

— Ils sont libres de se déplacer n'importe où. J'ai très peu de contrôle sur eux.

— Je pense que vous avez un sacré bon contrôle sur eux, la contredit-il en riant. Mais ils ont aussi un très bon contrôle sur vous.

— Ça, reprit-elle en désignant ses animaux, c'est parce que je me sens coupable. J'ai oublié de les nourrir plus tôt. Quand je leur ai donné à manger, ils ont englouti l'intégralité de leur gamelle et sont aussitôt retournés renifler la pizza. Je suis sûre qu'ils ont eu faim toute la journée.

Ses lèvres tressaillirent.

— Je doute qu'ils meurent de faim, dit-il. Ils ont l'air en forme.

— Eh bien, c'est peut-être le cas, répondit-elle sèchement, mais c'est moi qui ai foiré. Alors je partage.

Il hocha la tête solennellement et attrapa une part.

Elle le regarda prendre une autre bouchée.

— Comment pouvez-vous manger si vite ?

— Je ne perds pas de temps à parler, marmonna-t-il.

Elle regarda son morceau à peine entamé et hocha la tête.

— Pas faux.

Elle se mit à dévorer sa pizza. Elle fouilla dans la boîte à pizza et attrapa la plus grosse part suivante et la posa dans son assiette. Puis, voyant que Mack avait presque fini avec sa deuxième, elle en attrapa une troisième pour elle et la posa aussi dans son assiette.

Il rit.

— Voilà, vous apprenez.

Avec un regard moqueur, elle attrapa le carton à pizza et le fit glisser de son côté de la table.

— Tout à fait.

Il gloussa à nouveau.

Intérieurement, elle sourit. Il n'avait plus l'air fatigué maintenant. Le problème, c'est qu'à la minute où elle saisit son couteau et sa fourchette, il étendit la main par-dessus la table, ses bras étant bien plus longs que les siens, et déplaça la boîte de l'autre côté de la table, où elle ne pouvait pas l'atteindre.

— Hé ! ce n'est pas juste, protesta-t-elle.

— Non, c'est vrai. Mais apparemment, vous avez une longueur d'avance sur moi.

— C'est faux.

— C'est vrai, contra-t-il en désignant les deux morceaux dans son assiette. Il attrapa sa troisième part et se mit à manger pendant qu'elle reprenait à nouveau son couteau et sa fourchette.

Mais elle avait eu les yeux plus gros que le ventre. Elle réussit à manger deux parts et demie et ne fut pas sûre de pouvoir finir l'autre moitié. Mais c'était tellement bon ! Mack en était à sa quatrième part et lui avait laissé le dernier bout. Elle secoua la tête.

— Je pense que je vais faire une pause.

— Est-ce que cela signifie que vous êtes rassasiée ? demanda-t-il.

Elle le dévisagea.

— Vous n'allez pas manger la dernière, si ?

Il attendait juste sa réponse.

Elle leva les yeux au ciel.

— Très bien, allez-y.

Il l'avait payée, après tout.

Il engloutit le dernier morceau en quelques secondes. Et puis il regarda son assiette.

Elle lui lança un regard noir.

— Je peux probablement finir ça dans un moment. J'ai juste besoin d'une gorgée de café et de me reposer.

— *Vous reposer ?*

— Manger me fatigue.

Il la dévisagea pour voir si elle était sérieuse. Puis secoua la tête.

— Si vous mangiez un peu plus souvent, votre corps s'y habituerait et la nourriture ne constituerait pas un tel choc pour votre organisme.

Elle haussa les épaules.

— Croyez-le ou non, j'ai acheté de la nourriture cette semaine, donc j'ai de quoi cuisiner à la maison.

— C'est ça, *cuisiner*, s'exclama-t-il. Il repoussa sa chaise, se leva et examina la nouvelle cuisinière. D'un geste rapide, il avança l'appareil et vérifia l'arrière.

— Oh super ! Il a bien fermé le gaz et Barry a tout bien câblé. C'est du bon boulot.

Il hocha la tête d'un air approbateur, puis replaça la cuisinière comme s'il s'agissait d'un petit Lego.

Elle avait déjà essayé de la déplacer une fois, mais en aucun cas elle n'avait pu la faire bouger d'un pouce. Sa force brute était si naturelle pour lui qu'il ne se rendait même pas compte qu'elle était si spéciale, tandis que n'importe quel effort semblait au-delà de ses forces à elle.

Il examina le devant de la cuisinière et se retourna pour la regarder.

— Combien l'avez-vous payée ?

Elle haussa les épaules.

— Cent dollars. Que je ne lui ai pas encore réglés. Je n'ai pas non plus la facture de Barry.

Cela l'inquiétait. Elle se leva d'un bond et se dirigea vers l'endroit où se tenait Mack.

— Pensez-vous qu'il me facturera plus que ça ?

— Êtes-vous sûre qu'il vous a dit cent dollars ?

Elle acquiesça.

— Certaine.

Mais même maintenant, elle doutait d'elle-même. Énervée, elle déclara :

— Il devra la reprendre s'il en veut davantage. Je n'ai rien de plus.

Il referma ses doigts sur ses mains.

Elle les avait serrés l'une contre l'autre si fort que ses jointures étaient devenues blanches.

— Voyons d'abord ce qu'il dit.

Elle hocha la tête, retourna à table, prit sa tasse et se versa du café posé sur le comptoir.

Il attrapa une tasse vide dans le placard et la remplit de liquide sombre et parfumé.

— Hé, c'est du café frais.

Il le porta à son nez et inspira.

— Ça sent bon.

Elle sourit.

— J'ai fait comme vous m'avez dit.

— Bien. Trop souvent, les gens le font trop léger et ils finissent par avoir un café au goût d'eau de vaisselle, confirma-t-il avec un sourire.

Il but une première gorgée, puis une seconde. Il acquiesça.

— Pas mal.

Elle eut un sourire éclatant. Elle avait réussi. Bien sûr, c'était la recette de Mack, et elle y avait apporté quelques modifications, mais elle avait réussi, et dans une cuisine en plus.

Chapitre 19

DES QU'ILS EURENT fini leur café, Doreen demanda :

— Alors, que pouvez-vous me dire sur l'affaire ?

— Pas grand-chose. De toute évidence, ce sont un pied et une jambe humains. Non, nous n'avons pas confirmé si c'est un homme ou une femme. Le médecin légiste s'en occupe en ce moment. Il va faire des tests ADN.

— Avez-vous d'autres affaires en cours où des membres manquent ?

— Nous cherchons dans les affaires non résolues. Mais rien pour le moment.

— Et qu'en est-il des affaires résolues ?

Il la regarda avec surprise.

— Comment ça ?

— Et bien, une affaire qui a été classée mais où la totalité du corps n'a pas été retrouvée, voire aucun corps du tout.

Il fronça les sourcils.

— Je n'ai pas examiné les affaires classées. En général, on ne les classe pas s'il nous manque encore des éléments.

— Mais vous avez bien des affaires classées sans cadavre ?

— Il y a eu certains cas à travers le Canada, déclara-t-il avec prudence. Mais pas ici en ville.

Elle l'étudia un long moment.

— Cela pourrait valoir le coup de regarder.

— C'est en cours. En attendant, vous pouvez me dire ce que vous avez trouvé dans les journaux de ma mère.

Il l'avait dit si calmement, si doucement, qu'elle ne comprit pas tout de suite. Et puis elle éclata de rire.

— Je n'ai rien trouvé. C'est le problème. Elle a trois journaux, et il faudra un peu de temps pour les parcourir.

Elle sirota son café.

— J'ai besoin de savoir que vous partagerez toute information que vous pourriez trouver. Comme ça, je n'aurai pas à vous accuser d'interférer dans une enquête en cours ni de prendre des photos des preuves.

Elle secoua la tête.

— Ça ne serait pas retenu. Je n'ai, en aucune façon, interféré. En fait, j'ai plutôt aidé.

Elle changea rapidement de sujet.

— Et le ruisseau ?

Il secoua la tête.

— Rien de nouveau.

— Jusqu'à présent, nous avons trouvé une jambe et un pied à moins d'un kilomètre d'une main coupée.

— D'une main et d'un avant-bras coupés, corrigea-t-il.

Elle acquiesça.

— J'espère qu'ils font partie du même corps. Je pense que le pied était trop petit pour être celui d'un homme. J'ai cru comprendre que Betty était petite.

— Encore une fois, il n'y a aucun moyen de savoir à ce stade. Le légiste tranchera et, s'il n'y arrive pas, il fera venir un anthropologue de la côte.

Elle fronça les sourcils.

— Je suppose que les deux spécialités sont différentes,

n'est-ce pas ? Des corps avec de la chair pour le légiste. Des corps sans chair pour l'anthropologue ?

— Je ne suis pas sûr que ce soit aussi clair et simple, mais oui.

— À quelle fréquence faites-vous appel à des spécialistes de Vancouver ?

— Étant donné que Kelowna a un taux de criminalité très faible avec moins de trois meurtres par an, je dirais « pas très souvent ». Je fais partie de la police depuis dix-sept ans et je me rappelle seulement une demi-douzaine de cas où nous avons dû recourir à eux.

Elle acquiesça.

— Donc un tous les deux ans en moyenne.

— Ça dépend. Plusieurs randonneurs ne sont jamais revenus. Ils ont été portés disparus des années plus tard, mais l'affaire n'était pas classée. Ensuite, nous avons eu un dégel particulièrement intense, une fonte rapide, et leurs corps ont échoué dans un ruisseau. Ils avaient encore leurs sacs à dos et leurs chaussures de randonnée. Mais il ne restait pas grand-chose de la chair. Ils avaient été congelés, nous avions donc besoin d'une aide extérieure pour déterminer depuis combien de temps ces corps étaient là. L'ADN a confirmé qui ils étaient, mais cela a pris beaucoup plus de temps que nécessaire.

— Je peux comprendre ça. Mais ils avaient probablement des pièces d'identité sur eux.

Il acquiesça.

— Oui. Mais nous n'avions personne localement qui sache le temps qu'il fallait à un corps pour se décomposer à ces niveaux de température. Je crois que ces randonneurs avaient disparu depuis sept bonnes années.

Elle grimaça.

— Leurs pauvres familles.

— Exactement. Alors, même si je dépasse un peu les bornes en faisant venir un spécialiste, on est heureux de le faire pour les familles. Si cela nous permet de confirmer les identités et une chronologie de ce qui s'est passé, alors c'est tout bénef.

— Avez-vous remonté le cours du ruisseau pour savoir à quel endroit les randonneurs avaient disparu ?

— Non, dans ce cas-là, nous avions eu une énorme fonte des neiges. Ils auraient pu venir quasiment du sommet des montagnes. Il n'y avait aucun moyen de le savoir, et nous n'avons pas les ressources pour repérer ce genre de choses.

— Tout cela est vraiment fascinant. J'aimerais pouvoir faire carrière dans ce domaine.

Il la regarda avec surprise.

— Vous aimez vraiment ça, n'est-ce pas ?

Elle acquiesça.

— Oui. Mais, à mon âge, je ne veux pas retourner à l'école pour obtenir un diplôme dans cinq, six ou sept ans, puis commencer une nouvelle carrière quand tout le monde se demandera : « Pourquoi ne prends-tu pas ta retraite ? »

— Vous n'êtes pas si vieille que ça.

Elle secoua la tête.

— Non, c'est vrai, mais certains jours j'ai l'impression que si.

Il ricana.

— Comme tout le monde.

Il se leva.

— Je rentre chez moi. Je suis fatigué et j'ai besoin de dormir.

Elle se leva à son tour et l'accompagna à la porte d'entrée.

— Merci encore pour la pizza.

Elle le pensait sincèrement.

— Je m'attendais à manger froid.

Il acquiesça.

— Je me suis dit que vous n'aviez pas encore appris à utiliser la cuisinière. Nous avons tous les deux eu une journée difficile.

Il se tourna et lui jeta un coup d'œil.

— Cela vous va de finir le jardin demain ? Même en solo ?

Elle grimaça.

— Je l'ai promis à Millicent, n'est-ce pas ? Je devais déjà venir cet après-midi.

— Cela n'a pas d'importance. Je ne pouvais pas vous laisser entrer, de toute façon. Les agents prélevaient des échantillons du sol et prenaient des photographies et tout le bazar dans le jardin de ma mère. Cela a duré bien plus longtemps que prévu. Ce n'est toujours pas terminé. Je lui ai dit que vous n'aviez pas le droit de revenir, alors elle a compris.

Doreen s'appuya contre le montant de la porte.

— Mais je n'aurais quand même pas dû oublier.

— Qu'avez-vous fait en rentrant chez vous ?

Elle fronça les sourcils et indiqua sa chambre à l'étage d'un mouvement de tête.

— Je me suis endormie. Ou j'ai essayé de dormir, plutôt.

Il gloussa.

— Bien. Maintenant que vous avez mangé, passez une bonne soirée, reposez-vous encore, et on se voit demain matin au jardin.

— Si je n'étais pas autorisé à pénétrer dans le jardin aujourd'hui alors que l'équipe n'avait toujours pas terminé quand vous êtes parti, est-ce que je pourrais entrer demain ? s'enquit-elle en secouant la tête. Je ne veux pas décevoir votre mère.

— Et si je vous appelais avant dix heures pour vous prévenir quand tout le monde aura fini ?

Sur ce, il leva la main en guise de salut et se dirigea vers son véhicule.

Alors qu'elle restait sur le pas de la porte, elle vit plusieurs voisins et d'autres personnes – des nouveaux visages, étrangement – promenant leurs chiens très lentement dans son impasse. Elle n'en reconnut pas la moitié. Que faisaient-ils tous ici ? Mais… évidemment, la nouvelle s'était déjà répandue.

Elle était peut-être restée chez elle, mais les autres non.

Chapitre 20

DES QUE MACK fut parti, elle retourna à l'intérieur, nettoya le peu de vaisselle qu'ils avaient utilisée, s'assura que tous les animaux étaient à l'intérieur et saisit ses clés de voiture. C'était un samedi. Il était tard, mais la bibliothèque devait encore être ouverte.

Elle devait admettre qu'elle appréciait vraiment le fait que, dans une petite ville comme celle-ci, il lui fallait peu de temps pour aller d'un point A à un point B. S'il avait fait jour, elle aurait probablement marché jusqu'à la bibliothèque, pour faciliter la digestion de ses trois parts de pizza. Mais à la place, elle monta dans la voiture et sortit de son allée.

Certains magasins se trouvaient à plus de quelques pâtés de maisons, mais la majorité de ce dont elle avait besoin n'était pas à plus de dix minutes en voiture de chez elle. Elle s'engagea sur la route principale, tourna à droite et entra dans un très grand parking qui desservait non seulement la bibliothèque, mais aussi une patinoire, un centre de remise en forme avec piscine et un restaurant. Se garant du côté du parking proche de la bibliothèque, elle sortit et se dirigea vers la porte d'entrée. Elle vérifia les heures d'ouverture et se rendit compte qu'ils fermaient à neuf heures. Elle n'avait pas beaucoup de temps, mais la curiosité la poussa à entrer. Qui savait ce qu'elle pourrait apprendre dans la demi-heure suivante ? Elle entra et sourit à la bibliothécaire.

La femme se leva.

— Est-ce que vous allez bien ?

Doreen la regarda, se retourna pour voir si la bibliothécaire interrogeait quelqu'un d'autre, mais elle semblait parler à Doreen.

— Oui, bien sûr. Pourquoi n'irais-je pas bien ?

La bibliothécaire avait des cheveux gris coiffés en chignon serré et portait un chemisier blanc et une jupe trapèze gris clair qui semblait faire partie d'un code vestimentaire très typique de son groupe d'âge. Son badge indiquait « Martha Cummins ». Elle posa la main sur sa gorge et dit :

— Eh bien, ma chère, vous avez trouvé plus d'un cadavre la semaine dernière. Êtes-vous sûre d'être en forme ?

Doreen regarda Martha avec surprise. Elle dut retenir son sourire narquois. Si seulement Martha savait pour les os que Doreen avait trouvés récemment ! Mais elle parvint à hocher gravement la tête.

— Oui. Merci, Martha. Je suis ici pour trouver de la lecture.

Le bibliothécaire hocha la tête en signe de compréhension.

— Je pense qu'à votre place je n'arriverais plus à dormir. Faites-vous plaisir et trouvez des livres. La bibliothèque ferme dans quarante minutes.

Avec un sourire, Doreen se dirigea plutôt vers la machine à microfiches, mais elle fit un détour pour que la bibliothécaire ne voie pas où elle allait. Elle n'essayait pas de se cacher à proprement parler, mais bon, elle ne tenait vraiment pas à ce que les gens sachent qu'elle se renseignait sur l'histoire de Kelowna. Mais, concernant des événements qui s'étaient produits trente ans auparavant, c'était le bon endroit pour obtenir des informations.

Elle sortit les vieux articles de journaux sur l'affaire Betty Miles. Doreen allait tout enregistrer au format PDF, et ce serait rapide de joindre le fichier et de se l'envoyer électroniquement, afin de pouvoir lire tout cela à la maison. Même si c'était un processus plus facile qu'elle ne l'avait imaginé, cela prenait quand même du temps.

Elle parcourut plusieurs années, puis fit une recherche sur le nom de l'adolescente. Doreen enregistra rapidement le plus d'articles possible en PDF, dans le temps imparti.

Une fois cette tâche terminée, elle bondit de sa chaise, se dirigea vers la section fiction et attrapa deux thrillers de ses auteurs préférés. Puis elle se dirigea vers la bibliothécaire et sourit.

— J'ai trouvé deux livres, dit-elle avec hésitation.

La bibliothécaire mit ses lunettes sur son nez et regarda les titres. Elle secoua la tête et fit claquer sa langue.

— Je ne pense pas que cela vous aidera à dormir.

Doreen regarda les livres avec méfiance et dit :

— Eh bien, je suis un peu désespérée en ce moment.

Elle lui tendit sa carte de bibliothèque.

— Je vais essayer. Peut-être que je ne pourrai pas les lire le soir. Mais lorsque je serai assise au soleil, ils devraient me plaire.

La bibliothécaire scanna ses livres.

Il était neuf heures moins cinq. D'un signe de la main, Doreen salua la bibliothécaire :

— Merci beaucoup.

Elle sortit. Le soleil s'était couché, plongeant le parking dans l'obscurité, mais les commerces environnants étaient toujours bien éclairés, répandant leur lumière sur le parking. Elle retrouva sa voiture assez facilement.

Juste à l'extérieur du restaurant se trouvait un grand groupe de personnes bruyantes. La patinoire et le centre de remise en forme étaient appréciés des habitants. Dans son cas, ni l'un ni l'autre n'étaient dans ses moyens.

Elle monta dans sa voiture et rentra lentement chez elle. Une fois là, elle attrapa ses livres et se dirigea à l'intérieur. Alors qu'elle entrait, son téléphone portable sonna. Elle baissa les yeux sur l'écran et vit que c'était Nan.

— Bonsoir, Nan. Je vais bien.

— Je sais que tu vas bien, mais je veux tout savoir.

Doreen gémit.

— Et si on se retrouvait plutôt dans un restaurant pour le petit déjeuner ?

— Non, dit fermement Nan. Nous n'irons nulle part parce que tu n'as pas d'argent pour sortir. Mais je peux te préparer un petit déjeuner ici à la place. Dix heures ?

— Parfait. À demain matin.

Puis elle poussa un petit cri.

— Oh, non ! Je ne peux pas. Je travaille dans le jardin de la mère de Mack demain. Je t'appellerai demain matin pour qu'on planifie ça.

— Dors un peu, tu m'entends ? Et tiens-moi au courant s'il se passe quelque chose. J'ai besoin de détails exacts, tu te souviens ?

Nan ne changeait pas. Doreen se sentait quand même un peu coupable. Nan avait toujours été généreuse et gentille, et là, c'était comme si Doreen n'avait plus de temps pour sa grand-mère. Doreen était vraiment fatiguée ; elle n'avait pas menti à cet égard, mais elle n'allait certainement pas encore se coucher. Pas alors qu'elle avait tous ces PDF à lire. Elle réfléchit aux paroles de Nan et s'inquiéta des paris qu'elle et ses copains prenaient. Heureusement, ce n'était que pour s'amuser. Elle ne pouvait s'empêcher de se demander quel était le pari en cours. Le meurtre bien sûr, mais était-ce à quel moment l'affaire serait résolue ou qui la résoudrait en premier ?

— Il est trop tard pour un café, dit-elle en jetant un coup d'œil dans la cuisine. Qu'est-ce que Nan a dit l'autre jour ? Quelque chose à propos de thé à la camomille ?

Doreen fouilla dans les tiroirs et les armoires et trouva finalement plusieurs boîtes de thé, certaines de forme étrange. Elle les sortit et étudia chacune d'entre elles.

— Nan, ce sont toutes des tisanes. Pourquoi en as-tu autant ?

Doreen les aligna sur le comptoir afin de mieux les contempler. Il y avait six boîtes de tisanes différentes, comme de la camomille et même de la menthe. Ensuite, il y avait des mélanges, comme la « tisane des marmottes ». Elle aimait le nom de celle-là.

Elle alluma la bouilloire électrique. Quand elle siffla, elle se servit une tasse de tisane des marmottes et remit toutes les boîtes où elle les avait trouvées. Elle y avait jeté un coup d'œil plus tôt mais ne les avait pas vraiment inspectées ou ne savait pas comment elles pourraient lui être bénéfiques.

Les placards de Nan étaient pleins de trucs comme ça, mais Doreen ne savait pas exactement quoi en faire. Sa tisane à la main, elle se dirigea vers la table de la cuisine et s'assit devant son ordinateur portable. Elle l'alluma et attendit que son courrier électronique charge, tous les PDF apparaissant au fur et à mesure sur son écran.

Goliath sauta sur ses genoux, le moteur démarrant instantanément, et il lui malaxa les cuisses. Elle caressa tendrement l'énorme chat.

— Je ne m'attendais pas à t'aimer autant, murmura-t-elle contre sa fourrure. Mais il semblerait que j'apprécie aussi les chats.

Elle l'entoura de ses bras et le serra. Il était suffisamment grand pour qu'elle puisse l'étreindre doucement sans craindre de le blesser. Et il semblait aimer ça. Ses griffes restèrent dans ses coussinets. Loin de les sortir, il se lova contre sa poitrine comme s'il avait autant besoin de réconfort qu'elle. Elle sourit et le câlina simplement, profitant de ce côté tendre de son caractère.

Jusqu'à ce que Mugs devienne jaloux. Il aboya juste derrière Goliath. Instinctivement, Doreen se tendit, attendant que les griffes du chat se plantent dans sa chair. Au lieu de cela, la queue de Goliath se balança d'avant en arrière, en frappant Mugs au museau du bout à chaque passage. Mais Mugs étant ce qu'il était, il refusa de reculer. Au contraire, il reçut chaque coup sur la truffe. *Tap. Tap.*

Elle le regarda en gloussant.

— Mugs, tu peux bouger, tu sais ?

Il lui retourna son regard, sa mâchoire tressautant à un coup de queue du chat sur son museau. Elle sourit largement et tendit la main vers Mugs. Il s'approcha en reniflant sa main, et elle continua ainsi, tenant le chat contre elle et grattant les oreilles de Mugs.

— Heureusement que Thaddeus ne se sent pas exclu.

Mais elle avait dû parler trop vite. Thaddeus s'envola et atterrit sur son épaule. Il frotta son bec contre sa joue longuement. Elle sourit à nouveau, un immense sentiment d'amour pour sa famille unique l'envahissant.

— O.K., cette vie n'est peut-être pas remplie de plats en porcelaine blanche et de spa, mais elle n'est pas non plus remplie de lits vides et de silences indifférents à la table de la salle à manger.

Elle sourit. Ils restèrent les uns contre les autres à se câliner pendant un long moment. Puis elle leva la main pour siroter son thé.

Thaddeus pencha la tête dans la tasse de thé avec elle. Et il avala une grande goulée.

Elle poussa un petit cri.

— C'est chaud !

Mais elle avait visiblement câliné les animaux suffisamment longtemps pour qu'il refroidisse. Thaddeus replongea la tête dans sa tasse de thé et but une autre gorgée.

Elle éclata de rire.

— Alors, c'est ça ma vie. Je suis un meuble pour le chat, une machine à gratouilles pour le chien et une barista pour l'oiseau. Pas étonnant que je ne m'en sorte pas au niveau professionnel. Je fais une crise d'identité. Je cherche un travail *rémunéré*, se plaignit-elle en plaisantant aux animaux qui se moquaient bien qu'elle soit payée ou non. Tant qu'on s'occupait d'eux… C'était difficile d'être en colère contre eux car ils lui apportaient plus de joie qu'elle ne s'y attendait.

— Comment Nan a-t-elle pu vous quitter ?

Elle savait que Nan les avait laissés à contrecœur. Et peut-être que cela faisait partie de son plan ultime pour inciter Doreen à apprécier la compagnie des animaux dans sa vie. Elle avait Mugs depuis cinq ans, mais il restait à l'écart à cause de son ex-mari. Bien sûr, elle avait laissé Mugs monter sur le lit lorsque son ex était absent.

Un jour, il avait trouvé des poils de chien sur le lit, et le pauvre Mugs avait été envoyé dehors. Il avait fallu lui donner un bain, le brosser et l'emmener chez le toiletteur, juste pour s'assurer qu'il était propre avant que son ex-mari ne laisse Mugs rentrer dans la maison. Et toute la literie avait été changée et sa chambre aspirée de fond en comble.

À l'époque, sa chambre était nettoyée tous les jours. Elle voulait mettre un peu le bazar, mais à la minute où elle faisait tomber quelque chose, une femme de chambre arrivait, le ramassait et le rangeait correctement. Même dehors, dans le jardin, elle n'avait pas le droit de toucher à quoi que ce soit. Les jardiniers venaient immédiatement voir ce qu'ils pouvaient faire pour lui faciliter la vie.

Ce qu'elle désirait vraiment, c'était leur hurler de ficher le camp et de la laisser mettre ses doigts dans la terre. Elle brûlait de jardiner toute seule. Mais chaque fois qu'elle saisissait une plante en pot et essayait de faire quelque chose, on la lui retirait directement.

Elle soupira en se remémorant ces longues années de solitude.

— J'étais vraiment stupide. J'aurais dû partir bien plus tôt.

À cela, Thaddeus inclina la tête et la regarda comme pour dire : « Tu t'en aperçois maintenant ? »

Elle secoua la tête. Il secoua la tête en retour.

— Oh, non, non, non, gronda-t-elle. Interdiction de m'imiter.

— De m'imiter. De m'imiter.

Elle leva les yeux au ciel. Et se figea parce qu'il lui sembla que Thaddeus essayait aussi de lever les yeux au ciel. Le fou rire monta des profondeurs de son ventre et grimpa le long de son dos, heurtant chaque vertèbre de sa colonne. Alors qu'il s'échappait de sa poitrine, elle sentit quelque chose à l'intérieur d'elle se libérer – se relâcher –, quelque chose de vieux et de laid tomber de ses épaules.

Et elle rit de bon cœur. Goliath, offensé que son lit vibre, sauta par terre et lui lança un regard furieux, sa queue frétillant dans l'air alors qu'il bondissait sur une chaise vide à côté d'elle. Mais elle n'arrivait pas à s'arrêter de rire.

Thaddeus, comme s'il devinait ce qui se passait, émit des sons étranges qui frôlaient le rire. Et cela la fit encore plus hurler de rire.

Quand elle se calma finalement, elle réalisa qu'elle n'avait pas besoin d'étudier toutes ces pages le soir même. Elle pourrait regarder ça le lendemain matin. Il valait mieux qu'elle aille se coucher. Elle était fatiguée mais heureuse, et elle se dit qu'elle allait pouvoir passer une bonne nuit de sommeil, pour une fois, après avoir eu une bonne pizza, suivie d'un bon thé chaud. Et pourquoi pas une douche chaude, tant qu'on y était ?

Avec cela en tête, elle saisit Thaddeus, s'empara de Goliath, bien contre son gré, et appela Mugs, puis elle et sa famille montèrent les escaliers.

Dans la salle de bains, elle pénétra sous la douche chaude, se frictionna, puis se lava les cheveux deux fois. Une fois cela terminé, elle se sécha et se mit en pyjama. Elle attrapa l'un des thrillers qu'elle avait pris à la bibliothèque. Avec les lumières allumées et le reste de la maison fermée à clé pour la nuit, elle se blottit sous les couvertures.

Mugs se coucha avec elle sur le lit, Thaddeus à côté d'elle sur la tête de lit et Goliath sur ses genoux alors qu'elle commençait à lire.

Elle n'avait lu que quelques chapitres lorsqu'elle se rendit compte que l'histoire parlait d'un démembrement. Fascinée, elle se plongea dans sa lecture jusqu'à ce qu'elle ne puisse plus garder les yeux ouverts, et elle s'endormit avec les lumières allumées.

Chapitre 21

C'EST LA SONNERIE du téléphone qui réveilla Doreen le lendemain matin. À moitié endormie, elle s'assit, jeta un coup d'œil à l'horloge à côté d'elle et poussa un cri d'horreur.

— Oh mon Dieu ! Il est déjà dix heures moins le quart.

Elle bondit hors du lit, attrapa son téléphone à temps pour y répondre.

— Mack ?

— Que se passe-t-il ? Vous avez fait la grasse mat' ?

Elle grimaça.

— C'est possible.

Elle repoussa ses cheveux de son front et regarda dehors. C'était une journée grise et nuageuse, contrairement à la veille où le soleil avait brillé tout l'après-midi.

— Il ne fait pas très beau, mais, si nous nous dépensons, c'est probablement mieux comme ça.

— C'est l'idée, dit-il chaleureusement. J'ai oublié de demander à Willie de venir ramasser tout ce bazar dans votre allée. Vous devez aussi le payer.

— Oh mon Dieu. J'ai oublié aussi.

Elle était toujours en pyjama. Elle se précipita vers le placard et, tout en parlant à Mack, elle s'habilla rapidement. Au loin, elle entendit un gros camion approcher.

— Quelqu'un arrive. Avec un peu de chance, c'est Willie.

— Appelez-moi lorsque vous aurez terminé.

Promettant de s'exécuter, elle raccrocha et courut en bas pour faire du café. Elle ne pouvait pas jardiner sans café d'abord.

Alors qu'il coulait, elle se dirigea vers la cour, et effectivement Willie était bien là, reculant avec un gros et vieux camion à plateau, plusieurs appareils déjà dessus. Elle fouilla dans son sac à main, saisit le billet de cent dollars que Nan lui avait donné et ressortit.

Willie la salua gaiement de la main, et son fils et lui chargèrent la vieille cuisinière. Puis il s'avança vers elle, un papier à la main.

— J'ai oublié de vous laisser ça. C'est une facture. Barry me devait une faveur, donc pas de frais pour ses services.

Nerveuse, le cœur dans la gorge, elle baissa les yeux vers le papier. Avec soulagement, elle réalisa que le prix affiché en bas de page était effectivement de cent dollars. Elle lui sourit largement.

— Je pense que c'est plus qu'équitable.

Il haussa les épaules, un peu gêné.

— Je ne pouvais pas vous laisser cuisiner avec ce vieux truc-là. En plus, j'en ai pas mal en magasin. Cela ne va pas me tuer d'en faire partir une à prix coûtant. Et vous avez aidé la communauté et tout, en trouvant ces pauvres hommes…

C'était inattendu, et elle fut touchée.

— Merci.

Elle lui tendit le billet de cent dollars qu'elle tenait à la main.

Il hocha la tête, le mit dans sa poche et aida son fils à charger le reste de ce qui partait à la décharge.

— Ça vous dérange d'emporter tout ça à la décharge ? demanda-t-elle anxieusement. Au fond d'elle, elle craignait qu'il revienne lui demander dix dollars de plus.

Il leva juste une main en l'air et lui fit signe.

Elle sourit.

— Merci encore.

Puis elle rentra chez elle et ferma la porte. Elle esquissa quelques pas de danse dans le couloir pour célébrer la bonne affaire qu'elle avait faite avec cette cuisinière, même si elle ne savait pas encore comment s'en servir. Tout le monde aimait faire des affaires, et, dans sa situation, elle aimait encore plus. D'une certaine manière, c'était comme si elle avait été payée pour avoir aidé la police la semaine précédente en achetant cette merveilleuse machine.

Alors que le café finissait de couler, elle attrapa une tasse et retourna voir Willie et son fils. Ils étaient justement en train de charger les derniers déchets. Elle les regarda remonter des plaques étranges sur le côté du plateau et refermer le tout à l'arrière. Les deux hommes montèrent dans le camion et partirent.

Quel super camion ! Il pouvait se transformer, au choix, en camion à plateau ou en pick-up. Enfin, pas tellement un pick-up, car il était définitivement plus gros que ça. Admirant toujours le camion, elle plia sa bâche et la rangea dans le garage.

Satisfaite que tout soit revenu à la normale, elle reprit le chemin de la cuisine. Sa demi-part de pizza était dans un Tupperware sur le rebord du plan de cuisine. Elle la mangea froide, marmonnant à Mugs assis devant elle, la regardant avidement :

— J'aurais dû obliger Mack à me laisser la dernière part aussi, pour le petit déjeuner.

Après la dernière bouchée, elle fit tout passer avec un café. Puis elle donna à manger aux animaux. Une fois que cela fut fait, elle se versa une deuxième tasse, puis rappela Mack.

— Willie vient de partir. Il a récupéré la vieille cuisinière et tous les déchets de mon jardin. Il m'a donné sa facture et s'est tenu au prix d'origine.

Elle prononça la dernière phrase avec une nuance de surprise dans la voix.

— Je n'arrivais pas à le croire. La facture était de cent dollars.

Et elle se dépêcha d'ajouter :

— Il a dit que Barry lui devait une faveur, donc pas de frais non plus.

Mack siffla bruyamment à l'autre bout du téléphone.

— Quelle petite chanceuse !

— Oui.

Elle souriait toujours de plaisir.

— Quand voulez-vous que je vienne ?

— Avez-vous petit-déjeuné ?

— Oui, bien sûr, mentit-elle, ne sachant pas si la demi-part de pizza comptait. Je prends ma deuxième tasse de café.

— Versez le tout dans une tasse isotherme et venez. Si on s'y met bien, on peut avoir terminé en début d'après-midi. Vous pourrez rentrer chez vous et profiter du reste de l'après-midi.

— Parfait. C'est un bon programme.

Elle posa son téléphone portable sur la table de la cuisine, et parla dans le vide.

— Mack, souvenez-vous que je suis sans emploi. Je profite de tous mes après-midi.

Sur ce, ils raccrochèrent.

Mais la suggestion de la tasse isotherme était bonne. Elle en avait vu une quelque part. Elle se dirigea vers son placard fourre-tout du hall d'entrée. Elle trouva un coupe-vent et s'en empara, car le temps n'était pas au beau fixe. Puis elle sortit plusieurs tasses isothermes. L'une d'elles avait l'air relativement propre. Elle l'emporta jusqu'à l'évier, la lava et la remplit de café. Cela vida quasiment la totalité de la cafetière. Elle enfila ses chaussures de jardinage, attrapa le coupe-vent, trouva ses gants et fit sortir sa ménagerie par la porte de derrière.

— Allons-y, les enfants. Nous retournons au jardin de Millicent, aujourd'hui.

Les animaux s'alignèrent docilement, toujours heureux de partir à l'aventure. Elle devait admettre que, ces derniers temps, il y en avait eu beaucoup. En contournant l'arrière de sa propriété, elle ne détecta aucun signe d'activité vers le ruisseau, heureusement.

Lorsqu'elle arriva dans le jardin de Millicent, celui-ci semblait également complètement vide. Pas de police en vue.

Elle ne voulait déranger personne, alors elle se dirigea vers l'endroit où se trouvaient les bégonias. Elle fouilla la terre autour d'elle du regard, mais la boîte en bois avait disparu, et il semblait qu'ils avaient creusé quelques mètres autour de son emplacement mais n'avaient visiblement rien trouvé de plus, ou du moins rien n'indiquait qu'ils avaient trouvé quoi que ce soit.

Enfilant ses gants, elle se dirigea vers le parterre où seraient replantés les bégonias. Il y avait un peu de désherbage à faire. Sans oublier que le nouveau parterre était couvert de marguerites, d'après ce qu'elle pouvait voir.

En creusant, elle dut contourner une pléthore de bulbes de jonquilles et de tulipes. Les bégonias s'intégreraient parfaitement ici, mais ils avaient définitivement besoin de plus de terre.

Mack sortit juste à ce moment-là.

— Je ne vous ai pas entendue arriver.

Elle haussa les épaules.

— Je ne voulais pas vous déranger. Elle indiqua le parterre de fleurs : Il est déjà plein de bulbes de printemps et de marguerites.

Mack fronça les sourcils.

— C'est vrai. Je me souviens maintenant. Bien sûr. C'est pour ça que le parterre avait l'air presque vide. Que souhaitez-vous en faire ?

Elle haussa les épaules.

— On pourrait les utiliser pour border les bégonias. Il y a énormément de bulbes, mais je ne sais pas de quelle couleur ils sont.

Millicent sortit sur le perron.

— Vous voilà, Madame Os. Comment allez-vous ce matin ?

Doreen ne la corrigea pas. Elle était passée de « Madame Cadavre » à « Madame Os ». Aucun des deux ne l'enchantait, mais bon, ça pourrait être bien pire. Et « os » était mieux que « cadavre ». Elle sourit et fit un signe de la main.

— Je vais bien. Et vous ?

Millicent haussa les épaules.

— Maintenant que tous ces étrangers ont quitté mon jardin, je vais beaucoup mieux.

Doreen gloussa.

— Je comprends parfaitement. Où voulez-vous que je

replante tous ces bulbes de printemps ? Si nous mettons les bégonias ici, il n'y aura plus de place. Ce parterre semble déjà rempli. Jonquilles, tulipes, crocus… sans parler des marguerites…

Les mots lui échappèrent, mais Millicent parla fort.

— Mes jacinthes sont là aussi.

Elle fronça les sourcils.

— Il faudrait probablement faire le ménage de toute façon. Nous n'avons pas touché à ce parterre depuis des années. Il doit être complètement envahi par la végétation.

Doreen regarda Mack et chuchota :

— Cela aurait été bien de le savoir avant.

Il haussa les épaules.

— Où veux-tu les mettre ? demanda-t-il à sa mère.

Millicent s'exclama :

— Donnez-moi une minute et j'arrive.

Après cela, ils passèrent plusieurs heures à discuter des bonnes et des mauvaises options. Doreen n'en aurait pas fini ici ce jour-là. Maintenant qu'elle devait arracher et replanter tous les bulbes déjà présents dans cet autre parterre, elle mit en place un plan avec Millicent pour venir plusieurs jours de plus au cours de la semaine à venir. Dans cet esprit, elle passa de nombreuses heures à déterrer les bulbes. Quand elle leva les yeux, Mack était parti depuis longtemps.

Et il n'y avait aucune trace de Millicent. Doreen se dirigea vers l'avant de la maison pour voir s'il y avait quelqu'un à l'intérieur, mais les véhicules avaient disparu.

Haussant les épaules, elle décida d'arrêter. De plus, elle voulait retourner au ruisseau et voir si quelque chose y avait refait surface.

Alors qu'elle passait devant le parterre de bégonias, elle s'arrêta, jeta un coup d'œil à la maison, puis se dirigea vers l'endroit où s'était trouvée la boîte. Ils ne pouvaient rien replanter ici tant que Mack n'avait pas racheté de terreau et autre.

Les parterres avaient besoin de terre végétale, déjà. Et elle ne pensait pas que ce soit sur sa liste de courses du jour. Même si c'était peut-être là qu'ils s'étaient rendus. Mais il ne lui avait rien dit. D'après ce qu'elle voyait, elle était seule. Elle avait déterré les bégonias la veille avant que la police ne les détruise mais ne pouvait pas rien faire de plus avant le retour de Millicent. Elle délaissa la pelle et la bêche dans le jardin, puis se dirigea vers le ruisseau. Elle aurait dû prendre une pelle avec elle. Mais les policiers avaient déjà ratissé le ruisseau assez rigoureusement. Pourtant, elle s'arrêta là où elle et Mack avaient trouvé la jolie boîte en ivoire et la bague, puis se dirigea vers l'endroit où elle avait trouvé la main.

— Cela n'a absolument aucun sens d'avoir deux parties de corps différentes ici.

Haussant les épaules, elle rentra chez elle.

— Allez les gars. On y va. Nous avons des recherches à faire.

De retour chez elle, elle lança la bouilloire électrique, prête à s'installer avec son ordinateur portable pour lire les articles de la bibliothèque. Son estomac grondait. Elle se leva et attrapa une pomme dans le frigo.

Elle prenait des notes en même temps qu'elle lisait et mastiquait : la période pendant laquelle Betty avait été présente, quand elle avait disparu, ce que sa famille faisait. Doreen avait appris très vite que, dans le monde criminel, il fallait toujours s'intéresser d'abord à la famille. Elle devrait demander certaines de ces informations à Mack. Il était le seul à pouvoir vérifier les casiers judiciaires des hommes de la famille. Mais il allait sûrement lui dire de laisser tomber l'affaire.

Cependant, elle nota quand même de demander à Mack de faire un contrôle de référence des membres de la famille. Elle continua de chercher mais ne trouva pas grand-chose d'autre sur les parents de Betty.

Doreen étudia ses notes. Les deux cambriolages de bijoux en même temps devaient être connectés. Si c'était l'œuvre de cette fille, Doreen ne blâmait pas Betty. Elle n'était qu'une gamine, visiblement sous l'influence de quelqu'un de plus âgé et de plus sage. Mais était-ce son père ? Ou sa mère ? Ou quelqu'un d'autre ?

Et où étaient les autres membres de la famille ? Doreen avait trouvé la mention d'un frère aîné, Randolph, mais c'était tout. Et elle n'avait rien pu trouver sur lui. S'il était intelligent, il avait probablement quitté la ville et s'était refait une vie loin de la publicité sur sa famille criminelle. Mais où était la mère de Betty ? Doreen rechercha rapidement sur Internet pour voir si un Miles vivant encore à Kelowna et ne trouva personne.

Mais cela lui rappela l'incident de la gifle. Qui était la femme qui avait débarqué chez Doreen et l'avait frappée ?

Alors qu'elle s'énervait à nouveau, Mack appela.

— Vous ne m'avez jamais donné le nom de la femme qui m'a giflée, accusa-t-elle sans aucun préambule.

— *Bonjour, Mack. Comment allez-vous, Mack ?* imita-t-il. Rappelez-vous les échanges de banalité et autres politesses ?

— On s'en fiche. J'ai gâché quatorze ans dans un mariage pourri avec toutes ces politesses, largement échangées sans sincérité. Si on parlait vraiment pour changer ?

Il rit.

— Je ne vous l'ai pas dit parce que je savais que vous iriez lui parler immédiatement.

— J'ai ce droit, dit-elle doucement. Elle m'a agressée sur ma propre propriété.

— Je sais. Je vais lui parler. Mais je veux le faire *moi-même*, pas vous.

— Pourquoi pas ?

— Parce que c'était la meilleure amie de Betty Miles.

— Ah.

Doreen se reposa contre son dossier, ne sachant pas quoi dire. Elle se tourna pour faire face à son ordinateur portable.

— C'était donc Hannah. C'est fantastique.

— Pourquoi est-ce fantastique ? demanda Mack prudemment.

Elle éclata de rire.

— Parce que maintenant, nous pourrons peut-être obtenir des réponses. J'ai parcouru tous les articles de l'époque. Saviez-vous que le père de Betty Miles était un voleur ?

À l'autre bout du fil, Mack gardait le silence.

— Je savais qu'il y avait quelque chose de criminel dans son histoire, mais je ne me souviens pas des détails.

— D'après les articles de presse d'il y a trente ans, Betty portait certains bijoux sur elle lorsqu'elle est partie. D'après son père. Sa mère a dit qu'elle n'en savait rien, puis, deux ans plus tard, son père a été inculpé et reconnu coupable de vol.

— Mais il a cambriolé son lieu de travail, si je me souviens bien, déclara Mack. Il a déposé le rapport pour l'assurance.

— Bien sûr, mais il possédait cette entreprise, expliqua Doreen.

— Et c'était une *bijouterie*, ajouta Mack.

Cette fois, il y eut un silence de mort.

Elle sourit.

— Et voilà.

Chapitre 22

Mardi...

PENDANT LES DEUX jours suivants, les choses furent calmes – absolument rien ne se passa concernant la découverte de cadavres ou même de bouts de cadavres. Tout ce que Doreen fit se résuma à mener des recherches, jardiner dans son jardin ou chez Millicent, et rendre visite à Nan. Elles avaient pris le petit déjeuner ensemble comme promis. Cet après-midi-là, Doreen espérait que le monde la laisserait peut-être tranquille, maintenant. Elle n'était plus submergée par les journalistes. Si elle pouvait éviter d'être vue chez Millicent, alors les médias ne feraient pas le lien entre elle et les récentes découvertes d'ossements. Du moins l'espérait-elle. Et les ordres de Mack de ne piper mot sur les ossements déterrés dans la propriété de sa mère devaient inclure le bras et la main trouvés dans le ruisseau, car Doreen n'en avait vu aucune mention dans la presse. Et cela était également très utile, en ce qui concernait la tristement célèbre réputation de Doreen.

Même si elle savait pertinemment que cette ville de commérages allait apprendre cette nouvelle juteuse, malgré le silence radio. La seule présence de la police ferait vibrer le téléphone arabe.

Ce qui lui rappela… Elle sortit son téléphone et envoya un texto à Mack. « J'attends toujours le nom de la femme qui m'a agressé. Est-ce que vous lui avez parlé ? »

La réponse fut instantanée. Il appela Doreen pour lui dire :

— Pas encore. Oubliez-la.

— Non. La prochaine fois que je la vois, *je vais lui parler*. Il est donc dans votre intérêt de me donner son nom maintenant.

Cette fois, quand la réponse vint, il avait adopté une voix beaucoup plus grave.

— Hannah Theroux. Ne faites rien de criminel.

Et il raccrocha.

Doreen se dirigea vers son ordinateur portable, posa la tasse de café omniprésente, qui était devenue sa drogue à la maison et qu'elle pouvait à peine se permettre, et tapa le nom. Hannah Theroux faisait partie d'une des familles fondatrices de la région. Ils étaient ici depuis… Elle essaya de faire le calcul et abandonna. Elle trouva que l'expression « depuis toujours » convenait et sourit à cette idée.

— Dans ce cas, ils devraient savoir à peu près tout ce que j'ai besoin de découvrir.

Mugs gronda à côté d'elle. Elle le regarda. Ses poils se hérissèrent alors qu'il fixait la porte de derrière.

— Qu'y a-t-il, Mugs ? Que vois-tu ?

Mugs bondit sur ses pattes et aboya. Elle n'avait jamais vraiment compris cette philosophie. Si elle ne disait rien, il restait comme ça, se contentant de grogner un peu au fond de sa gorge. Mais à la minute où elle lui disait que ce n'était rien, il devenait un chien de garde enragé.

Après tout ce qui s'était passé dans son monde de fous,

elle n'ignorerait pas l'avertissement de Mugs. Elle se leva et jeta un coup d'œil par la fenêtre, puis ouvrit la porte de derrière et sortit. Mugs déboula dans le jardin.

— Mugs ! Mugs, reviens ici, cria-t-elle.

Le chien l'ignora. Il était concentré sur ce qu'il voyait. Malheureusement, elle ne voyait rien. Alors qu'elle descendait les quelques marches du perron et traversait le jardin, Mugs disparut au fond dans la direction où ils avaient trouvé les restes de cadavre. Et cela mit immédiatement la puce à l'oreille de Doreen.

Elle longea à pas de loup la clôture et jeta un coup d'œil. Effectivement, il y avait une journaliste, la même femme qui s'était retrouvée dans son jardin. Doreen poussa un petit cri.

La femme se retourna, aperçut Doreen et s'écria :

— Ah, vous voilà !

Doreen secoua la tête.

— Qu'est-ce que vous faites ici ?

La femme lui adressa un immense sourire.

— Ce n'est pas une violation de propriété. Cela appartient à la ville.

Elle indiqua Mugs.

— Je vois que votre chien est aussi bien éduqué que vous.

Le dos de Doreen se raidit.

— Excusez-moi ? Comment ça, je ne suis pas bien éduquée ? Et est-ce que vous vous êtes regardée ? Elle sortit son téléphone portable de sa poche et commença à enregistrer une vidéo.

La femme renifla avec dédain.

— Vous nous refusez une interview.

— Donc ça vous donne le droit de m'insulter ?

Le cameraman donna un coup de coude à la reporter,

mais Sibyl ne l'écoutait pas. Elle avait enfin la chance de parler à Doreen, et elle ne laisserait pas passer cette occasion.

— Depuis que vous êtes arrivée, vous ne causez que du tort à cette ville.

— Les ennuis étaient là bien avant mon arrivée, et de rien, soit dit en passant. Parce que, à part ça, vous n'avez que la vente annuelle de pâtisseries pour beagles à couvrir.

La femme se raidit. D'après l'hilarité sur le visage de son cameraman, Doreen réalisa que c'était probablement la vérité.

La journaliste prit un air méprisant.

— Si vous arrêtiez de terroriser les habitants innocents de cette ville, il serait beaucoup plus facile de vous parler. Mais, en l'état, vous êtes empoisonnante.

La femme leva le nez et lui lança un regard noir.

Doreen étudia Sibyl pendant un long moment.

— Vous ne m'avez jamais donné votre nom de famille.

— Et je ne vous le donnerai pas maintenant.

Elle n'avait aperçu la femme que très rapidement, mais il y avait un certain…

— Vous êtes une Theroux, n'est-ce pas ?

Le visage de la femme pâlit. Le cameraman parut surpris.

— Je vois la ressemblance. Alors était-ce votre mère, votre sœur ou une tante qui m'a agressée ?

La femme s'écria :

— Personne ne vous a agressée ! Et certainement pas un membre de ma famille !

Doreen se pencha un peu plus près.

— En êtes-vous si sûre ?

La femme pâlit davantage. Elle se tourna pour regarder son cameraman.

— Allons-y, Robert. Il n'y a plus rien à voir ici.

— Et restez loin de ma propriété. Écrivez une histoire sur Hannah Theroux et la prison, car je parlerai d'elle à mes avocats.

La femme trembla.

— Hannah ? Vous avez parlé à Hannah ?

— Non, je n'ai pas parlé à Hannah. Elle m'a attaquée. Elle est entrée chez moi et m'a giflée. Je suis sûre que vous avez adoré ça. Peut-être même que vous l'avez persuadée de le faire.

La femme secoua la tête, ses mains serrant convulsivement le micro dans sa main. Pourquoi avait-elle besoin d'un micro ?

Mais Doreen se méfiait beaucoup trop des journalistes.

— Et, si vous enregistrez cette conversation, mes avocats vous poursuivront aussi.

Robert leva la main.

— La caméra n'est pas allumée.

— Cela ne veut pas dire que l'audio ne marche pas, rétorqua Doreen en pointant le microphone.

— Nous sommes autorisés à faire de l'audio. Nous tenons la ville au courant de toutes les nouvelles. On ne sait jamais quelles informations seront importantes.

— Cela ne veut pas dire non plus que je vous donne ma permission d'utiliser tout ce que je dis ou fais, déclara Doreen. Me donnez-vous votre autorisation, vous ?

— Bien sûr. Je suis toujours à la télé et dans les nouvelles.

Elle rejeta ses cheveux en arrière, faisant rire Doreen.

— Et, si vous avez quelque chose à voir avec l'agression d'Hannah, croyez-moi, je m'assurerai que votre nom figure dans ma déclaration aux médias et à mon avocat.

La journaliste secoua la tête.

— Je ne sais pas de quoi vous parlez.

Elle essaya de reculer, mais Robert était sur son chemin. Elle se retourna et le poussa.

— Robert, j'ai dit que nous partions.

— Retraite stratégique, railla Doreen. C'est ça. Je sais qui vous êtes, maintenant.

La femme lui lança un regard, mais qui contenait plus de peur qu'autre chose.

Doreen se demanda ce qui se passait ici. Dès qu'ils furent hors de vue, elle rappela Mugs et rentra. Elle s'asseyait pour continuer ses recherches lorsque son téléphone sonna.

— Je ne veux pas que vous poursuiviez Hannah Theroux, annonça Mack sans préambule.

— Et la journaliste débile ? Je peux la poursuivre, elle ?

— Elle était encore chez vous ? demanda-t-il avec curiosité. J'ai déjà averti la presse de rester à l'écart.

— Elle était au ruisseau il y a à peine une minute. À l'endroit où nous avons trouvé la main.

— Intéressant, dit-il d'une voix pensive. Je me demande qui lui a dit qu'il y avait quelque chose là.

— Ce n'était certainement pas moi. Mais son air m'était familier. Je l'ai accusée d'être une Theroux. Elle a blêmi.

— Maintenant que vous le mentionnez, dit lentement Mack, je pense qu'elle fait partie de la famille Theroux. Elle s'est mariée et a changé de nom, mais je pense qu'elle pourrait être la nièce d'Hannah.

— Je ne sais pas quel âge a Hannah. Je pensais la petite quarantaine, peut-être quarante-cinq ans.

— Je pense qu'elle a quarante-six ou quarante-sept ans, maintenant.

— Cela me semble correct. La journaliste n'a pas plus de vingt-cinq ans, je pense. Elle s'est assez énervée quand j'ai suggéré qu'elle avait quelque chose à voir avec l'agression d'Hannah.

Elle entendit le long soupir de Mack à l'autre bout du fil.

— Vous étiez obligée de lui parler de ça ?

— Elle m'a insultée. Elle était grossière. J'en ai assez d'être maltraitée par cette famille, contra-t-elle sèchement. Si vous avez envie d'entendre la conversation que nous avons eue, vous pouvez venir l'écouter. Je l'ai enregistrée.

Et elle raccrocha. En son for intérieur, elle sourit. Puis Goliath sauta sur la table et s'allongea sur son clavier.

— Non. Descends du clavier. C'est quoi votre problème avec les claviers à vous, les chats ?

Tout se passait bien jusque-là, mais, tout d'un coup, Goliath s'était rendu compte que le clavier était plus intéressant que lui à ses yeux. Elle le prit dans ses bras et le câlina.

— Honnêtement, je t'aime. Mais j'ai besoin d'utiliser mon clavier.

Son énorme moteur guttural se mit en marche et il se frotta contre elle. Elle baissa les yeux sur l'ordinateur portable pour voir qu'il avait changé de page. Elle ne savait même pas comment il avait réussi à faire ça.

Elle se pencha pour lire la page sur laquelle il l'avait amenée. Et… comme par hasard ? Quelque chose à propos de la famille Theroux. Doreen déplaça Goliath dans ses bras pour pouvoir étudier la page. Apparemment, la famille était ici depuis plusieurs centaines d'années. Les colons d'origine avaient des droits sur l'eau de Mission Creek – bla-bla, bla-bla. Hannah Theroux avait une sœur. Elle avait traversé une période difficile lorsque sa meilleure amie avait disparu.

Doreen continua à lire, trouvant d'infimes informations au fil des interviews, mais rien de vraiment concret. Jusqu'à ce qu'elle arrive à la dernière ligne. *Hannah Theroux avait été la dernière personne à voir Betty Miles en vie.*

Doreen s'adossa contre sa chaise.

— *Eh bien.* Maintenant, j'ai vraiment envie de lui parler.

Elle chercha l'adresse postale d'Hannah et fronça les sourcils. Elle ne semblait pas vivre à la Mission. Elle chercha d'autres membres de la famille et en trouva deux, dont sa sœur.

Elle rechercha le numéro de la maison de la sœur et le nom de la rue, et obtint un numéro de téléphone. À peine eut-elle composé le numéro qu'une femme répondit.

— Oui, je cherchais Hannah, s'il vous plaît.

— Pourquoi ? dit-on d'un ton sec à l'autre bout du fil.

Les sourcils de Doreen se levèrent.

— Je voudrais lui parler.

— Eh bien, ça n'arrivera pas, alors laissez tomber.

Et on raccrocha au nez de Doreen.

Très intéressant. Elle aurait vraiment dû sortir de sa voiture et parler à Hannah à l'épicerie. Même s'il était très probable que la femme se serait enfuie. Doreen aurait dû la suivre pendant qu'elle en avait l'occasion. Si Hannah avait été la dernière à voir Betty Miles vivante, alors il était logique qu'Hannah ne veuille pas que l'histoire refasse surface. Elle avait probablement vécu l'enfer à l'époque.

Doreen fronça à nouveau les sourcils. Il devait y avoir plus que cela. Elle continua à creuser. Quoiqu'Internet soit une source intarissable, il manquait d'informations fiables.

Puis elle retourna aux PDF qu'elle avait récupérés de la bibliothèque. Elle imprima tous les articles, gaspillant plusieurs dollars de papier et d'encre, mais, à cet instant, cela semblait assez important. Avec une pile de papiers à la main, elle attrapa sa tasse de café et se dirigea vers le salon pour étudier les informations. Elle apporta un surligneur, son bloc-notes et son stylo.

Elle trouva plusieurs mentions d'Hannah. Mais, comme Doreen s'en aperçut rapidement, évoquer Hannah ajoutait du sensationnalisme à l'article. Tout ce qui entraînerait l'implication de l'éminente famille fondatrice faisait les gros titres.

Les filles étaient sorties un soir et étaient rentrées de bonne humeur et ivres. Doreen hocha la tête.

— En d'autres termes, des adolescentes normales.

Alors que Doreen continuait à lire, selon Hannah, ce comportement de la part de Betty avait perduré. Elle était devenue de plus en plus sauvage. Même si Hannah buvait aussi souvent que Betty. Mais, vers la fin, elles ne s'enivraient plus ensemble.

— Alors, à quel moment avez-vous cessé d'être meilleures amies ? s'enquit Doreen auprès de la pièce vide. Et pourquoi ?

Elle griffonna d'autres notes, réalisant qu'elle avait besoin des dossiers de Mack. Ou du moins qu'il vérifie certaines de ces informations. On aurait dit qu'il y avait une période de trois mois pendant laquelle Hannah et Betty ne traînaient plus ensemble.

Si quelqu'un savait ce que faisait Betty à cette époque, c'était Hannah. Mais il était peu probable qu'elle discute de la disparition de son amie.

Surtout pas avec Doreen…

Chapitre 23

L ORSQUE LA SONNETTE retentit deux heures plus tard, Doreen ne se posa aucune question sur l'identité de son visiteur. Elle se leva et ouvrit la porte pour trouver Mack, les bras croisés sur la poitrine, la foudroyant du regard.

Elle haussa les sourcils.

— Est-ce une visite officielle ? Ça ne vous ressemble pas d'attendre que je vous invite à entrer, dit-elle d'un ton sec.

Il la dépassa en la frôlant et prit la direction de la cuisine, son regard se dirigeant vers la cafetière. Il sourit et se versa une tasse.

— Eh bien, voilà qui ressemble plus au Mack que je connais, déclara-t-elle.

Il ne répondit pas avant d'avoir terminé de se servir un café, puis se retourna et s'appuya contre le comptoir, d'où il l'examina.

— Pour quelles raisons enregistrez-vous des conversations ? demanda-t-il d'un ton très calme.

Doreen tomba à la renverse.

— Vous vous fichez que quelqu'un me frappe, mais vous vous inquiétez parce que j'ai enregistré une conversation ?

Elle se tourna vers sa petite table et s'assit, croisant les bras sur sa poitrine.

— Eh bien, vous avez le sens des priorités, apparemment.

— J'ai dit que je lui parlerais.

Doreen hocha la tête.

— Et l'avez-vous fait ?

— Je ne la trouve pas, avoua-t-il. Elle ne répond pas chez elle, et la famille chez qui elle habite non plus.

— Et, bien sûr, vous avez contacté la journaliste pour savoir ?

— Non pas encore.

Il montra son téléphone du doigt.

— Passez l'enregistrement.

Elle balaya l'écran de l'index, trouva l'audio et la vidéo, puis appuya sur « Lecture ». Il écouta, sans faire de commentaire, la voix de la journaliste sortir du téléphone. Doreen observa son visage alors qu'il fronçait les sourcils et penchait la tête sur le côté, comme pour donner un sens à la conversation. Lorsque les voix se turent finalement, elle dit :

— Vous voyez ?

Il haussa les épaules.

— Ce n'est pas comme si elle avait admis avoir tué quelqu'un, rétorqua-t-il en plaisantant à moitié.

Cependant, Doreen n'était pas prête à se calmer.

— Non, c'est vrai. Mais je refuse d'être tourmentée par sa famille. Je n'ai rien fait et je ne méritais pas non plus de me faire gifler.

Il acquiesça.

— Vous avez raison. Mais j'aimerais que vous laissiez cette famille tranquille pour l'instant.

— Et pourquoi cela ?

Il ne répondit pas.

Elle examina son visage pendant un long moment, se demandant pourquoi il lui demandait ça. Et puis elle comprit. Elle se redressa.

— Vous avez trouvé quelque chose qui est lié à l'affaire, n'est-ce pas ?

Il la fusilla du regard.

Elle lui adressa un sourire pince-sans-rire.

— Vous voyez ? Je ne suis pas aussi stupide que vous le pensez.

— Vous n'êtes pas stupide du tout, dit-il avec dépit. Vous devez vraiment jeter aux oubliettes les remarques de votre ex-mari. Vous le savez, j'espère ? Vous vous accrochez toujours à son attitude envers vous.

— Je l'ai déjà jeté aux oubliettes, lui. N'est-ce pas suffisant ?

Mack secoua la tête.

— Non, parce qu'il a toujours autant d'emprise sur votre vie. Par exemple, votre façon de penser, votre état d'esprit et votre manque d'estime de vous-même.

Elle fronça les sourcils. Mais ce qu'il disait la mettait mal à l'aise. Elle changea de sujet de conversation.

— Est-ce qu'Hannah a quelque chose à voir avec le meurtre de Betty ?

Il secoua la tête.

— Vous savez que je ne peux pas parler d'une enquête en cours.

— Mais pouvez-vous me dire si Hannah a menti en assurant qu'elle ne savait rien des activités de Betty au cours des trois derniers mois de sa vie ? Elles étaient meilleures amies et passaient toutes leurs soirées chez l'une ou l'autre, et puis soudain, Hannah ne sait rien de ce qui se passe dans la vie de Betty pendant trois mois ? releva ironiquement

Doreen. Ce n'est pas très probable.

— Les amis prennent souvent des chemins différents, lança-t-il. Betty a eu beaucoup de problèmes.

— Elles ont toutes les deux eu beaucoup de problèmes.

Il acquiesça.

— D'accord, alors elles ont toutes les deux eu des ennuis. Cela ne veut pas dire qu'Hannah a quelque chose à voir avec la disparition de Betty.

— Je ne pense pas que ce soit le cas. Mais je pense qu'elle en sait beaucoup plus qu'elle ne le dit. Je pense que sa famille la protège. Ou alors ils protègent la personne qu'Hannah protège.

Même Doreen s'embrouilla dans sa formulation. Elle leva les deux mains en signe de frustration.

— Vous voyez ce que je veux dire.

Il la regarda bizarrement.

— Personne de normalement constitué n'aurait la moindre idée de ce que vous venez de dire.

Elle lui lança un regard glacial.

— La seule raison pour laquelle Hannah n'a pas dit la vérité à l'époque était qu'elle protégeait quelqu'un ou qu'elle avait peur de la personne qui était impliquée.

Elle attendit une minute, mais Mack ne dit rien.

— Non ?

— C'est logique, oui. Mais nous ne pouvons pas nous égarer sur des hypothèses. Nous devons nous concentrer sur les faits.

— Donc, la première chose à faire est de parler à Hannah. Et quand vous l'interrogerez, vous lui direz de cesser de m'agresser. Et je veux des excuses.

Elle fit les cent pas dans sa cuisine, ne sachant pas trop pourquoi cela lui importait autant. Mais l'agression avait été inattendue et désagréable, c'était le moins qu'on puisse dire. Elle avait tellement essayé d'être aimable, peu importe où elle se trouvait, et voir qu'on la haïssait à ce point était dérangeant. Surtout quelqu'un qui ne la connaissait même pas.

— Écoutez. Je sais qu'elle vous a bouleversée. Mais je suis sûr que vous pouvez comprendre à quel point vous l'avez bouleversée aussi. Le fait que vous fassiez remonter toute cette histoire à la surface…

Elle fit volte-face.

— Est-ce que vous venez vraiment de dire cela à propos d'une affaire de meurtre non résolue, inspecteur Mack Moreau de la division criminelle de la GRC ? Je n'ai rien fait remonter. Je suis tombée sur des preuves. Et je pense que la famille de Betty aimerait connaître la vérité. Bon sang, j'aurais pensé qu'Hannah aimerait connaître la vérité sur ce qui est arrivé à sa meilleure amie ! Alors elle devrait plutôt arriver en courant et fouiller le ruisseau de ses propres mains. Parce qu'il largue enfin ses trésors. Les secrets ne restent jamais enfouis pour toujours. Mère Nature avoue la vérité. Parfois on attend longtemps, et, dans ce cas, c'est trente ans, balança-t-elle. Mais cela ne veut pas dire que je suis responsable parce que c'est moi qui ai trouvé la boîte en ivoire. *Vous* devriez le savoir.

— Je le sais. Mais j'essaie de m'occuper de tous les aspects sans déclencher l'alarme. Si Hannah a quelque chose à voir avec ça, je ne voudrais pas qu'elle s'enfuie, avoua-t-il avec exaspération.

— Mais vous avez déjà dit que vous ne pouviez pas la trouver. Elle s'est donc déjà enfuie. Et ce n'est pas ma faute non plus.

Mack ne répondit pas et lui lança un regard prudent.

— Nous avons besoin d'elle. Et personne ne veut me

dire où elle est.

— Je connais quelqu'un qui pourrait nous aider.

Il leva une main.

— Holà, il n'y a pas de « nous » qui tienne.

Elle ricana.

— Bien sûr que si. C'est la seule façon de résoudre ce problème.

Il la regarda avec méfiance.

— Qui allez-vous contacter ?

Elle secoua la tête.

— Oh, non, je ne crois pas. Je ne dirai rien. Vous ne partagez rien avec moi, donc je ne partage rien avec vous.

Et puis elle réalisa qu'elle avait peut-être légèrement dépassé les bornes avec *l'inspecteur* Moreau.

Il plissa les yeux et fit un pas vers elle.

Elle était déterminée à ne pas se laisser impressionner par sa masse, sa taille ni son caractère.

— Si j'apprends quelque chose, je vous le dirai. Et c'est plus que ce que vous faites pour moi, consentit-elle d'un ton mécontent.

Il la fusilla du regard.

— Vous vous souvenez de cette partie : *enquête policière en cours ?*

— Vous vous souvenez de cette partie : affaire presque classée que personne n'a été en mesure de résoudre ?

— Et pourquoi ça vous importe autant ? demanda-t-il, en reculant légèrement et en inclinant la tête pour examiner son visage.

— Parce que je déteste penser que Betty est restée là, en morceaux, toutes ces années, oubliée de la plupart des habitants.

Elle haussa les épaules.

— Vous devriez vous sentir personnellement humilié. Quelqu'un a enterré une jambe et un pied dans le jardin de votre mère, pour l'amour du ciel !

Il se tourna de côté et regarda par la fenêtre.

— Croyez-moi. C'est le cas.

— Je sais que Millicent avait un jardinier, un gardien ou un homme à tout faire à l'époque…

— Pas tellement à cette époque. Mais au fil des ans, oui.

— Et, bien sûr, vous avez interrogé les autres voisins ?

Il lui jeta un coup d'œil.

Elle lui adressa un sourire clair et encourageant.

— Pour savoir si le même jardinier a enterré d'autres parties du corps dans les jardins d'autres personnes.

— Je fais un recoupement en ce moment. Mais je ne sais pas avec combien d'autres personnes il aurait pu travailler.

— C'est un nouveau problème à résoudre.

— Il est mort.

Elle le fixa avec surprise.

— Eh bien, mince ! s'exclama-t-elle avec indignation. Vous êtes sûr ?

Il acquiesça.

— Oui. Ce dont je ne suis pas sûr, c'est que le meurtre de Betty soit l'œuvre d'une seule personne.

Elle réfléchit.

— Ce pourrait certainement être l'œuvre d'une seule personne de découper et d'enterrer une partie du corps. Cela ne veut pas dire que c'était bien le cas. Quand bien même une personne seule ne transporterait pas les plus gros morceaux trop loin.

— C'est ce que je pensais aussi.

— Il faut donc trouver la famille et les amis du paysagiste.

— Je suis dessus, dit-il sur ce ton qui voulait dire : « Fichez le camp de mon enquête. »

Elle tapa du pied avec impatience.

— D'accord, faites donc cela. Je vais voir si je peux trouver quelque chose sur le paysagiste.

Elle attendit un instant.

— Pour ce faire, j'ai besoin de son nom.

Il lui adressa juste son plus beau sourire.

— Je ne suis pas sûr de pouvoir vous aider là-dessus.

Elle gémit.

— Vous savez que je vais le découvrir. Vous pourriez me permettre d'être utile et d'aller au fond des choses beaucoup plus rapidement en me disant simplement son nom. Et, bien sûr, pour que je n'aie pas à demander à votre mère.

Instantanément, son amusement s'évanouit.

— Je vous interdis de demander à ma mère.

Elle lui lança un regard noir avant de se remémorer les photos du journal.

— Très bien. Je ne le ferai pas. Mais alors vous devez m'aider. Sinon, vous ne pouvez pas vous attendre à ce que je partage mes informations avec vous.

Il posa sa tasse de café avec fracas.

— *Enquête en cours.*

Il sortit de chez elle en trombe.

— Suivez mes instructions ou ça va barder…

Dès qu'il fut parti, elle sourit.

— Elle n'était pas en cours, mais elle l'est maintenant, et cette fois *nous* allons la classer.

Puis elle s'assit, transféra les photos de son téléphone à son ordinateur portable et parcourut les pages du journal de Millicent.

Vers la quarantième page, elle vit le nom du paysagiste.

— Brian Lansdown.

Elle sourit et chercha Brian. Internet était un peu sommaire sur ses données. Ce n'était pas grave ; elle avait la meilleure des sources d'information sous la main. Elle décrocha le téléphone et composa un numéro.

— Nan, tu es disponible pour une visite ?

— Absolument, déclara Nan. Je vais mettre la bouilloire à chauffer.

Nan hésita mais ajouta :

— Mon dîner m'attend. Quelqu'un m'a apporté une casserole de thon. Tu veux partager avec moi ?

Doreen sourit.

— Évidemment.

Nan éclata de rire.

— Bien. À dans quelques minutes alors.

Et elle raccrocha.

Doreen prit quelques instants pour écrire les questions qu'elle devait poser à Nan. Brian Lansdown était en tête de liste.

Chapitre 24

L ORSQU'ELLE SORTIT DE la maison dix minutes plus tard, Doreen reprit le chemin du ruisseau pour aller chez Nan. Non seulement elle voulait s'assurer que la journaliste ne traînait plus là-bas, mais elle ne pouvait pas non plus s'empêcher de regarder dans l'eau pour voir si quelque chose de nouveau avait fait surface.

Les animaux l'accompagnaient, ayant parfaitement mémorisé la route dorénavant. C'était une telle joie de savoir que Nan était là pour Doreen de tant de manières différentes ! Elle avait renoué avec sa grand-mère à une étape de sa vie où elle avait perdu sa stabilité et ses appuis. Et Nan était devenue tellement plus.

Au ruisseau, Doreen s'arrêta et examina l'eau qui coulait dans le petit tourbillon circulaire où ils avaient trouvé le bras. Elle avait vérifié une fois la barrière de rétention, mais elle n'avait rien récupéré de valeur. Le courant avait repris de plus belle et coulait librement au-delà de l'endroit où elle avait trouvé la boîte. Cela l'attristait réellement de penser que d'autres morceaux de Betty n'avaient pas été trouvés. Cette pauvre enfant ! Puis Doreen s'arrêta pour réfléchir au pied qu'ils avaient trouvé et à ce que cela signifiait. Le pire était qu'il y avait d'autres ossements à trouver, même s'il s'agissait toujours du corps de Betty.

— Allez, Mugs. Allez, Goliath.

Elle se tourna vers Thaddeus qui s'était arrêté derrière elle. Il ne voulait pas être porté aujourd'hui, il voulait marcher. Il aimait beaucoup ce chemin. Et Mugs aussi.

Ils continuèrent à descendre le long du lit du ruisseau, ne croisant personne d'un côté ni de l'autre. C'était une bonne chose pour elle, mais c'était dommage que personne d'autre n'apprécie la beauté de cet endroit. Elle savait qu'il était facile de s'habituer à une vue magnifique et de ne plus trouver de joie à la contempler parce qu'elle était devenue banale.

Elle espérait ne jamais en arriver là. Ce ruisseau s'était révélé une mine d'or d'événements inhabituels dans sa vie. Devait-elle les mettre par écrit ? Elle se demanda nonchalamment si elle devait écrire un livre. Les journaux de Millicent étaient une vraie source d'inspiration. C'était un magnifique souvenir des années passées. Peut-être que Doreen devrait mettre toutes ses pensées et découvertes dans son propre journal, mais elle n'était pas sûre que cela ait de la valeur pour quiconque d'autre qu'elle-même. Quand bien même ce serait un excellent moyen de garder l'esprit clair, en particulier si quelque chose lui arrivait et que sa mémoire commençait à s'estomper.

Ils tournèrent à l'angle du premier pâté de maisons, et dépassèrent les deux pâtés suivants pour atteindre l'extrémité de la terrasse de Nan. Juste au moment où Doreen allait traverser la pelouse, le jardinier se redressa et lui lança un regard noir.

Elle soupira.

— Si nous traversons ici, nous aurons des ennuis, dit-elle

à Mugs.

Mugs aboya et aboya encore.

Nan se leva et fit un signe de la main. Doreen sourit et lui rendit son salut.

— Comment pouvons-nous te rejoindre sans marcher sur l'herbe ? se plaignit-elle.

Nan comprit enfin quel était le problème. Elle se tourna vers le jardinier.

— Pourquoi ne mettez-vous pas des pierres de gué pour que ma famille puisse me rejoindre ? cria-t-elle.

Le jardinier secoua la tête.

— Ils peuvent faire le tour.

— Non, nous ne pouvons pas, déclara Doreen. Ils s'étaient déjà disputés plusieurs fois à ce sujet. La seule façon d'accéder au patio de Nan sans marcher sur l'herbe est de traverser le bâtiment, et les animaux sont interdits dans le bâtiment.

Il lui adressa un large sourire.

— Exactement.

Elle lui lança un regard glacial et traversa délibérément l'herbe jusqu'au patio de Nan.

— Il veut qu'on arrête de te rendre visite, marmonna-t-elle en serrant sa grand-mère dans ses bras.

— Il est juste grincheux. Tant de gens ici sont grincheux.

— N'est-ce pas ? Elle étudia le visage de Nan. Mais toi, tu es rayonnante.

— Oh, comme c'est gentil !

Nan leva les mains pour tapoter les joues de Doreen, ajoutant de la couleur au rose vif déjà présent.

Doreen l'étudia attentivement.

— Tu as l'air espiègle. Qu'est-ce que tu fabriques au

juste, Nan ?

Nan lui lança ce regard innocent que Doreen avait fini par reconnaître.

— Non, ça ne marche pas. Dis-moi. Qu'est-ce que tu as fait ?

Nan se pencha en avant.

— Tu te souviens de cet horrible manager que nous avions ? Celui sur lequel nous parions qu'il allait démissionner ?

— Oh Seigneur !

Doreen se radossa dans sa chaise.

— Grand-mère, tu sais que tu n'as pas le droit de parier.

— Eh bien, ce n'est pas moi qui ai pris les paris.

Nan agita la main comme pour écarter le problème.

— Quelqu'un d'autre l'a mis en place. Donc ça ne compte vraiment pas dans ce cas.

— D'accord, vas-y, explique-moi. Quelle différence cela fait ?

— Eh bien, j'ai gagné le pari, dit-elle avec enthousiasme.

Doreen gloussa.

— Tu n'es pas censée parier toi-même ni mettre en place des paris, en premier lieu. Ou tu penses que, tant que quelqu'un d'autre organise le pari, tu peux y participer sans conséquence ?

Nan gloussa avec une telle joie que Doreen se prit à sourire.

— Et que vas-tu faire de ton butin ?

Nan sourit et tendit la main.

— Donne-moi ta main.

Doreen tendit la main et saisit celle de Nan. Caressant la peau fine comme du papier de la main de sa grand-mère, elle fronça les sourcils.

— Tu es sûre que tu te sens bien, Nan ? Tes mains sont vraiment sèches. Est-ce que tu manges bien ?

Le rire de Nan résonna haut et fort.

— Je mange très bien. Toi, non.

Elle étendit les doigts de Doreen pour que sa paume soit à plat, sortit quelque chose de la poche de son pantalon, le fit claquer dans la main de Doreen, puis enroula les doigts de sa petite-fille par-dessus.

— Voilà. Maintenant, prends ça et dépense tout.

Doreen la contempla avec ébahissement, puis regarda l'argent pointer au travers de son poing fermé.

— Oh, Nan.

Elle ne savait pas quoi dire d'autre.

Nan sourit.

— Je sais à quel point les choses ont été difficiles pour toi. C'est de l'argent de poche. Je n'en ai pas besoin.

— Peut-être que je n'en ai pas besoin non plus, mentit-elle.

— Tu n'as jamais su mentir, ma chérie. Et je sais parfaitement que tu en as besoin.

Nan sourit.

— Ne refuse pas par fierté l'aide qui t'est offerte. Et, si je ne peux pas te gâter, qui d'autre puis-je gâter ? Tu es la seule famille que j'aie.

Doreen sentit les larmes lui monter aux yeux. Elle ne voulait pas compter l'argent. Elle le glissa soigneusement dans sa poche.

— Merci. Mais tu sais que je ne viens pas ici pour te soutirer de l'argent, n'est-ce pas ?

Nan lui adressa le plus doux des sourires.

— Même si c'était le cas, je serais heureuse de t'aider, avoua-t-elle. Tu es ma petite-fille chérie. Et je t'aime. Tes visites sont une joie. Sais-tu combien de personnes dans cet endroit ne voient jamais leur famille ?

Doreen grimaça.

— Je suis sûre qu'il y en a beaucoup. C'est très triste. Et je déteste le dire, mais si je ne divorçais pas, je ne sais pas non plus combien de temps je passerais avec toi.

Nan sourit.

— Tu vois ? C'est ça le secret. Peut-être que le divorce s'est produit pour une bonne raison, parce que je suis ravie de t'avoir à nouveau dans ma vie.

Elle frappa dans ses mains.

— L'instant d'émotion est passé. Il y a une sublime casserole de thon dans la cuisine. Elle est bien trop grosse pour une seule personne, alors je suis ravie de la partager avec toi. Reste assise, dit-elle. Je vais juste la sortir du four.

Quelques instants plus tard, Nan revint avec une petite casserole et la posa au milieu de la table du patio.

— Il fait si beau dehors. J'aimerais manger ici, si ça te convient ?

— Pas de soucis, dit chaleureusement Doreen. Ça a l'air vraiment bon.

— C'est vrai ! Sammy l'a fait pour moi.

— Sammy ?

Doreen n'avait jamais entendu ce nom auparavant.

Nan leur servit une portion à chacune. Dès qu'elle passa son assiette à Doreen, un délicieux arôme de fromage et de thon emplit l'air.

— Sammy. Il a été dentiste en ville pendant des années. Il connaît tout le monde.

— Même moi ?

— Oh, ma chérie…

Nan éclata de rire.

— Tout le monde sait qui tu es maintenant. Tu es plus célèbre que moi.

— Super, marmonna Doreen. Ce n'est pas exactement ce que je voulais, tu sais ?

— Ce n'est pas bien grave. Nous avons tous notre propre chemin vers le bonheur. Et si trouver des cadavres est le tien, alors je te soutiens.

Doreen la fixa un long moment.

— J'espère que j'ai mal entendu.

Nan hocha la tête avec indulgence.

— Hé, tu aurais peut-être dû être détective. Peut-être que tu devrais rejoindre la police et devenir médecin légiste ou un truc du genre.

— J'aimerais bien, mais c'est trop tard. Ce n'est pas que je sois vieille, mais il faut beaucoup d'années pour se former dans ce domaine.

Elle haussa les épaules, essaya d'avaler une première bouchée de la casserole, mais elle était si chaude qu'elle ne pouvait pas encore la mâcher.

— J'en ai parlé à Mack, et il a frissonné.

— Ça ne m'étonne pas, gloussa Nan. Si tu veux, reste détective amateur. Tu pourras toujours lui rendre la vie misérable, ma chérie.

Elles échangèrent un regard conspirateur. Doreen souffla doucement sur sa première bouchée et la mit dans sa bouche. Immédiatement une saveur chaude, crémeuse et fromagère remplit sa bouche.

— Oh, c'est délicieux, gémit-elle.

Nan hocha la tête.

— Sammy est un excellent cuisinier.

— Il peut venir cuisiner chez moi quand il veut, déclara Doreen. Je meurs de faim.

Nan hocha la tête.

— J'ai remarqué. Si tu maigris encore, tu devras acheter de nouveaux vêtements.

— Impossible. Je n'ai pas l'argent pour.

Elle engloutit la casserole de thon jusqu'à ce que sa faim soit apaisée.

Puis elle s'installa confortablement et mangea un peu plus lentement.

— Tu connais un Brian Lansdown ?

Nan déchiffra son visage.

— Ouah. Je n'ai pas entendu ce nom depuis longtemps.

— Alors, tu le connais ?

— Je le *connaissais*, oui. C'était le bricoleur, paysagiste, jardinier local.

— Il a déjà travaillé chez toi ?

Doreen refusait d'envisager qu'il y ait d'autres os dans le jardin. Ce serait une trop grande coïncidence qu'une autre personne soit enterrée dans le jardin de Nan.

— Non, nous ne nous sommes jamais vraiment entendus.

— Pourquoi ?

— Je n'aimais pas ses manières, dit brusquement Nan. Honnêtement, il me faisait peur.

Doreen baissa lentement sa fourchette.

— Comment ça ?

— C'était un homme très brut de décoffrage. Mais il y avait quelque chose dans ses yeux. Une expression qui disait que si, tu l'embêtais, il s'occuperait de toi pour de bon.

Elle n'osait pas dire à Nan ce à quoi elle avait pensé plus tôt. Les questions de Nan ne se tariraient jamais si Doreen s'engageait dans cette voie. Alors elle posa une autre question à la place.

— Tu te souviens d'autre chose sur Betty Miles ? J'essaie aussi d'obtenir des informations sur la famille Theroux.

Nan leva à nouveau les yeux.

— Oh Seigneur. Tu poses des questions sur les dynasties.

— Est-ce que Lansdown faisait partie d'une famille fondatrice ?

Nan secoua la tête.

— Non, il était toujours en désaccord avec eux. Et, bien sûr, Betty Miles faisait partie de cette famille Lansdown, du côté pauvre des moutons noirs. Hannah Theroux fait partie de la branche la plus pauvre de la famille Theroux. Mais il y avait une grande différence entre la pauvreté de Betty et celle d'Hannah.

— Je t'écoute.

Cette dernière phrase laissait Doreen perplexe. Nan oubliait que Doreen était nouvelle en ville et n'avait pas vécu les nombreux drames familiaux ancestraux de Kelowna, mais Doreen ne voulait pas ralentir le train de pensée de sa grand-mère. Il était difficile de la remettre sur la bonne voie.

— Après la disparition de Betty, soi-disant en même temps que le vol de certains des bijoux de la famille Theroux, celle-ci a connu une crise d'envergure. Pendant si longtemps, tout le monde avait cru que Betty n'était qu'une fugueuse, et qu'elle reviendrait comme une mouche sur du miel. Mais ensuite, son bras est apparu, et encore une fois, soi-disant, portant un des bijoux de la famille Theroux. Betty vivait du côté le plus pauvre de la ville, elle faisait partie de la famille Lansdown. Même la branche la plus pauvre des Theroux ne vivait pas du côté le plus pauvre de la ville. Les riches Theroux ne souhaitaient pas que leur nom soit sali par cette enquête, même pas pour récupérer leurs bijoux volés.

— Ah.

Doreen comprenait maintenant. Il semblait toujours y avoir un mouton noir dans n'importe quelle famille. Malheureusement pour Betty, elle semblait naturellement tomber du côté des moutons noirs de la famille Lansdown, avec son oncle effrayant.

— Et Hannah ?

— Quand Betty a commencé à sombrer, les Theroux ont essayé de convaincre Hannah de rester loin d'elle. Et il semblerait que cela ait fonctionné, parce qu'elles n'étaient pas beaucoup ensemble au cours des derniers mois avant la disparition de Betty. Mais j'ai toujours pensé qu'Hannah en savait plus qu'elle ne le laissait entendre.

— On aurait dit qu'elle protégeait quelqu'un.

— Oh, je ne sais pas si elle protégeait qui que ce soit. Mais elle avait toujours ce regard apeuré, comme si elle pensait qu'elle serait la prochaine à disparaître, déclara Nan à voix basse.

Les poils se dressèrent sur la nuque de Doreen.

— Y avait-il un lien entre les Theroux et Brian Lansdown à l'époque ?

Nan prit la dernière bouchée de casserole de thon, puis se rassit confortablement pendant qu'elle mâchait. D'un geste très féminin, elle ramassa sa serviette et se tamponna les coins de la bouche.

— Je sais que Lansdown a beaucoup travaillé pour les Theroux à l'époque. Mais bon, c'était une grande famille de colons et tout le monde voulait travailler pour eux. Ils avaient des jardiniers à plein temps, mais chaque fois qu'ils avaient besoin de main-d'œuvre supplémentaire, ils faisaient venir Brian.

— Comment sais-tu tout ça ?

Nan la regarda avec surprise.

— C'est de notoriété publique. En plus, Gladys est ici avec moi.

Avec l'impression que le monde n'en finissait pas de tourner comme une toupie en lui balançant des noms qu'elle ne pouvait relier à aucun visage, Doreen s'enquit :

— *Gladys ?*

— Oh, ma chérie, Gladys Theroux. Elle a épousé Norm il y a au moins cinquante ans. Peut-être plus que ça.

— Alors, c'est la mère d'Hannah ?

— Sa tante.

— J'essaie de refaire l'arbre généalogique dans ma tête. Tu lui as déjà demandé ce qui s'était passé à l'époque ?

Nan secoua la tête.

— Gladys est du côté riche des Theroux. Quand les deux filles étaient vraiment proches, Gladys a dit qu'Hannah passait souvent la nuit chez Betty. Mais ensuite, il y a eu une grosse querelle et elles ont complètement arrêté de se côtoyer. C'était environ trois mois avant que Betty disparaisse.

— Une idée de ce qui a poussé les meilleures amies à couper tout contact comme ça ?

— Eh bien, comme le savent tous ceux qui ont déjà été adolescents, les parents ne comprennent rien, et il faut trouver l'amour – ou quelqu'un avec qui coucher – et avoir ce sentiment d'appartenance quelque part, peu importe à quel point il est trompeur ou mal assorti.

— Oui, comme rompre avec ton petit ami du cours de mathématiques, découvrir que les contes de fées n'existent pas. Pour ensuite découvrir que ta meilleure amie sort avec lui le lendemain. Je me souviens de ces années de lycée.

— Pourtant, nous ne saurons peut-être jamais ce qui s'est passé entre Hannah et Betty, soupira Nan. Personne dans la famille Theroux n'a été autorisé à parler de l'événement à partir de ce moment. Même maintenant qu'elle est veuve, la simple mention de cette époque concernant leurs parents les plus pauvres suffit à faire taire Gladys.

— Bizarre.

— Très, confirma Nan. Mais je doute que tu en tires quoi que ce soit.

— Pourquoi ?

— Parce qu'elle dépend maintenant de la famille fondatrice pour survivre. Cet endroit est très cher.

Doreen inspecta la grande maison de retraite et réalisa à quel point les personnes âgées dépendaient des plus jeunes s'ils n'avaient pas leurs propres revenus ou le contrôle de leur propre argent.

— Et Hannah ? Elle semble avoir disparu pour le moment. Mack la cherchait.

— Pourquoi ?

Doreen adressa à sa grand-mère un sourire en coin.

— Parce que c'est elle qui m'a frappée.

Nan la regarda avec surprise, puis plaqua une main sur sa bouche et gloussa. Quand elle se ressaisit, elle se pencha en avant et murmura :

— Vraiment ?

Doreen se pencha plus près.

— Et la journaliste qui me pourrit la vie est aussi une Theroux, apparemment.

— C'est Sibyl, dit Nan. Elle a toujours été comme ça. Insistante, insistante, insistante.

— Eh bien, elle a choisi la bonne carrière, n'est-ce pas ? Doreen marqua une pause. Son visage a bien pâli quand je lui ai demandé si elle était apparentée à Hannah.

— Hannah est sa tante.

— Tu crois qu'Hannah aurait protégé celui qui a tué Betty ?

— Je ne pense pas. J'ai toujours pensé que c'était en relation avec les bijoux.

— C'est toujours le cas, déclara Doreen. C'est soit le pouvoir, soit l'argent, soit le sexe.

Nan rit.

— Dans ce cas-là, ce pourrait être les trois.

Doreen regarda sa grand-mère avec étonnement.

— Explique-toi, s'il te plaît ?

— Le père d'Hannah aimait les jeunes filles. J'ai toujours soupçonné qu'il avait une relation avec Betty.

— Quel est le rapport avec les bijoux ? interrogea Doreen, assez choquée par cette information. Si c'était le cas, Hannah aurait-elle essayé de protéger son père ? Ou de l'enfoncer ?

Nan ajouta :

— Je pense qu'on les faisait chanter.

Nan s'appuya contre le dossier avec un air satisfait après avoir lancé cette bombe.

— Qui a été victime de chantage ? demanda Doreen. Elle ne comprenait rien à ce que Nan racontait. Ou alors elle était au courant de beaucoup de choses qui n'étaient pas du domaine public.

— Les parents d'Hannah. Gladys l'a mentionné à l'époque : qu'ils devaient payer sinon il y aurait des conséquences.

— Et quand est-ce que ça s'est arrêté ? Tu le sais ?

Nan secoua la tête, se pencha en avant et murmura :

— Je parie que c'était à la mort de Brian Lansdown.

— As-tu déjà dit tout cela à la police ?

Nan regarda Doreen avec surprise.

— Bien sûr que non. Je n'ai aucune preuve. Ce ne sont que des ouï-dire.

— Et théorie ou potins, cela n'explique pas pourquoi Betty portait des bijoux quand elle a disparu.

Nan gloussa.

— Eh bien, si, quand tu réalises que le père de Betty était le frère de Lansdown.

Chapitre 25

DOREEN ETAIT SIDEREE.

— Comment est-ce possible ? Pourquoi le nom de famille de Betty n'est-il pas Lansdown ?

Nan secoua la tête.

— Je ne crois pas que les parents de Betty se soient mariés, ou, s'ils l'ont fait, c'était tellement tard que tout le monde la connaissait sous le nom de Betty Miles et qu'ils ont continué à l'appeler ainsi. Tu sais quoi ? Je me souviens qu'il y avait une question de paternité. Je crois qu'elle a fini par ne pas inscrire de père sur l'acte de naissance. Elle et Stephen ont rompu puis se sont rabibochés une douzaine de fois, elle a peut-être pensé qu'il ne devrait pas être inscrit sur la paperasse. Il est en prison, maintenant.

Elle s'interrompit et fronça les sourcils.

— Ou il y était. Je ne sais pas s'il y est toujours.

Doreen demanda :

— Tu as un bout de papier pour que je puisse écrire tout ça ?

Nan se leva et revint avec un petit carnet et un stylo.

— J'aime beaucoup ton passe-temps, chuchota-t-elle d'un ton conspirateur. C'est très excitant.

— Je ne pense pas que Mack soit d'accord avec toi, répondit Doreen avec un regard en coin. Elle essaya de retranscrire les informations de la manière la plus simple possible.

— Donc, le père de Betty Miles possédait une bijouterie et est le frère de Brian Lansdown, qui était le jardinier et homme à tout faire qui te faisait peur, c'est ça ?

Nan hocha la tête.

Doreen retraça le reste des relations familiales du mieux qu'elle put.

— C'est une supposition que le père d'Hannah Theroux ait eu une relation avec Betty, même si Betty n'avait que seize ans, n'est-ce pas ?

— C'était les rumeurs à l'époque, approuva Nan. Mais tu connais les rumeurs. Seule la moitié d'entre elles sont vraies.

— Cela expliquerait pourquoi Lansdown faisait chanter le père d'Hannah. Quel était son nom ?

— Glenn. Glenn et Rosie. Mais Glenn est mort il y a quelques années.

Doreen écrivit ces noms.

— Alors ils essayaient de garder ça secret. Et payaient probablement le maître chanteur en bijoux afin d'acheter son silence.

— C'est logique.

— Ensuite, Glenn et Rosie ont déposé plainte pour la perte des bijoux, soi-disant à la suite d'un cambriolage, spécula Doreen. Ils ont probablement reçu de l'argent de l'assurance pour les bijoux, donc personne n'a rien payé.

Nan la regarda avec surprise.

— Ouah. Je n'y avais jamais pensé.

— Alors pourquoi Betty avait-elle ces bijoux sur elle ?

Pourquoi pensait-on qu'elle avait volé les bijoux ?

— C'est facile, avança Nan. Elle a dû découvrir que Lansdown faisait chanter le père d'Hannah.

— Et donc elle recevait des bijoux en échange de quoi ? De son silence ? Elle faisait chanter le maître chanteur ? Ou en paiement pour continuer à voir Glenn ? Ou bien, d'ailleurs, peut-être que Glenn a offert les bijoux à Betty en cadeau.

— Et le père de Betty, le propriétaire de la bijouterie, prenait probablement certains de ces bijoux pour les refourguer à Brian, son frère le maître chanteur paysagiste. Ou les vendre directement dans son propre magasin.

— Stephen est allé en prison pour vol.

Nan s'installa confortablement.

— C'est donc pour ça ?

Elle pinça les lèvres, regardant au loin.

— On l'a attrapé en possession des bijoux manquant chez Glenn Theroux. Le père de Betty n'avait aucun moyen de prouver qu'il ne les avait pas volés. Et il ne pouvait pas avouer aux flics qu'il faisait chanter Glenn et que les bijoux étaient le fruit de ce chantage mené par Lansdown et lui.

Nan fixa sa petite-fille.

— Donc la boucle est bouclée. Les deux maîtres chanteurs étaient frères. L'un est allé en prison. L'autre s'en est sorti indemne, et Glenn Theroux a obtenu l'argent de l'assurance.

— Un Lansdown s'est fait prendre. L'autre Lansdown est mort, bien que des années plus tard, rappela doucement Doreen à Nan. Alors, qui aurait bien pu éliminer Betty dans tout ça ?

Elles se regardèrent en silence pendant une seconde.

— Lansdown, s'écrièrent-elles ensemble.

— Si Betty voulait rester avec Glenn ou même si elle se faisait escroquer dans le plan de chantage de son père et de son oncle, ils devaient acheter le silence de Betty pour l'empêcher d'aller voir les flics, déclara Doreen. Les deux frères se sont bien amusés.

Nan tapa dans ses mains d'excitation.

— C'est merveilleux.

— Ce ne sont que des suppositions, la tempéra Doreen. Cela ne tiendra pas devant les tribunaux.

— Quel tribunal ? demanda Nan. Lansdown est mort. Betty est morte. Son père, Stephen, est déjà en prison. Et Glenn est mort.

— Mais quelqu'un travaillait probablement avec Lansdown. Tu penses que c'était son frère ?

— Très probablement. Et puis peut-être que sa fille Betty s'en est mêlée.

— Tu penses qu'Hannah était au courant ?

— C'est possible, admit Nan. Elle était amie avec Betty. Peut-être que Betty a prévenu Hannah de l'arnaque. Et peut-être qu'Hannah était au courant de la liaison de son père avec Betty et du paiement de l'assurance. Il semble que tout le monde ait retiré quelque chose de ce plan, sauf Betty.

— Mais nous ne savons toujours pas qui a tué Betty, s'agaça Doreen. Et c'est la chose la plus importante ici. Je me fiche de l'arnaque à l'assurance, du chantage, des bijoux. Quelqu'un a tué Betty, et c'est cette personne que je veux découvrir et mettre derrière les barreaux.

— Tu dois bien admettre, ma chérie, dit Nan, qu'il y a de grands risques qu'il soit mort ou déjà derrière les barreaux.

Doreen n'osait rien dire, mais il y avait bien quelqu'un d'un peu trop agacé par tout cela sans être au courant ou sans avoir joué un rôle plus important que ce qu'on avait d'abord soupçonné. Doreen empocha doucement le carnet.

— Je vais creuser un peu plus. Si je découvre la vérité, je t'en parlerai.

Nan se pencha en avant.

— Tu es sûre de ne pas vouloir parler à quelqu'un ici ? Peut-être Gladys ? Tes questions pourraient trouver une réponse.

Doreen secoua la tête.

— Non, parce que je ne veux déranger ou alerter personne d'autre. Si je me trompe, cela causerait plus de mal ou de problèmes à tout le monde.

Nan tapota la main de Doreen.

— Tu es une gentille fille.

Doreen n'en était pas si sûre. Elle avait une sacrée bonne idée de qui avait tué Betty. Mais cela dérangerait à nouveau beaucoup de monde. Et cela n'aiderait aucunement la réputation de Doreen ni ne faciliterait sa présence dans la ville.

Elle regarda le reste de la casserole de thon. Il en restait encore pas mal.

— Tu vas manger ça demain ? demanda-t-elle à Nan.

Nan pouffa et se leva.

— Non. Vas-y. Je vais t'emballer ça pour que tu la remportes à la maison. Par contre, il faut que je récupère le plat.

Doreen gloussa.

— Aucun problème. Je peux faire ça.

Elle se leva quand Nan revint avec la casserole de thon emballée.

— Nan, ne parle à personne de notre conversation, d'accord ? Gardons cela secret jusqu'à ce que je tire tout ça au clair.

Nan se pencha et embrassa Doreen sur la joue.

— Absolument. Mes lèvres sont scellées.

Mais Doreen savait que Nan en avait déjà parlé à la moitié du monde. Probablement en emballant la casserole de thon.

Chapitre 26

DOREEN REGARDA SA grand-mère avec méfiance.

— Nan, s'il te plaît, dis-moi que tu n'en as encore parlé à personne.

À la grande horreur de Doreen, les joues de Nan rougirent. Nan sortit son téléphone.

— J'ai peut-être envoyé un texto à quelqu'un. Mais elle ne le dira à personne.

— Pour l'amour du ciel !

Doreen regarda sa grand-mère, effarée.

— Gladys ? Tu l'as dit à Gladys, n'est-ce pas ?

Nan se mordit la lèvre.

— C'est pour rire.

Doreen la regarda d'un air choqué.

— C'est drôle, un meurtre ?

— Non, bien sûr que non, bécasse. Mais nous avions un pari là-dessus, avoua-t-elle.

Cette information changeait la donne. Doreen regarda Nan, perplexe.

— Ouah, dit-elle en se penchant en avant, alors, demande-lui où se trouve Hannah maintenant, afin que je puisse lui parler.

Une voix dure derrière eux s'éleva.

— Laissez cette pauvre femme tranquille. N'a-t-elle pas assez souffert ?

Doreen aperçut le sourire rayonnant sur le visage de Nan en entendant cette voix masculine. Nan connaissait donc manifestement l'intrus. Doreen se retourna lentement pour aviser le jardinier qui ne cessait de lui reprocher de marcher sur l'herbe.

— Qu'est-ce que vous en savez ? le défia-t-elle.

Il leva le nez en l'air.

— J'en sais assez pour lâcher l'affaire.

— Alors pas de justice pour Betty ?

— Elle ne le mérite pas, grinça-t-il. Cette fille était une mauvaise graine. Personne ne l'a pleurée.

Doreen sentit quelque chose son estomac se nouer. C'était un sentiment terrible.

— Quelle tristesse ! Ce n'était qu'une adolescente. Elle n'a jamais eu la chance de grandir et d'apprendre de ses erreurs.

Nan se pencha en avant et tapota les mains gantées et sales du jardinier.

— Tout va bien, Dennis. Je suis sûr qu'Hannah n'hésiterait pas à répondre à quelques questions.

Dennis renifla.

— Si cela ne la dérangeait pas, elle serait allée voir la police, non ?

— Vous voulez dire qu'elle n'a jamais été entendue par la police ? interrogea Doreen avec horreur, son regard passant de Nan à Dennis et de nouveau à Nan.

— Comment est-ce possible ?

— Elle a dû être interrogée bien entendu, répondit Nan, mais elle n'a probablement pas dit grand-chose.

— Hannah est délicate, intervint Dennis.

Son explication était simple et pourtant incroyable. Doreen le fixa en se souvenant de la femme qui avait traversé sa pelouse et l'avait giflée violemment au visage.

— J'ai rencontré cette femme. Je ne vois pas la *délicatesse* chez elle, dit-elle sèchement.

Il lui lança un regard mécontent.

— Pourquoi ne quittez-vous pas la ville ? Vous n'êtes rien d'autre qu'une fouineuse, se mêlant des affaires de tout le monde. Vous devriez partir.

— Dennis, dit Nan d'un ton déterminé, c'est à ma petite-fille bien-aimée que vous parlez. Et je ne veux pas qu'elle me quitte. Et cette ville regorge de fouineurs que vous n'essayez pas d'évincer. De plus, Doreen résout un meurtre. Vous voulez laisser un meurtrier en liberté ?

Nan se leva, les mains sur les hanches, regardant Dennis avec mépris.

Il n'eut rien à lui répondre. Pas après ça.

— Si l'affaire n'implique pas Hannah, quelle différence cela fait-il ? demanda Doreen d'un ton froid, se détestant d'avoir déjà pensé à déménager. Ce n'est pas ma faute si je trouve les preuves pour résoudre des crimes.

Il la dévisagea.

— Bien sûr que c'est votre faute. Vous auriez pu partir. Vous n'aviez pas besoin d'aller à la bibliothèque pour commencer à fouiller le passé ni d'en parler au détective. La police a suffisamment à gérer, sans s'occuper de tarés comme vous.

— Dennis, attention à ce que vous dites ! aboya Nan. Vous savez que votre attitude dérange beaucoup de résidents ici. Nous payons cher pour vivre ici. Je suis donc persuadée que nous pouvons trouver un jardinier plus agréable, comme ma petite-fille.

Doreen fronça les sourcils à l'adresse de Dennis, heureuse d'entendre sa grand-mère la défendre.

— Donc, en d'autres termes, Hannah a le droit de se cacher, au lieu de répondre à quelques questions qui éclairciraient toute cette histoire ?

— Cette fille est innocente, rabâcha Dennis.

— Si elle est si innocente que ça, cela ne la dérangera pas de répondre à quelques questions.

Touché, à nouveau, il la fusilla du regard. Et puis il haussa les épaules et s'éloigna.

— Je ne peux rien vous dire.

Frustrée, Doreen se retourna vers Nan.

— Demande à Gladys où je peux trouver Hannah, s'il te plaît.

Nan hocha la tête et sortit son téléphone. Au lieu d'envoyer un texto, comme elle l'avait fait plus tôt pour se cacher de Doreen, Nan appela. Lorsque la femme à l'autre bout du fil répondit, elle lui demanda :

— Où est Hannah en ce moment ?

Doreen n'entendait pas toute la conversation, juste les paroles de Nan.

— Oh, elle était partie quelques jours, mais maintenant elle est de retour ?

Nan laissa un peu parler son interlocutrice.

— Elle est à la maison d'Oliver Street.

Nan fronça les sourcils.

— C'est le bazar, cet endroit.

L'autre femme parlait encore, manifestement, alors que Nan hochait la tête en regardant Doreen.

— Aucun problème. Je sais que Doreen voulait juste poser une question ou deux… Non, non, non. Je suis sûr qu'elle ne la dérangera pas. Nous savons qu'Hannah est délicate.

Dès qu'elle eut raccroché, Doreen lui lança un regard noir.

— *Délicate*, mon œil. Elle m'a collé une sacrée beigne.

— Elle est facilement bouleversée.

— Je me demande pourquoi, s'enquit Doreen d'un ton sarcastique en secouant la tête. Portant la casserole de thon dans un sac, elle appela les animaux.

— Nan, on se téléphone demain.

Et elle tourna les talons.

Dès qu'elle fut hors de vue, elle changea de direction, essayant de se rappeler où se trouvait Oliver Street. De ce côté de la ville, tout était plus ou moins proche, et elle était sûre que ce n'était qu'à quelques pâtés de maisons. Elle pensait l'avoir aperçue à son retour de l'épicerie, et étant donné qu'elle et Hannah avaient fait leurs courses dans le même magasin, il était logique qu'Hannah habite aussi à proximité. De plus, elle était venue jusque chez Doreen à pied juste pour la gifler.

Doreen parcourut encore quelques pâtés de maisons, cherchant toujours le nom de la rue, mais ne trouva rien. Excédée, elle rentra chez elle pour récupérer sa voiture à la place. Elle parcourut quelques pâtés de maisons plus loin mais ne trouva pas Oliver Street. Elle demanda l'itinéraire en s'arrêtant à une station-service.

— Vous devez être nouvelle à la Mission, commença le gars à la pompe, puis il jeta un coup d'œil dans la voiture en surprenant le mouvement des trois animaux à l'intérieur. Il haussa simplement les sourcils et se retourna vers elle.

Elle acquiesça, l'homme continua.

— Vous êtes dans les beaux quartiers de la Mission. Oliver Street se trouve dans les quartiers vraiment délabrés, à plusieurs kilomètres de là.

Après une pause, il proposa :

— Je vais vous indiquer l'itinéraire. Mais je vous suggère d'emmener un homme fort avec vous si vous y allez de nuit. Bon sang, même si vous y allez en plein jour, vous avez besoin d'un garde du corps.

Doreen hocha la tête et le remercia avant d'attraper la feuille de papier et de démarrer.

Elle ne se trompa que deux fois, ne connaissant pas bien cette partie de la ville. Mais, alors qu'elle traversait le pâté de maisons suivant, elle avisa une rue latérale qui indiquait « Oliver Street ». Elle s'arrêta et fronça les sourcils.

— Eh bien, je ne suis certainement pas passée par là en rentrant de l'épicerie. Ce ne doit pas non plus être l'endroit où habite Hannah.

Alors qu'elle garait la voiture et arpentait la rue, son trio d'animaux la suivit dans une nouvelle aventure. Doreen trouva une étrange ruelle qui s'enfonçait au loin. Elle ne savait pas jusqu'où elle allait, mais elle remontait une bonne douzaine de maisons, qui auraient probablement toutes dû être condamnées.

— Comment suis-je censée savoir de quelle maison il s'agit ? demanda-t-elle à Mugs.

Mais Mugs était trop occupé à renifler le trottoir pour se demander à quelle maison il était censé sonner.

Et puis Doreen vit la voiture d'Hannah. L'espoir la gagna.

— Ce n'était pas si difficile, après tout.

Elle s'arrêta pour étudier les maisons. Elles semblaient toutes abandonnées. Plus personne ne devait y vivre. Doreen se rappela la raison pour laquelle Oliver Street lui était familière : la famille de Betty Miles avait habité dans la même rue des décennies auparavant. Doreen l'avait découvert dans ses recherches. Pas vraiment un quartier riche de la ville. Mais c'était logique que la famille de Betty ait vécu ici et que son oncle ait probablement habité à proximité aussi. Ce n'était pas là que vivait Hannah. Elle vivait plus près de chez Doreen.

Thaddeus roucoula sur son épaule, peut-être en guise d'avertissement. Goliath, de son côté, s'arrêta soudainement, les fesses par terre, et une patte arrière s'éleva en l'air alors qu'il nettoyait un certain endroit.

Doreen remonta l'allée, trouva le de garage ouvert, de même qu'une porte au fond du garage qui n'était plus fixée que par une charnière et menait à la cour arrière. Inutile d'aller à la porte d'entrée d'une maison vide, alors Doreen se dirigea vers le jardin à l'arrière. Et là, elle s'arrêta. Hannah avait une pelle à la main au fin fond du jardin. Alors que Doreen regardait ce qui poussait dans le coin du jardin, son estomac se noua.

— Pourquoi des bégonias ? chuchota-t-elle à Mugs qui se tenait à ses pieds, le poil hérissé. Ce sont de si jolies fleurs. Pourquoi tout le monde maltraite les bégonias ? Ils ont assez de mal à survivre à l'hiver sans être rudoyés en même temps.

Elle sortit son téléphone. Mack lui arracherait la tête s'il apprenait ce qu'elle faisait. Elle retourna dans le garage, espérant qu'Hannah ne l'entendrait pas. Quand il répondit, il avait l'air distrait, et elle pouvait entendre d'autres voix en arrière-plan.

— Désolée. Je ne voulais pas vous déranger, dit rapidement Doreen. Je me suis dit que si je gardais le secret, vous seriez très énervé contre moi.

— Doreen, dit-il lentement sur un ton d'avertissement.

Que se passe-t-il ?

— Eh bien, je suis presque sûre de savoir qui a tué Betty Miles, murmura-t-elle fébrilement. Mais je ne suis pas sûre de pouvoir le prouver.

Elle entendit son souffle se bloquer et grimaça.

— Je sais que vous m'avez dit de ne pas intervenir, et j'ai écouté. Sincèrement. Mais je parlais à Nan, et elle savait des trucs, et Gladys savait des trucs, et avant que je m'en rende compte, j'avais tout compris.

— Ce n'est pas un rendez-vous de country-club où vous vous asseyez autour d'une table et proposez votre version de la vérité. Nous trouvons des faits et des preuves pour étayer toutes nos théories.

— Ou que diriez-vous d'un aveu ?

Elle mit fin à l'appel et lança un enregistrement, plaça son téléphone dans sa poche et traversa le jardin jusqu'à l'endroit où se trouvait Hannah.

— Il y a une raison particulière pour laquelle vous tenez à déplacer le reste du corps maintenant ?

La femme se figea, fit volte-face et la dévisagea.

— Que faites-vous dans cette propriété ?

— Je pensais vous retourner la faveur. Je veux dire, après tout, vous êtes venue chez moi et vous m'avez agressée ; ça m'a semblé être une bonne idée de vous retrouver et peut-être de vous gifler en retour, entama Doreen d'un ton décontracté. Je plaisante. Je n'allais pas vous attaquer.

Elle indiqua la pelle dans la main d'Hannah.

— Pourquoi avez-vous planté des membres dans des bégonias d'ailleurs ? Pourquoi pas des tulipes ? Pourquoi pas des roses ? Et est-ce que ce sont tous des morceaux de Betty ?

Hannah regarda Doreen avec dégoût.

— Et vous dites aux gens que vous êtes jardinière et que

vous pouvez tout faire dans un jardin. Connaissez-vous le système racinaire des roses ? Vous connaissez les azalées et savez à quel point elles peuvent être délicates ? Vous ne pouvez pas mettre quelque chose comme ça à leur pied.

Hannah indiqua le sol devant elle.

— En fait, les bégonias n'ont pas très bien pris non plus.

— Et pourquoi, si vous deviez enterrer le cadavre de Betty, n'avez-vous pas tout enterré au même endroit ?

Hannah la regarda avec étonnement.

— De quoi parlez-vous ?

Comme si elle réalisait soudainement que cette conversation prenait une dangereuse direction.

— Je n'ai rien enterré.

Doreen eut un sourire éclatant.

— Je sais. Techniquement, c'est tout à fait correct. Techniquement, vous n'avez enterré personne. Vous avez demandé à Brian Lansdown de le faire.

La mâchoire d'Hannah s'ouvrit lentement.

— Vous êtes malade ?

Doreen secoua la tête.

— Oh, non, absolument pas. Mais c'est le jardinier qui avait accès à tous ces parterres de fleurs, alors il était possible d'enterrer la pauvre Betty.

— Je n'ai rien à voir avec le meurtre de Betty.

— Là, vous mentez, la contredit Doreen, toujours d'un ton décontracté. Et bien sûr, Brian l'a découvert. C'est pour cela qu'il faisait chanter votre père. La question est : comment ? Et non seulement il l'a découvert, mais il vous a aidée à vous en débarrasser après coup. Et c'est un petit détail très intéressant. Parce que Betty était sa nièce. Et son propre frère a fini en prison. Alors pourquoi Brian n'est-il pas allé voir la police pour leur faire savoir ce que vous aviez fait ?

Hannah renâcla.

— Je ne sais pas qui vous pensez être, mais je ne comprends rien à ce que vous dites.

Doreen traversa la pelouse négligée, les mains dans les poches.

— Vous voyez ? Tout le monde dit que vous êtes délicate. Tout le monde dit que vous êtes facilement contrariée. Cela a bien marché pour vous pendant un moment, n'est-ce pas ? Je veux dire, c'est trop horrible, ce qui vous est arrivé. Vous étiez tellement bouleversée par la disparition de votre meilleure amie que personne ne pouvait vraiment vous interroger à ce propos. Et, au fil du temps, les questions ont cessé. Mais le fait d'être si délicate signifiait que tout le monde restait à l'écart.

Une lueur sombre vacilla dans le regard d'Hannah.

Doreen hocha la tête. Elle l'avait clairement identifiée pour ce que c'était.

De la haine.

— Vous détestiez Betty, n'est-ce pas ? Totalement. Mais je ne sais pas pourquoi. Parce qu'elle couchait avec votre père ? Vous étiez jalouse ? Papa couchait aussi avec vous ? Ou étiez-vous contrariée pour votre mère ?

À ces paroles, elle put lire un changement dans l'expression sur le visage d'Hannah.

— Bon. Je détesterais vraiment penser qu'il vous agressait sexuellement aussi.

— Comment ça, *l'agresser ?* Elle aimait être avec lui, annonça Hannah d'une voix cinglante. Il lui achetait toujours des bijoux et de jolies petites boîtes. Tant qu'elle couchait avec lui, elle pouvait avoir tout ce qu'elle souhaitait.

— Et cela ne vous dérangeait pas qu'elle reçoive ces cadeaux parce que vous en aviez assez de votre côté. Même si votre famille était considérée comme la branche pauvre de la famille Theroux, vous étiez toujours plus riche que la famille de Betty. La mère de Betty savait-elle que Glenn couchait avec Betty ? *Votre* mère savait-elle que Glenn couchait avec Betty ? Mais *vous,* vous saviez que Betty couchait avec votre père. Sauf que Betty voulait une chose que vous refusiez qu'elle possède. Betty voulait votre père pour elle seule. Elle voulait l'épouser. Se débarrasser de votre mère et de vous, et vous ne pouviez pas le permettre.

— Nous étions peut-être la branche pauvre de la famille Theroux, déclara Hannah, mais en aucun cas nous n'étions aussi mesquins et aussi puants que les Lansdown. La mère de Betty ne voyait jamais rien de ce qui se passait autour d'elle. Elle s'en fichait. Elle a bu jusqu'à en mourir il y a quelques années. Le frère de Betty est parti il y a longtemps. Qui sait où il est maintenant ? Toute cette famille est une honte.

— Et donc vous ne pouviez pas laisser votre meilleure amie épouser votre père, car cela aurait lié ces infâmes Lansdown à la famille fondatrice Theroux. Que serait-il arrivé au côté le plus pauvre de la famille Theroux, cette branche qui n'avait pas l'intention de rester pauvre ? Regardez-vous. Après tout ce qui s'est passé, la famille Theroux la plus riche vous a protégée, vous a offert une belle maison dans le meilleur quartier de la ville et s'est occupée de vous. Vous êtes restée la *délicate* dont ils devaient prendre soin. Et ça vous convenait très bien.

Doreen s'arrêta et regarda Hannah.

— Cela a dû être difficile. Parce que, même si vous détestiez ce que faisait Betty, une partie de vous l'aimait aussi.

Doreen songea à toutes les années qui avaient passé, pensa au fait qu'Hannah n'avait jamais eu de famille, ne s'était jamais mariée. Et Doreen lui adressa un sourire triste.

— Je suis vraiment désolée.

Hannah lui lança un regard noir, mais maintenant la peur brillait dans ses yeux.

— À l'époque, c'était encore moins acceptable, n'est-ce pas ?

— Je ne sais pas de quoi vous parlez.

Elle recula de plusieurs pas, la peur dansant au fond de son regard.

— Betty et vous étiez amantes. Elle vous comprenait. Vous pouviez être *vous-même* avec elle. Mais, en même temps, elle couchait avec votre père. Et c'était une double trahison. Hors de question de laisser votre amante devenir votre belle-mère.

Chapitre 27

L E VISAGE D'HANNAH se transforma en une affreuse grimace empourprée.

Doreen avait à la fois envie de la serrer dans ses bras et de la frapper pour ce qu'elle avait fait.

— Vous n'avez jamais voulu blesser Betty. Ou plutôt, vous avez voulu lui faire mal sur le moment, mais vous n'avez jamais eu l'intention de la tuer, dit Doreen pensivement. Qu'est-ce que vous avez fait ? Vous l'avez frappée à la tête ? Assommée ? Étouffée ?

Elle examina le visage d'Hannah, cherchant une réponse, mais Hannah semblait être frappée de mutisme.

— Alors, comment l'oncle de Betty l'a-t-il su ?

Encore une fois, Doreen guetta une réaction, mais aucune ne lui parvint. Hannah était enfoncée trop profondément dans son propre chagrin.

— Brian vous a vues.

À cela, Hannah hocha lentement la tête.

— Oui. Il nous a vues ensemble dans le lit. Et il a su. Puis il a entendu la dispute que nous avons eue, dit-elle lentement, tristement. Il est venu voir ce qui se passait. Mais il est arrivé un peu trop tard pour la sauver.

Doreen se demanda s'il ne l'avait pas fait exprès. On aurait dit que ce qui intéressait plus Brian était de les épier, de voir ce qu'il pouvait en tirer. Afin de confirmer ses pensées, elle demanda :

— Est-ce qu'il a proposé son aide ?

Hannah hocha la tête.

— À l'époque, je cherchais désespérément à cacher ce que j'avais fait. Et pourtant, à l'intérieur, j'étais brisée, parce que je l'aimais. Je l'aimais vraiment. Mais je savais qu'elle était sur une voie à sens unique sans fin.

— Donc cela n'avait vraiment rien à voir avec les bijoux, n'est-ce pas ?

Hannah secoua lentement la tête.

— Non. Pas à ce moment-là. Elle a juste disparu, et personne n'y a pensé. Mais ensuite, Lansdown a rencontré des problèmes. Il devait de l'argent à des gens très mauvais et dangereux, et il devait payer. Il est venu me voir. Sa nouvelle poule aux œufs d'or. Mais je n'avais rien. Alors il est allé voir mon père. Brian a dit à mon père que Betty et moi avions eu une liaison, lui a parlé de sa propre liaison avec Betty, une mineure. Et puis Brian a dit à mon père que j'avais tué Betty. Mon père a coopéré avec plaisir, à ce moment-là.

— Il a fait en sorte que ça ressemble à un cambriolage. Le père de Betty a été embauché pour entrer par effraction et voler les bijoux. Je ne pense pas que Lansdown était au courant. Mais, lorsque son frère s'est fait prendre, Brian n'est jamais intervenu et n'a pas avoué non plus, déclara-t-elle amèrement. Je ne comprends toujours pas pourquoi Stephen n'a jamais dénoncé Brian. Brian ne pensait qu'à sauver sa peau. Il se fichait des autres.

Doreen aurait pu dire à Hannah que des hommes comme Brian, il y en avait partout, quelle que soit leur position sociale.

— Il ne pouvait pas laisser la source se tarir, continua Doreen doucement. Lansdown a continué à faire chanter votre famille jusqu'à sa propre mort ?

Hannah hocha lentement la tête.

— Oui, mais nous n'avions plus d'argent à lui donner, pas de notre côté de la famille, pour ce qu'il demandait. Et la famille Theroux soutenait ses parents les plus pauvres, mais ils ne payaient pas les maîtres chanteurs. Lansdown a donc essayé de se débrouiller dans le dos de mon père en faisant chanter ma mère, mais elle a chassé Lansdown de la maison et a dit qu'elle n'y croyait absolument pas. Après cela, honnêtement, à ce jour, je ne sais toujours pas si Lansdown est mort de cause naturelle ou si mon père en a eu finalement assez de son maître chanteur. Puis Père est mort quelques années après Lansdown. Cela ne me surprendrait pas que Mère l'ait tué.

— Était-ce l'idée de Lansdown de démembrer Betty ?

Hannah acquiesça.

— Il faisait pas mal de jardinage à l'époque. Nous l'avons mise dans un congélateur ici, chez lui, puis nous l'avons découpée en morceaux pour les faire entrer dans les jardins sans que personne ne le sache. Le problème, c'est que le niveau du ruisseau est monté très haut le printemps suivant et que l'un des parterres de fleurs a été emporté. Beaucoup de propriétés le long du ruisseau ont été emportées. Nous avons eu de la chance qu'un seul bras soit remonté. J'ai gardé le silence. Lui aussi. Et l'affaire a été oubliée.

Hannah se tourna vers Doreen, sa voix prenant une intonation vicieuse.

— Jusqu'à ce que vous arriviez et que vous déterriez tout

à nouveau.

— Nous avons trouvé un deuxième bras, dit doucement Doreen. Et un pied droit et une jambe.

La bouche d'Hannah s'ouvrit et un petit cri s'échappa.

— Vous êtes sérieuse ?

Doreen hocha la tête.

— Mère Nature livre toujours ses secrets. Elle peut mettre un peu de temps, voire beaucoup, mais la vérité finit par faire surface.

Doreen désigna au jardin derrière elle.

— Quelle partie avez-vous enterrée ici ?

Hannah contempla le jardin et chuchota :

— Son tronc.

— Qu'alliez-vous en faire ? Doreen indiqua la cour vide. Personne ne vit plus ici depuis longtemps. Pourquoi venir maintenant ?

— À cause des rumeurs selon lesquelles vous fouillez dans des affaires qui ne vous regardent pas et de votre passion pour les bégonias.

— Pourquoi des bégonias ? ne put s'empêcher de demander à nouveau Doreen. Est-ce que Betty détestait ça ?

Alors qu'une expression douloureuse traversait le visage de l'autre femme, Doreen comprit.

— Non, Betty les aimait, n'est-ce pas ?

Hannah approuva lentement de la tête et Doreen sentit son cœur se serrer. Comme si les mots la dépassaient, Hannah hocha doucement la tête, le visage exsangue, et Doreen comprit davantage.

— Je suis désolée. C'est un lourd fardeau à porter depuis toutes ces années. Je suis moi aussi surprise d'avoir trouvé la boîte en ivoire et la bague.

— Je lui avais offert cette bague, mais elle me l'a balancée au visage quand nous nous sommes disputées cette nuit-là. Et la boîte venait de mon père, dit doucement Hannah. J'ai pensé qu'il convenait qu'elle soit enterrée avec. Après avoir couché avec lui pour l'obtenir, elle dormirait pour toujours avec son butin.

Doreen aurait préféré ne pas entendre cela, que ce soit important ou non. Puis Hannah se tut et fixa Doreen pendant un moment, une expression rusée et calculatrice dans les yeux.

Doreen secoua la tête.

— Oh, non, n'y pensez même pas. C'est terminé, et vous ne pouvez pas me tuer et m'enterrer dans le jardin moi aussi.

— Pourquoi pas ? Vous posez des questions dans toute la ville. Qui saurait qui a pu vous tuer ? Je connais au moins une demi-douzaine de personnes qui aimeraient bien le faire.

Hannah jeta un coup d'œil autour d'elle lentement, comme pour repérer un témoin potentiel.

Au bout de la rue, Doreen entendit un véhicule. Elle se demanda si Mack avait compris le message. Elle n'avait pas été très claire. S'il était un vrai détective, il aurait contacté Nan. Doreen recula de plusieurs pas jusqu'au garage.

Le problème avec ce scénario était que, si Doreen se faisait coincer dans le jardin et que quelqu'un de la famille d'Hannah arrivait ici avant Mack, il y avait de fortes chances que Doreen se retrouve acculée. Et potentiellement enterrée dans le jardin sous les bégonias, avec la pauvre Betty.

Doreen se tourna pour voir qui était arrivé et aperçut un mouvement du coin de l'œil. Elle se retourna. Alors que la pelle s'abattait violemment sur son épaule, elle leva le bras en un geste défensif, mais le coup la renversa quand même.

Mugs aboya comme un fou et passa à l'attaque. Il tira sur

le bas du pantalon d'Hannah. Et Goliath… Ouah !

Doreen était allongée sur l'herbe, à moitié abasourdie, et regardait Goliath remonter les jambes d'Hannah à coups de griffes.

Hannah hurla :

— Enlevez-les-moi ! Enlevez-les-moi !

Mais ses hurlements attirèrent Thaddeus. Il atterrit sur sa tête mais ne parvint pas tout à fait à se mettre en position, alors il enfonça ses serres dans le nid qu'elle avait sur la tête. Elle hurla encore plus fort. Thaddeus l'imita en criant de plus belle. Mugs aboya plus fort. Goliath hurla.

Et Mack déboula dans le jardin, son arme dégainée, et hurla :

— Qu'est-ce qui se passe ?

Doreen leva les yeux vers lui.

— Hannah a tué Betty.

Et Hannah tomba à genoux en pleurant.

— C'est la vérité. J'ai tué Betty. Seigneur, aidez-moi. Je l'aimais trop pour la laisser partir.

Chapitre 28

DE RETOUR A la maison, Doreen n'arrêtait pas de trembler. Tout son corps était secoué de tremblements. Elle savait qu'elle avait été extrêmement stupide, maintenant que c'était fini. À quoi pensait-elle, faire face à un tueur comme ça – toute seule ? Elle était blottie sur le canapé du salon avec une couverture autour des épaules. Nan (de retour dans son ancienne maison pour la première fois depuis que Doreen y avait emménagé) était assise à côté d'elle, lui tapotant doucement la main.

Mack, enfin libéré de la folie des procédures médico-légales dans l'ancienne maison de Lansdown, offrit à Doreen une tasse de café chaud. Il la posa sur la table basse devant elle.

— Vous êtes sûre de ne pas vouloir aller à l'hôpital ? Votre épaule a pris un sacré coup.

Doreen secoua la tête.

— Non, je vais bien. La dernière chose dont j'ai envie, c'est qu'on me regarde et qu'on me pose des questions.

La vérité sur le sort de Betty avait pris plus de trente ans de retard. Certaines des questions n'avaient toujours pas de réponse, mais au moins Mack savait la vérité, maintenant qu'il avait écouté l'enregistrement que Doreen avait sur son téléphone. La ville entière allait exploser en rumeurs en entendant les dernières nouvelles. Elle tendit la main vers le café sur la table.

Mack l'arrêta :

— Attendez un peu. Il est encore chaud.

Elle acquiesça. Goliath était actuellement lové sur ses genoux, mais elle le souleva contre sa poitrine, pour le câliner plus près. Elle devait tout faire d'un bras : l'autre était terrassé de douleur.

Nan regarda sa petite-fille avec inquiétude.

— Tu es sûre que tu n'as rien de démis ? Et si tu t'étais cassé le bras ?

Doreen secoua la tête.

— Je ne pense pas. Je vais avoir une sacrée ecchymose bien colorée pendant un moment.

Enfin, elle l'espérait. Peut-être qu'elle devrait aller à l'hôpital, mais ce n'était pas sa façon de faire.

— S'il ne bouge pas quand j'essaierai de le bouger, alors j'envisagerai les urgences. Mais pour le moment, je ne veux vraiment aller nulle part.

Le gros moteur de Goliath démarra dans son oreille et elle enfouit son visage dans sa fourrure.

— Merci, Nan, de m'avoir laissé Goliath et Thaddeus.

Nan lui tapota la jambe.

— Je t'en prie. Je pense que Goliath et Thaddeus sont très heureux avec toi aussi.

Mugs bondit sur le canapé entre elle et Nan, trouvant assez de place contre les pieds de Doreen pour se mettre en boule. Nan le gratta autour des oreilles.

— Bien sûr, je suis ravie aussi. Et tu me rapportes beaucoup d'argent.

Elle rayonnait.

Mack, de son côté, se redressa, les bras croisés sur le torse, et lança un regard noir à Nan, puis à Doreen.

— Que dois-je faire pour vous éviter des ennuis ? À toutes les deux ?

Nan essaya de prendre l'air innocent. Doreen leva les yeux vers lui et sourit. Puis Thaddeus sauta et atterrit sur l'épaule de Mack, essayant d'imiter l'air sur le visage de Mack.

Doreen sourit.

— Peut-être éviter que je croise des bégonias ?

Thaddeus s'écria alors :

— Des os dans les bégonias. Des os dans les bégonias.

Pour la première fois depuis longtemps, Doreen rit de bon cœur, même si son épaule la lançait violemment.

— Écoutez Thaddeus, dit-elle à Mack. Il comprend tout.

Mack secoua la tête et alla se chercher une tasse de café.

Elle échangea un regard avec Nan, et elles sourirent toutes les deux.

La vieille dame se pencha vers elle et chuchota :

— Tu t'en sors bien, Madame Os, tu t'en sors *très bien*.

Au mot « os », Thaddeus répéta à satiété :

— Bien Madame Os. Bien Madame Os. Bien Madame Os.

Il n'y avait rien d'autre à faire que de rire. Pourtant, Doreen serait heureuse de ne plus entendre ce surnom lui être adressé.

Du moins pas avant quelques jours…

Épilogue

À la Mission, Kelowna, Colombie-Britannique
Mercredi, un jour plus tard…

DOREEN ETAIT RECROQUEVILLEE sur le canapé. Tout ce qu'elle avait demandé, c'était trois jours. Trois jours de paix et de tranquillité. C'était possible ? Elle en doutait. Autant elle voulait désespérément rester dans l'ombre des projecteurs et profiter de la paix et de la tranquillité de sa vie dans la maison de sa grand-mère, autant elle avait un mauvais pressentiment.

Sa progéniture était calme, même Goliath, endormi à l'autre bout du canapé avec Mugs – tous ses bébés à fourrure ou à plumes comprenaient manifestement à quel point Doreen avait vraiment besoin de quiétude de leur part en ce moment. Thaddeus frotta le bec le long de sa joue, puis ferma les yeux, profitant simplement de sa place sur son épaule.

Malheureusement, elle n'avait trouvé ni paix ni tranquillité à l'extérieur de sa maison, encore aujourd'hui – mais c'était tôt le matin – et certainement pas depuis deux jours. Les journalistes étaient toujours devant sa porte, même à cette heure. Ils écrivaient encore des articles sur l'aide que

Doreen avait fournie pour résoudre l'affaire de la mort de Betty Miles, vieille de plusieurs décennies, et Nan et ses copains appréciaient toujours autant d'être au centre de l'attention en donnant de nombreuses interviews, soi-disant au nom de Doreen. La jeune femme avait dit à Nan que ça lui allait très bien, contente que sa grand-mère ait trouvé autre chose que ses activités de paris illégaux pour mettre de l'excitation dans sa vie.

En effet, Nan était radieuse.

Mais Doreen, elle, souhaitait qu'on la laisse tranquille. Sur cette pensée, son téléphone sonna. Elle jeta un coup d'œil à son portable et gémit. Mais elle décrocha quand même.

— Vous avez intérêt à avoir une bonne raison de me déranger, Mack.

Elle glissa plus bas sur le canapé jusqu'à ce que sa tête repose sur l'accoudoir. Thaddeus changea de position mais refusa de céder sa place sur son épaule.

— Je pensais que, maintenant, vous seriez remontée comme un coucou, et impatiente de recommencer, déclara-t-il.

Elle détectait de l'inquiétude dans sa voix et sourit.

— Je le suis, et en même temps pas du tout. Vous avez une idée de la longueur de la file de journalistes devant ma porte d'entrée ? Je sais que c'est une petite ville, mais on dirait que la nouvelle a atteint tout le pays.

— Vous êtes une célébrité, dit-il en riant. Sa voix s'adoucit. Mais, non, ce n'est pas une position facile à occuper.

— Je n'ai tué personne ! s'exclama-t-elle en se redressant pour jeter un coup d'œil à travers les rideaux. Pourquoi me persécutent-ils ?

Thaddeus poussa un cri perçant et lui lança un regard agacé car elle avait dérangé sa sieste sur son épaule, sauta jusqu'au dossier du canapé, où il fit quelques pas, puis ferma les yeux à nouveau.

— C'est comme si tout le monde pensait que c'était moi qui avais fait quelque chose de mal, confia-t-elle en tendant la main pour caresser Mugs, puis en passant ses doigts sur le dos de Goliath.

— Vous vous rappelez la dernière fois ? demanda-t-il. Ça va se calmer aussi.

— Bien sûr, mais chaque fois que je trouve un nouveau cadavre, dit-elle avec exaspération, ils me regardent comme si j'avais quelque chose à voir avec ça.

— Non pas que vous ayez quelque chose à voir avec le *meurtre* en lui-même, rectifia-t-il, son humour égayant sa voix, mais que votre arrivée a précipité tout cela. Ou peut-être avez-vous des dons de médium. Ce n'est pas le cas, n'est-ce pas ?

Sa voix dénotait une certaine curiosité.

Elle gloussa à son ton.

— Je pense que, maintenant, vous et moi le saurions si c'était le cas.

— Eh bien, vous avez besoin de quelque chose pour vous remonter le moral.

— Qu'est-ce que vous me proposez ?

Elle se leva et jeta un coup d'œil à travers la fenêtre ronde de la porte d'entrée. Instantanément, les flashes des appareils photo se déclenchèrent. Elle recula et se dirigea vers la cuisine.

— Est-ce que vous avez un puzzle à me confier ?

— Vous parlez d'une autre affaire ?

— Cela me changerait les idées.

Son ton se fit rusé.

— Vous savez à quel point j'aime les puzzles.

— Vous pourriez essayer les casse-tête, s'exclama-t-il. C'est un passe-temps beaucoup plus sûr.

— Les casse-tête meurtriers sont beaucoup plus amusants.

Elle gloussa, sachant qu'il détesterait sa réponse.

— Et bien plus dangereux, rétorqua-t-il sèchement. Vous auriez pu vous faire tuer, la dernière fois.

Elle haussa les épaules.

— On vit, on meurt. Au moins, j'aurai fait quelque chose d'intéressant.

— Résoudre des affaires non résolues ?

Elle sourit en entendant l'hésitation dans sa voix.

— Vous êtes sur une autre affaire non résolue, n'est-ce pas ?

Silence.

Pour la première fois depuis qu'elle s'était réveillée avant l'aube aujourd'hui, son ennui et l'impression qu'un nuage noir pesait sur elle se dissipèrent presque.

— Ce n'est pas ma faute si cette ville est un lieu de perdition, commença-t-elle. Pensez à tout le mal caché ici depuis si longtemps.

Elle ressentait ce sentiment d'excitation bien connu la traverser en fouillant dans les affaires non résolues de Mack.

— Est-ce que vous allez me donner les détails ?

— Non, dit-il, sans hésitation dans la voix cette fois.

— Et pourquoi pas ?

Elle attendit. S'il voulait jouer au roi du silence, ce n'était pas un problème. Elle savait jouer à ce petit jeu aussi.

Finalement, il dit :

— Ce n'est pas vraiment une priorité.

— Peut-être pas pour vous, dit-elle. Mais les affaires non résolues sont une priorité pour les familles.

— Je n'ai pas dit qu'il s'agissait d'un décès.

— C'est encore mieux, dit-elle. Comme ça je ne trébucherai plus sur des cadavres, du moins pas tout de suite.

— Je serais heureux si vous ne trébuchiez plus sur des cadavres *pour le restant de votre vie*, argua-t-il.

— Ça me va, répondit-elle. Je suis d'accord pour ne plus jamais retrouver de cadavres.

— D'ailleurs, je ne voulais pas vous parler d'une affaire. J'y penserai plus tard.

— Mince.

Elle laissa échapper un profond soupir.

— Alors, qu'est-ce que c'est ?

— J'ai parlé au conseil municipal. Ils veulent refaire le grand panneau avec le jardin lorsqu'on entre dans la ville. Vous savez le panneau « Bienvenue à Kelowna » entouré de parterres de fleurs ?

— Oui, ce sont principalement des bégonias, je pense, avança-t-elle. Au moins un des anneaux autour du signe est fait de bégonias.

— *Rha*, gronda-t-il. Je serais heureux de ne plus en voir de sitôt non plus.

Elle acquiesça.

— Ils sont faciles à entretenir et ils ne prennent pas trop de place à l'extérieur, ils n'ont donc pas besoin de beaucoup d'entretien. Ils embellissent facilement les grands jardins et font de superbes bordures ou parterres.

Au mot « parterre », elle tressaillit.

Il gloussa.

— Je vois que votre présence sera un rappel constant des restes en décomposition et de tout ce qui leur est associé.

— Peut-être. Et le conseil municipal ? De quoi leur avez-vous parlé ?

Son esprit était focalisé sur son compte en banque qui dégringolait, et elle était profondément inquiète à ce sujet.

— J'espère que c'est important. Et, s'il y a de l'argent à la clé pour moi, la réponse est oui.

Il rit à nouveau.

— Vous ne savez même pas ce dont il s'agit.

— Peu importe, dit-elle. J'ai presque dépensé tout l'argent que j'ai trouvé dans les poches de Nan avant de faire don de certains des vêtements qu'elle ne voulait plus. Ce qui signifie que je vais puiser dans le peu d'économies que j'ai.

— Et le jardinage que vous avez fait chez ma mère ? Ce sera régulier, si vous êtes d'accord.

— Je suis tout à fait d'accord, approuva-t-elle. Ce que vous me payez mettra de la nourriture sur ma table.

— En parlant de nourriture… dit-il. Avez-vous allumé la nouvelle cuisinière ?

Elle pivota et sortit de la cuisine.

— Quelle cuisinière ?

Il soupira.

— La cuisinière que vous avez payée cent dollars. Beaucoup de gens se sont donné du mal pour s'assurer que vous ayez quelque chose de sûr pour cuisiner.

— Voilà le problème, dit-elle, ce mot de « cuisiner ».

— Je vous propose un truc. Que diriez-vous si, ce lundi, j'apporte les ingrédients pour cuisiner quelque chose de simple pour le petit déjeuner ou le déjeuner, et que je vous montre comment on fait ?

— Simple, ce serait… des œufs, dit-elle, et je doute fortement que vous ayez envie d'œufs pour le déjeuner, n'est-ce pas ?

— Ça ne me pose pas de problème. J'aime les œufs de n'importe quelle façon, déclara-t-il. Vous ne savez pas cuisiner les œufs ?

Elle retira le portable de son oreille pour pouvoir fusiller l'écran du regard.

— D'accord, d'accord, d'accord, s'exclama-t-il. Arrêtez de me foudroyer du regard.

Elle poussa un petit cri.

— Comment saviez-vous que je faisais ça ?

— Je pouvais l'entendre au silence pesant à l'autre bout de la ligne, dit-il sèchement. Et cuisiner les œufs, c'est facile. Et si on faisait des omelettes ? C'est un peu plus consistant que les œufs simples.

Son esprit évoqua avec bonheur des omelettes moelleuses et coulantes que son chef lui préparait.

— Avec des épinards, du caviar et du gruyère ?

Mack répondit à nouveau par ce lourd silence.

— Oh. D'accord, alors que contiennent normalement vos omelettes ? demanda-t-elle.

— Eh bien, on peut y mettre des épinards, répondit-il, mais généralement tout ce que j'ai sous la main. Comme du bacon, du jambon, des restes de viande. Vous pouvez y mettre des légumes si vous voulez.

Son ton indiquait qu'il n'en voyait vraiment pas l'intérêt.

— La viande et les œufs forment un combo parfait… Plus du fromage.

— Eh bien, les omelettes au jambon et au fromage, c'est bon aussi, déclara-t-elle. On pourra ajouter des champignons ?

— Bien sûr, dit-il. On peut faire revenir quelques champignons. Alors, vous êtes partante pour un cours de cuisine ?

— Oui, dit-elle lentement.

Mais elle avait besoin de lui demander quelque chose, et c'était plutôt embarrassant.

— Dites-moi, devina-t-il dans un long soupir.

Comme s'il savait qu'elle faisait tout un pataquès de rien du tout mais qu'elle devait d'abord l'avouer.

— Est-ce que je dois vous payer pour cela ? demanda-t-elle précipitamment.

Il rit.

— Non, vous n'avez pas à me payer pour un cours de cuisine. Pas par de l'argent, pas par du jardinage, ni par du troc ou toute autre méthode.

Elle eut un sourire radieux.

— Dans ce cas, j'ai hâte de suivre ma première leçon de cuisine. On part sur des omelettes.

— Je vais apporter les ingrédients. Vous écrirez tout ce que je fais, d'accord ?

— D'accord.

— Et, mardi, vous répéterez le menu toute seule, déclara-t-il. Vous prendrez une photo et m'enverrez le résultat, afin que je puisse voir si vous vous en êtes sortie.

Elle gloussa.

— Il vaudrait mieux que vous reveniez et me regardiez le faire la deuxième fois, et vous pourrez goûter le résultat.

— Marché conclu, approuva-t-il.

Elle fronça les sourcils avec méfiance, se demandant s'il n'avait pas prévu cela d'emblée.

— Vous devrez donc apporter des ingrédients pour deux repas, dit-elle rapidement.

Il éclata de rire.

— Vous savez quoi ? Vous ne savez peut-être pas cuisiner, mais vous savez certainement comment négocier.

Et, sur cette note, il raccrocha.

Elle continua de sourire, jusqu'à ce qu'elle se rende compte qu'il ne lui avait pas tout dit sur le jardin de la ville ni sur l'affaire non résolue. Elle le rappela, mais il ne répondit pas. Alors elle lui envoya un texto : « Et la mairie ? »

Il lui renvoya une carte et un document avec sa réponse. « Ils ont besoin de suggestions sur ce qu'il faut mettre dans ces deux parterres. »

Elle se dirigea vers son ordinateur portable, l'alluma et transféra l'image et le PDF de son téléphone à son ordinateur. Il y avait le panneau « Bienvenue à Kelowna ». Elle pouvait voir les vieilles plantations autour. Et les parterres indiqués se trouvaient de chaque côté de l'enseigne. « Des suggestions pour quoi ? »

« Le type de fleurs, pourquoi ces fleurs, le prix, une estimation du coût total. »

« Je n'ai aucune idée du prix, écrivit-elle. Et, même si je leur disais ce que je ferais, quel est le rapport ? »

« C'est un appel d'offres. Le gagnant remporte le marché et gagne de l'argent. »

Elle se ragaillardit en apprenant cela. Puis elle ouvrit le PDF et lut le document d'une page. « D'accord, mais il est écrit qu'il faut soumettre ça avant minuit demain soir. »

« Oui, répondit-il. C'est pour ça que je vous ai appelée tôt ce matin. Alors lancez-vous. »

Se lancer était compliqué. Doreen se trouvait dans la troisième jardinerie locale, à vérifier les prix des plantes vivaces, Mugs trottinant patiemment à ses côtés. Elle avait toutes sortes d'idées, des aeschynanthus aux œillets. Elle pensait que les œillets seraient magnifiques. Mais obtenir la couleur qu'elle voulait à un prix de gros s'avérait difficile.

Jusqu'à présent, personne n'était intéressé pour lui proposer une offre d'achat en gros. Elle savait que, quelque part dans la région de l'Okanagan, elle pourrait mettre en place un marché de ce type, mais elle n'avait pas très bien suivi l'affaire. Elle se demandait si elle pouvait faire une offre pour faire le travail et demander à la ville de payer elle-même le coût des fleurs. Les jardiniers municipaux avaient sûrement accès à des plantes qu'elle n'avait jamais vues en vrai *et* à des prix de gros.

C'était logique pour elle, mais elle ne savait pas si c'était la bonne procédure ou, si ce n'était pas le cas, si la ville se lancerait. Mais elle pouvait toujours essayer. Pour le moment, elle était à court d'idées sur ce qu'elle pourrait mettre en place et à quel endroit. Elle aimait l'idée des roses, mais ça demandait du travail. Des œillets, pas ceux à tige très longue cependant, elle pouvait les travailler par couches. Plus longs au centre, puis plus courts vers les extrémités. Ce serait plutôt cool.

Les idées tourbillonnant dans sa tête, elle se promena dans la jardinerie en prenant des notes. Quand quelqu'un l'appela, elle se retourna sans réfléchir et un flash d'appareil photo lui brûla la rétine. Elle grogna.

— Arrêtez de faire ça.

— Vous êtes une célébrité en ville.

L'homme gloussa en se retournant et s'éloigna.

Elle soupira et sortit incognito par l'entrée latérale jusqu'à son véhicule, Mugs à ses côtés. Là, elle resta assise dans sa voiture pendant un long moment.

Bizarrement, elle n'avait pas associé le fait de sortir de la maison à son premier pas face au public après l'annonce des dernières nouvelles concernant Betty Miles. Doreen s'était tellement concentrée pour fuir la maison qu'elle avait oublié dans quoi elle s'engouffrait. Mais sa sortie s'était mieux déroulée qu'elle ne l'aurait pensé. Elle avait forcé la foule des médias à s'éparpiller pour la laisser partir, et elle ne reviendrait pas avant d'être sacrément prête.

Alors qu'elle était dans sa voiture, elle regarda un vieux couple se disputer à proximité, devant un autre véhicule garé. Ils avaient l'air si à l'aise, comme si les reproches calmes avaient déjà été répétés maintes fois. Quand ils montèrent finalement dans leur véhicule et partirent, elle eut envie de rire et de pleurer en même temps.

Le bruit d'un moteur lui fit tourner la tête pour regarder une jeune femme arriver dans une Mini Cooper écarlate dernier cri. Même si elle ne savait pas ce qui était *mini* dans le nouveau modèle. La voiture était plus grosse que sa Honda. Elle regarda la femme sortir du véhicule, parfaitement apprêtée des pieds à la tête. Doreen reconnut tout le travail qu'avait demandé ce look ; pourtant elle n'avait absolument aucune envie de redevenir comme ça.

Elle étudia ses ongles actuellement coupés court. Ils étaient propres, mais ses mains montraient les ravages du jardinage – plus de manucure hebdomadaire ni de bain spécial des ongles pour garder ses mains parfaites. Rien que du travail en plein air dans la gloire de Mère Nature. Mais quand même, Doreen avait besoin d'une bonne crème pour les mains. En jetant un coup d'œil au magasin de jardinage, elle se demanda s'ils auraient une crème pour les mains ouvrières, par exemple pour les jardiniers professionnels. Elle n'utilisait plus de crèmes pour les mains sophistiquées pour sa peau, maintenant. Mais les jardiniers de son ancienne maison avaient de petits pots verts qu'ils utilisaient quotidiennement. Elle pourrait peut-être trouver ça en pharmacie, et ce serait moins cher.

Puis elle réalisa qu'elle devrait faire un autre arrêt et décida qu'elle allait quand même vérifier ici. Elle sauta de la voiture, prit la laisse de Mugs et se dirigea vers l'extrémité du magasin contenant les étagères pour tout ce qui est associé au jardinage. Effectivement, les crèmes pour les mains étaient sur un présentoir en forme de triangle.

Alors qu'elle étudiait les différents produits, elle entendit quelqu'un parler en arrière-plan.

Un homme disait :

— Après ce que tu as fait, tu vas obéir à ce que je te dis, maintenant.

Son ton était détestable.

Doreen se raidit. Mugs remuait à ses pieds, tirant sur sa laisse pour renifler les fleurs dans une allée plus loin. Elle regarda prudemment sur sa gauche mais ne vit personne. Elle jeta un coup d'œil à sa droite, par-delà le stand de crèmes pour les mains, et vit deux personnes dans un autre coin. L'homme était grand, entre un mètre quatre-vingts et un mètre quatre-vingt-cinq, et fixait la superbe blonde que Doreen avait vue sortir de sa voiture plus tôt. Mais, au lieu de se laisser intimider, la blonde avait écrasé son visage contre le sien, et, d'une voix dure, elle répondit :

— Eh bien, avec ou sans mon soutien, tu finiras enterré dans les marguerites. *Pas moi.*

La blonde se retourna, en colère, et s'éloigna.

Doreen essaya de s'écarter de son chemin, mais la blonde la poussa délibérément sur le côté. L'air s'échappa brutalement de la poitrine de Doreen. Mugs aboya à pleine gorge, se rapprochant de la blonde.

Celle-ci se retourna, regarda Doreen et dit rudement :

— Occupez-vous de vos fichues affaires. Et écartez ce toutou grassouillet de moi.

— Je n'ai rien dit, répondit Doreen. Puis, incapable de s'en empêcher, elle s'écria : Et il n'est pas grassouillet.

Juste à ce moment-là, l'homme arriva de derrière une étagère, domina Doreen de toute sa taille et ricana.

— Oh si, il est gros. Et vous ne direz pas un mot, n'est-ce pas ?

Elle le foudroya du regard.

— Vous pouvez assassiner et enterrer toutes les personnes que vous voulez. Laissez-moi en dehors de ça. Et arrêtez d'insulter mon chien.

Il éclata de rire.

— Ouah. Vous avez une sacrée imagination, n'est-ce pas ?

Mais elle pouvait lire l'inquiétude dans ses yeux. Il s'éloigna, mais pas assez vite pour l'empêcher de saisir son téléphone et de prendre une photo de son profil avant qu'il soit sorti du magasin. C'était probablement une photo de merde, mais peut-être que quelqu'un pourrait découvrir qui il était, si besoin était.

Avec sa crème à la main, elle se dirigea vers la longue file d'attente au comptoir. Elle vit la blonde devant elle sortir de la file, comme si elle ne pouvait pas se donner la peine d'attendre, et, d'un pas précipité, se diriger vers les portes d'entrée.

Doreen posa la crème pour les mains sur le comptoir, courut dehors et, avec son téléphone, prit une photo de la femme. Alors qu'elle se dirigeait vers sa voiture, Doreen prit une autre photo de la Mini. Elle devenait sacrément douée pour prendre des photos en catimini avec son portable. Elle était quasi certaine que Mack ne serait pas content qu'elle fasse ça. Les personnes qu'elle avait photographiées non plus. Mais tout le monde prenait des photos d'elle, alors zut.

Elle se demanda s'il était judicieux de suivre la femme. Non c'était idiot. Elle avait été témoin d'une petite dispute entre deux personnes qui avaient proféré des menaces vides de sens. Cela n'avait rien à voir avec elle. Et ce n'était pas vraiment une situation potentiellement mortelle. Elle devait juste s'occuper de ses affaires...

Jusqu'à ce qu'elle voie le gros tyran sauter dans un énorme pick-up noir et s'éloigner agressivement derrière la Mini.

Doreen se mordilla la lèvre inférieure de manière indécise. Elle n'aimait pas le grondement menaçant du moteur du pick-up. Ces énormes engins semblaient toujours appartenir à des gros lourds.

À ce terme, elle sourit. Elle n'était pas encore très à l'aise quand elle jurait, mais les gros mots lui venaient de plus en plus. Et malheureusement, Thaddeus entendait – et répétait – la plupart d'entre eux. Elle souhaitait utiliser des expressions qui auraient le même sens sans abaisser ses standards. Internet regorgeait de jurons alternatifs, mais elle ne voulait pas utiliser un mot que tout le monde utilisait. Bien sûr, « gros lourd » était populaire. Pourtant, elle l'aimait bien.

Elle sauta dans sa voiture et sortit du parking en suivant le camion et la Mini Cooper. Elle ne savait pas pourquoi exactement. S'ennuyait-elle à ce point ? Cela faisait trois jours qu'elle avait résolu l'affaire de cette pauvre Betty Miles, démembrée il y a trente ans par sa meilleure amie, Hannah Theroux. Trois jours, c'était tout. Qu'est-ce qu'elle était devenue, une sorte d'accro à la mort ?

Pourtant, la dispute entre ces deux personnes avait semblé être une menace véritable, maintenant qu'elle y réfléchissait un peu, surtout que le butor suivait maintenant la femme. La femme n'avait pas semblé plus troublée que ça par les paroles de l'homme. Elle avait rendu coup pour coup.

En suivant ces deux-là, Doreen réalisa qu'elle se dirigeait vers le panneau « Bienvenue à Kelowna ». Elle se réjouit d'avoir une excuse valable à donner à Mack pour aller dans cette direction. Elle tenait vraiment à jeter un coup d'œil aux deux parterres que la ville envisageait de refaire. Doreen aurait dû s'en occuper avant toute chose car, sans connaître leur taille, elle n'aurait aucune idée du volume horaire à budgétiser ni du nombre de plantes nécessaires.

Il lui fallut encore cinq minutes pour atteindre l'endroit. Les deux véhicules continuèrent leur route. Elle fronça les sourcils alors qu'ils tournaient à l'angle de la rue et dépassaient le panneau. Elle se gara dans un petit centre commercial à proximité pour pouvoir laisser sa voiture et marcher jusqu'au panneau au bout de la route.

Elle étudia la direction que les autres véhicules avaient prise. Cela ressemblait à une impasse. Peut-être que, quand elle aurait fini ici, elle irait jeter un coup d'œil là-bas. Mais avant ça, elle attrapa son bloc-notes et, avec Mugs à ses côtés, elle se dirigea vers le grand jardin, d'environ quinze mètres de diamètre, avec le panneau « Bienvenue à Kelowna » planté au milieu.

Elle prit plusieurs photos des deux petits parterres de fleurs que la ville souhaitait modifier. En forme de cœur, ils étaient jolis et ne se contenteraient que d'un aménagement unique. Sa créativité s'anima, elle avait presque trop de choix à envisager. Elle prit d'autres notes, vérifia la sécheresse du sol, le type de paillis utilisé et vit que les jardiniers de la ville avaient utilisé un outil de coupe pour créer une tranchée peu profonde au bord du parterre afin d'empêcher l'herbe d'empiéter. Ce qui était intelligent, car les besoins d'entretien des espaces publics dans une ville de cette taille étaient énormes et coûteux. Même si la ville employait probablement une armée de jardiniers, il y avait toujours trop à faire et pas assez d'heures de travail pour cela.

Mugs s'allongea dans l'herbe, heureux de cette excursion. Il se roula et renifla le sol, s'amusant. Elle gloussa.

— J'aurais dû emmener les autres avec nous. Ils adore-raient cet endroit.

Évidemment, le chat et l'oiseau étaient beaucoup plus difficiles à contrôler. Elle reporta son attention sur le jardin. Son esprit bourdonnait de plans pour ces plantes. Elle se demandait s'ils pouvaient mettre des caoutchoucs ici, car il s'agissait d'énormes plants qui pourraient être placés au centre de chacun des parterres en forme de cœur. Pas un seul caoutchouc, mais peut-être même bien quatre ou cinq. Elle avait vu de nombreux gros pots de fleurs sur les trottoirs de la ville et dans les centres commerciaux reposant sur cette idée. Cela relierait l'aménagement paysager du centre-ville aux motifs de l'extérieur de la ville.

— Allez, Mugs. On y va.

Après avoir fait grimper Mugs dans la voiture, elle monta elle-même dans sa voiture. Plutôt que de rentrer chez elle, elle prit la direction de la rue dans laquelle avaient disparu les deux véhicules. Juste un rapide petit tour pour s'assurer que tout allait bien. Elle tourna à l'angle de la rue et retrouva le pick-up garé un peu plus bas sur la gauche. Elle le prit en photo en visant sur la plaque d'immatriculation. Le pick-up détonnait par rapport à la maison délabrée devant laquelle il était garé, qui, dans son esprit, ressemblait à un squat. Dans les grandes villes, c'était une maison typique de drogués que les autres évitaient. Il était assez facile de les contourner car elles étaient généralement entassées avec d'autres maisons identiques dans un quartier sensible. Pourtant, les maisons de chaque côté semblaient plus haut de gamme. Cette maison abandonnée n'était pas un endroit rêvé pour la blonde.

Doreen se trouvait dans le quartier de Rutland à Kelowna et Nan vivait dans le quartier de la Mission. Rutland était un quartier pauvre, pas du tout bourgeois, et la ville faisait beaucoup pour le revitaliser. Ici, l'immobilier était le moins cher de la ville. Idéal pour attirer les entrepreneurs.

Alors qu'elle passait lentement devant le camion, elle avisa la Mini Cooper rouge vif garée à côté. C'était vraiment incongru devant cette maison décrépite. *Peut-être que ces deux-là sont des entrepreneurs ? Peut-être ont-ils acheté la maison et prévu de la détruire pour reconstruire par-dessus ?* Elle haussa les épaules, se demandant ce qu'ils fabriquaient, mais sachant que ce n'était pas ses affaires.

Elle arriva jusqu'à un cul-de-sac au bout de la route. Elle fit le tour du rond-point et passa lentement devant la maison. Elle n'avait absolument aucune excuse pour agir comme elle le fit ensuite – aucune qui puisse l'excuser aux yeux de Mack. Mais elle n'y réfléchit même pas à deux fois.

Elle se gara devant une maison voisine. Sous prétexte de promener Mugs, elle monta sur le trottoir et s'éloigna de la maison, traversa la route et déambula sur le trottoir en face de la maison en question. Elle était trop curieuse, et elle le savait. Mais elle et Mugs faisaient juste une balade innocente. Elle n'empiétait pas sur une propriété privée avec des panneaux d'interdiction d'entrée.

Ce n'était pas grave.

Bang. Bang.

Elle se figea, ne sachant pas où regarder, se demandant si elle avait mal entendu, mais le bruit se répéta. *Bang. Bang.* Suivi d'un cri.

Cela venait de *la* maison.

— Viens, Mugs.

Elle courut jusqu'à sa voiture, sauta dedans et retourna à la jardinerie, où elle appela Mack bien en sécurité dans sa voiture sur le parking.

— Quoi ?

— Je pense avoir entendu des coups de feu, déclara-t-elle sans préambule.

— Quoi ? Où ?

Elle grimaça en lui racontant la dispute du couple, les photos qu'elle avait prises d'eux et de leurs véhicules, puis sa décision de les suivre.

— Vous avez fait quoi ? rugit-il.

— O.K., O.K. Je sais que je n'aurais pas dû les suivre, admit-elle, mais cela ne change rien au fait que je pense avoir entendu des coups de feu.

— Il est également tout à fait possible que vous ayez entendu *autre chose* que des coups de feu, s'agaça-t-il. Comme une voiture qui pétarade.

— Oui, peut-être, dit-elle. Peut-être, peut-être, peut-être. Mais peut-être *pas*.

Il gémit.

— Très bien. Quelle est l'adresse ?

— Je ne connais pas le numéro de la maison, avoua-t-elle. Mais c'est sur Hawthorne Street, la troisième maison sur la gauche si vous venez du panneau Kelowna.

— Oh, c'est ce que vous faisiez là-bas.

— Je devais voir la taille des parterres. Sinon, comment pourrais-je faire une offre correcte ?

Elle espérait qu'il croirait que c'était sa principale raison d'aller là-bas au départ.

— Je vais jeter un œil, dit-il. Mais vous rentrez chez vous. D'accord ?

— Promis.

— Vous avez emmené les animaux avec vous ?

— Juste Mugs. Elle tendit la main pour caresser la tête du basset. Mugs laissa échapper un *ouaf* d'approbation à l'intérieur de sa voiture.

— Au moins il est là, même si je ne sais pas s'il sera utile contre une attaque.

— Comme vous le savez très bien, rétorqua-t-elle sèchement, il sait me protéger… en cas de besoin.

— Peut-être, dit-il. Mais peut-être pas. Je pense que vous êtes des enfants du Chaos.

— D'accord, c'est possible, dit-elle avec défi, un peu blessée. Mais ça fonctionne comme ça. Nous sommes une famille.

Et sur ce, elle raccrocha. Elle tendit la main et fit un gros câlin à Mugs.

— On rentre à la maison. On va retrouver le reste de la famille.

Jamais un mot n'avait été plus délectable. Et pour rien au monde elle n'aurait souhaité être ailleurs.

C'est la fin du tome 2 de *Jolis Jardins Maudits*,
Des os dans les bégonias.
Découvrez *Un cadavre dans les œillets :*
Jolis Jardins Maudits, tome 3

Jolis Jardins Maudits :
Un cadavre dans les œillets,
tome 3

Un nouveau polar « cozy mystery », par Dale Mayer, auteure de best-sellers au classement du USA Today. Suivez les aventures de Doreen Montgomery, jardinière et détective en herbe, et de ses adorables assistants (un chat, un chien et un perroquet) dans leurs enquêtes criminelles dans la jolie ville de Kelowna au Canada.

Du luxe à la misère… Le chaos s'apaise… Les crimes cessent… À moins que… ?

Après avoir été impliquée dans deux affaires de meurtres depuis qu'elle est revenue vivre, il y a peu, dans la ville pittoresque de Kelowna, après son divorce, la jardinière Doreen Montgomery a acquis une réputation à la hauteur de celle de sa grand-mère. Le seul moyen d'empêcher les gens de jaser, c'est de mener une vie paisible à la limite de l'ennui jusqu'à ce que les médias et les voisins finissent par l'oublier. C'est ce que compte faire Doreen en prévoyant une visite du célèbre jardin des œillets, à Kelowna. Des plantes, encore des plantes, personne n'y trouvera à redire.

Mais quand elle assiste à une dispute entre une belle jeune femme et son petit ami, elle ne peut s'empêcher d'être inquiète. Suffisamment pour suivre le couple sur le parking et dans la ville. Lorsqu'une fusillade interrompt l'après-midi placide, il est trop tard pour se demander comment son meilleur ennemi, le caporal Mack Moreau, réagira en apprenant qu'elle est impliquée une fois de plus dans une autre de ses enquêtes.

Entre les nouveaux cadavres dans les œillets et les rebondissements dans une vieille affaire de disparition d'enfant, Doreen ne chôme pas, même si elle essaie tant bien que mal de cacher son implication à Nan, à Mack Moreau et surtout aux médias. Mais une certaine personne ne quitte pas Doreen des yeux… une personne qui ne peut pas se permettre qu'elle découvre les réponses aux questions qu'elle pose.

Le tome 3 est disponible !
Pour en savoir plus, visitez le site web de Dale Mayer.
https://geni.us/DMFRCorpseUni

Note de l'auteure

Merci d'avoir lu *Des os dans les bégonias : Jolis Jardins Maudits, tome 2* ! Si vous avez apprécié le livre, merci de prendre un moment pour laisser votre avis.

Chers lecteurs,

J'aime avoir de vos nouvelles, alors n'hésitez pas à me contacter sur mon site web : www.dalemayer.com ou sur ma page d'auteure Facebook. Pour être informés des nouvelles parutions et des offres spéciales, inscrivez-vous à ma newsletter ou suivez moi sur BookBub. Si vous souhaitez rejoindre mon groupe de lecteurs, voici la page d'inscription sur Facebook.

À bientôt,
Dale Mayer

À propos de l'auteure

Dale Mayer est une auteure de best-sellers au classement de *USA Today*, connue pour ses romances militaires sur les forces spéciales, sa série *Psychic Visions* et sa série *Jolis Jardins Maudits*, dans le genre cozy mystery. Ses romances contemporaines sont vibrantes d'émotion et de passion (série *Broken But... Mending, Hathaway House*). Ses thrillers vous laisseront à bout de souffle (séries *By Death* et *Kate Morgan*) et ses comédies romantiques vous feront rire aux éclats (*It's a Dog's Life*, une novella hors-série, et la série *Broken Protocols* avec Charming Marvin, le chat).

Elle laisse libre cours aux séries qui lui viennent... dont certaines sont carrément folles, enfreignant toutes les règles et croisant différents genres !

En plus de ses romans de fiction, elle écrit également des textes documentaires dans de nombreux domaines, dont la rédaction de CV, le jardinage de loisir et le système de crédit immobilier américain. Elle a récemment publié la série professionnelle *Career Essentials*. Tous ses livres sont disponibles aux formats papier et ebook.

Contactez Dale Mayer en ligne

Site web de Dale – www.dalemayer.com
Twitter – @DaleMayer
Facebook Page – geni.us/DaleMayerFBFanPage
Facebook Group – geni.us/DaleMayerFBGroup
BookBub – geni.us/DaleMayerBookbub
Instagram – geni.us/DaleMayerInstagram
Goodreads – geni.us/DaleMayerGoodreads
Newsletter – geni.us/DaleNews